ハヤカワ文庫SF
〈SF2153〉

君の彼方、見えない星

ケイティ・カーン
赤尾秀子訳

早川書房
8088

HOLD BACK THE STARS

by

Katie Khan

Translated by
Hideko Akao

First published 2017 in Japan by
HAYAKAWA PUBLISHING, INC.
This book is published in Japan by
arrangement with
UNITED TALENT AGENCY
through THE ENGLISH AGENCY (JAPAN) LTD.

君の彼方、見えない星

登場人物

カリス……………………………………ユーロピアン・ヴォイヴォダ宇宙機関（EVSA）のパイロット
マックス（マクシミリアン）……料理人

オズリック…………………………〈ラエルテス〉のAI

リリアーナ…………………………カリスの友人
リウ……………………………………マックスの友人

プラネイ……………………………マックスの父。経営者
アリーナ……………………………マックスの母。教授
ケント………………………………マックスの弟
プリヤ………………………………マックスの叔母

第一部

1

「これで終わりね」宇宙空間に漂うふたり。カリスは荒い息をして、ヘルメットのなかの顔は恐怖にゆがんでいる。「もうだめ。わたしは死ぬのよ」マックスのほうへ腕をのばすと、その動きが逆にマックスを遠ざける。

「死んだりしない」

「死ぬわ、ふたりとも」浅い呼吸で途切れる声が、マックスのヘルメットのなかで反響する。

「よせ」

「だって、このままじゃ――」

船から飛び出し、宇宙空間をひたすら落下していく。無限に広がる黒いキャンバスに描かれた、点描画の小さな点ふたつ。

「なんとかなる」マックスはあたりを見まわすも、すがれるものは何もない。左には黒い宇宙が果てしなく広がり、右には青と白の美しい地球があるだけだ。マックスはカリスの足をつかもうと手をのばしたが、指先がブーツに触れるなり、体は否応なしに離れていく。

「よくそんなにおちついていられるわね。もうどうしようも――」

「よせったら。カリス、しっかりするんだ」

彼女の足が浮き上がってマックスの顔へ、彼の顔は揺れてカリスの膝へ――。

「どうしたらいいの？」

マックスは必死で足を曲げようとする。体の回転軸を変えられないか、混乱する頭で懸命に考える。いや、軸ではなく支点？ 軸でいい？ 彼にはわからない。

「ぼくにはわからない。だがきみが冷静になれば、ふたりで知恵をしぼれる」

「そんなことといっても……」カリスは船から離れる動きを止めようと、両手両足をふりまわしたが何の効果もない。「打つ手なんかあるかしら？」

激しく動いたせいで、カリスはマックスより速いペースで回転し、離れていく。

「このままだとお互いどんどん離れるだけだ。手の施しようがなくなるまえになんとかしないと」

「ふたりの落下軌道は違うわ」

「うん……」しばし考える。「なんとかもっと近づこう。いますぐ」

「わかった」

「三つ数える。そうしたら、きみは両手をこっちへのばしてくれ、プールの飛び込みのように」どんな動きかやってみせる。「思いっきり身をのりだせ。ぼくはそっちへ足を蹴りだすから、それをつかむんだ。いいかい？」

「三つね」

音声装置に耳をそばだてる。

「二――」

「一――」

「ちょっと待って！」カリスは片手をあげる。「ぶつかった反動で、〈ラエルテス〉にもどれないかしら？」

黒い船体にライトのひとつもない〈ラエルテス〉は、ふたりの頭上で闇に包まれている。

「どうやって？」

「どちらかが全力で相手にぶつかったら、衝撃で軌跡を逆行するとか」

マックスは考える。たぶん、できるかも……。たぶん？

「だめだ。まずはお互いを確保して、それから考えよう。手遅れにならないうちに。きみをここで失いたくない。準備はいいか？」

「いいわ」

「いくぞ！」

カリスは身を投げだし、マックスは彼女に向かって足を蹴りだす。それぞれの目の前にそれぞれ相手の足が見え、ふたつの体は横向きに、水平になる。カリスはマックスの両足をつかんで胸に抱きよせる。

「つかまえたわ」

体の上下が逆なので、腕を使ってゆっくりと右回りで側転し——ようやく顔と顔を向き合わせる。

「こんにちは」カリスはマックスの首を抱く。マックスは腿のポケットからテザーをとりだし、ふたりの体にゆったり回して離れないようにする。

マックスは一息つく。「なんとかしなきゃな」遠ざかる一方の〈ラエルテス〉の黒い影をふりあおぐ。「救援が必要だ」

カリスは彼の背後にまわり、銀色の宇宙服の背中に何かないかとさがしまわる。

「誰が助けに来てくれるの？　いままでひとりだって――」

「わかっている」

「ライトはあるわ。ロープも水も。でも、推進剤はないわね。持ってこないなんて、わたしたち、何を考えていたのかしら」

「あのときは――」

「時間をかけてでも窒素を取りに、わたしを引き返させればよかったのに」

「緊急事態だった。そんなことはぼくにはできない。きみの頭ががたがた震えて、窒息死するのを見ていればよかったというのか？」

カリスはマックスの前面にもどり、ヘルメットごしに非難のまなざしを向ける。「そんなふうにはならないわ。EVSAにいわせると、頭ががたがた震えるのは、おかしな映画が撒き散らした二十一世紀の神話よ」

「EVSAは好き勝手なことをいいまくる。きみたちの安全は保証されている、といったのもEVSAだ」宇宙服の袖につけた〝ユーロピアン・ヴォイヴォダ宇宙機関(EVSA)〟のバッジを叩く。「リスクアセスメントの権利放棄書にも署名させたしね」

「こんなことになるなんて想像もしなかったわ」周囲を見まわす。「オズリックと交信できるかどうか、試してみましょうか」

「そうだ！ まず最初にそれだ！」マックスはカリスをいきなり抱きしめる。

カリスは手首の通信用フレックスのメッシュを指先まで広げると、キーボードがあるかのごとくタイピングを始め、メッシュが筋肉と指の動きをとらえていく。

（オズリック、これが読める？）

応答を待つ。

（そこにいるの、オズリック？）

（はい、わたしはここにいます、カリス）

ピンという音がして、ヘルメットの左側のスクリーンに青い文字が現われる。

「よかった！ オズリックと通信できたわよ、マックス」

（救援隊を呼べる？）

（はい、カリス。どこの救援隊を呼びますか？）

（基地かＥＶＳＡか。どこでもいいわ」

「近くに船がいるかどうか訊いてくれないか」と、マックス。「念のために」

（救援可能な範囲内に船はいる？）

（いいえ、カリス。残念ながら）

（それは確か？）

（はい、カリス。残念ながら）

（地球とは連絡がつく？）

（いいえ、カリス。残念ながら）

カリスはいらついた声をあげ、声はヘルメットのなかでいびつに反響して音声機に伝わっていく。

（どうしてできないの？）

（事故により、レセプターが損傷しました。マックスが修理を試みていたとき、酸素が失われたと思われます、カリス）

（くそっ）

（はい、なんでしょうか、カリス？）

（ごめんなさい、タイプミスよ）

（了解、カリス）

（こっちは危機的状況なの。なんとか助けてくれない？）

(はい、何をすればよいでしょうか、カリス?)

彼女の口からため息が漏れる。「マックス……これじゃいくら話しても堂々めぐりだわ」

「ぼくにはフレックスを接続する時間がなかったから」マックスは彼女の宇宙服の袖を撫でる。「きみにやってもらうしかない。なんとかつづけてくれ。近くに船はいないのか?」

カリスはかぶりを振る。

(オズリック、こっちに〈ラエルテス〉を移動させられない?」

(できません、カリス。ナビゲーション・システムは機能不全です)

(あなたが動かすことはできないの?)

(できません、カリス。ナビゲーション・システムは機能不全です)

(向きを変えることも?)

(できません、カリス。ナビゲーション・システムは機能不全で、これには誘導システムも含まれます。わたしは〈ラエルテス〉を方向転換させられません)

カリスは髪に指を入れ、頭を抱えることができない。指はグローブのなか、編んだ褐色の髪はヘルメットのなかだ。耳の後ろの髪に挿した小さなヒナギクは、下にずれてしまっている。

(〈ラエルテス〉にもどる方法を考えてくれない?)

(カリス、それよりも急を要することが——)

(船に帰る方法を考えてちょうだい、オズリック)

(状況分析によれば、推進剤の窒素がないかぎり、その軌跡では〈ラエルテス〉にもどることはできません。そこに窒素はありますか、カリス？)

(了解)

(毎回毎回〝カリス〟をつけるのは、よしてくれないかしら？)

(ありがとう。でも推進剤はないのよ。それ以外に方法は？)

(状況分析を行ないます)

(急いでちょうだい)

「オズリックは、推進剤なしには〈ラエルテス〉にもどれないといってるわ」

マックスの眉間に皺がよる。「百パーセント無理なのか？」

(カリス、急を要することがあります)

(ちょっと待ってて)

「ほかに打つ手はある？　ナビゲーションは機能しないらしいから……」

(カリス？)

(はい、何？)

(状況分析から、あなたたちの酸素パックには容量以下しか入っていません)

(船から出て、かなり時間がたったからでしょう？)

(残量と消費量の合計が基準容量に達しません)

(どういうこと？　お願いだから、もっと簡潔に話してちょうだい)

（あなたたちのパックは、酸素が不十分な状態のものでした）

（え？）

（さらに分析によれば、酸素はパックから漏出しています）

「なんですって？」つい声に出したが、オズリックには音声が聞こえないのを思い出し、タイピングする。

（漏出というのは？）

（あなたたちの酸素パックには損傷があります）

（酸素はあとどれくらいもつの？）

「カリス？」マックスが声をかける。

（計算中です……）

（お願い、急いでちょうだい、オズリック）

（残念ですが、酸素残量は時間にして九十分です、カリス）

2

九十分――

「どうした？」マックスはカリスの肩をつかんだが、おちつかせることはできない。「オズリックは何だって？」

（また〝カリス〟をつけてしまい申し訳ありません、カリス）

「九十分しかないって」カリスは大きく、苦しげに息を吐く。「あと九十分で、酸素パックが空になるって」

マックスは愕然として後ろによろめき、「ありえないよ」とつぶやく。「そんなことは、ありえない。最低でも四、五時間はもつはずだ。ぼくらは……」

「もうじき死ぬの。あと九十分で、確実に」カリスは涙をこらえ、マックスは言葉をさがす。そしてようやく――。

「なんとしてでも船にもどろう。だがそのまえに、気持ちをおちつけてくれ。酸素の消費量を増やしてはだめだ」

「漏れているのよ、パックから」

「え？」マックスは目を丸くする。「いま、酸素が漏れているのか？」

「ええ。パックに損傷があるらしいの」

「ふたつともか？」

「ええ、ふたつとも」

「くそっ」今度はマックスが毒づく。「だったらすぐに漏れを止めないと」カリスのようすを、おちつきぶりをうかがう。「呼吸を止めていられるか？　そのあいだに、きみのパックの傷をさがして塞ぐから」

「ううん、それより先に――」鼓動が速まる。「わたしがあなたのパックを修理するわ」そういうなりテザーをゆるめ、ふたつの体はふわりと離れる。「両手両足を大きく広げて、横向きになってちょうだい」マックスの片方の手首と足首をつかむ。宇宙空間に耐え、人間の動きに柔軟に対応する与圧服の感触が、グローブごしに伝わってくる。「わたしが握っているのを忘れないでね」

マックスはいわれたとおりに手足を広げ、カリスのウエストあたりに浮かぶ。カリスは彼をつかんだまま、目の高さがスーツ表面とおなじになるまで身をのりだすが、これはかなりの苦労といえた。暗い空間を留まることなく落下しているのだ。地球の外の、神なき空間。

カリスは銀色の酸素パックに、急いで手を這わせる。セクションごとに細い溝があり、色といえば、情報を示す側面の青い数字だけだ。全体をなめるように見て、底の部分にやっとひとつ見つける。空気分子が漏れる小さな穴。裸眼では見えないほどの、躍起になってさがさなければわからないほどの、解放された空気を感じてなんとか気づく程度の微小な穴だ。

「見つけたわ」カリスは膝のポケットから接着テープをとりだし、穴の周辺までべったりと貼る。

「無事完了か？」と、マックス。

(これで漏れはなくなった？) カリスはオズリックにフレックスする。

心地よいピンという音がして、ヘルメットのスクリーンに青い文字が現われる。

(はい、漏れはなくなりました、カリス)

「完了よ」カリスはマックスにうなずきながら、大きく息を吐く。

「つぎはきみのパックだ」

だがカリスは躊躇する。「こんなはずじゃなかったの……まさか船から出ることになるんて」

「さあ、カリス」

「あと九十分しかないの」こらえきれずに涙がこぼれる。マックスは慰めの言葉をかけられず、冷静さもかき消える。これまでのマックス自身のおちつきは虚勢でしかなかったからだ。それでも彼はぐっと自分の感情を、カリスの激情をこらえる。それが自分のやるべきことだ。

ここは軽口をたたくとしよう。

「まあね、きみがどうするかはともかく、ぼくはこの宇宙飛行がいかに最悪だったかをマインドシェアに書きまくるよ」

「よしてちょうだい」といったものの、彼の冗談にほんのいくらか気持ちがなごむ。「いまはふざけてる場合じゃないでしょ」

「わかってるって」

たまらなくつらいとき、マックスはジョークをいう。宇宙飛行の訓練のとき、葬儀のとき。そしてふたりが出会ったときも。

「これからどうしたらいい？」

「お互い、頭を冷やして理性をとりもどす。そしてぼくは――」にっこりほほえむ。「きみを助けるのさ、いつものように」

★

ふたりの出会いは、ローテーションが変わって三カ月後だった。カリスはユーロピアの新しい町の新しい住民として、語学ラボでまたひとつ新しい言語を学ぶことにした。

「ヴォイヴォダ11からこちらに来た同僚がいるので――」カリスはインストラクターに説明した。「現代ギリシャ語を勉強しなくてはいけないんです」

語学ラボは、いにしえのコーヒー・チェーン店のようだった。埋め込み式の天井照明に、人工皮革のソファ、煎り過ぎの低級なコーヒー豆の香り。そしてカウンターの向こうの壁には派手な標語がある――〝五つの言語が話せれば、地球に暮らす七十八パーセントの人と話せる〟。

インストラクターのビープ音とグリーン・ライトに反応して、カリスのワークステーションにガイダンスとコースが現われた。

「ありがとう」カリスはフレックスのメッシュを指先まで広げ、ギリシャ文字を覚える地道な反復学習にとりかかった。そして三往復めのなかばあたりで、ふと今夜の食事会のことを思い出した。まわりの壁三面では、ウォール・リバーがリアルタイムで途切れることなく最新ニュースや気象情報を流している。カリスは地元チャネルのマインドシェアで質問してみた。ヴォイヴォダ6でガチョウ脂を買えるところはあるかしら？　質問は壁にスペイン語で現われ、数秒後にはヴォイヴォダ域のさまざまな言語によるコメントや質問、ちょっとしたこぼれ話が洪水のごとく流れはじめた。カリスはギリシャ文字のΩ／ωまでたどりつき、今度はΩからA／αへ逆にたどっていく。

ピン！　と音がして見上げると、質問への回答があった。

（こんな時代にガチョウ脂を使う目的は？）言語はフランス語。

表現にいささかむっとし、カリスはカタルーニャ語で答えた。

（目的は料理）

ピン！　今度はルーマニア語だ。

（こんな時代に、なぜ料理する？）

(ローストポテトよ) ポルトガル語で。

(〝なぜ〟料理をするかと尋ねたんだが) これはドイツ語だ。

ドイツ語に自信がないのもあり、カリスはイタリア語にした。いつの間にか、口もとがほころんでいる。

(なぜなら、引っ越してきたばかりだから。ご近所の人たちにかりかりして香ばしいローストポテトをふるまいたいから。もし何かご意見があれば?)

返信はおなじイタリア語だった。

(そちらのご近所に関する意見? 残念ながら、もちあわせはない)

言語の遊びで、相手が自分とおなじ言語を使うのは小さな勝利といえた。カリスはにっこりする。

(あなたがうちのご近所さんだったら、ゴムみたいなローストポテトを食べたくないでしょ? もしよかったら、ガチョウ脂を買えるところを教えてもらえないかしら?)

(ぼくなら、見ず知らずの人間がつくったものは食べる気がしない)

(ローテーション・レストランに行けば、知らない人が調理したものも食べるでしょ?)

(いいや。ぼくは料理人だから食べずにすむ)

やや間があいた。

(ローテーション・レストランで働いてるの?)

(まあね)

(すごい！　だったらアドバイスをいただけるとありがたいわ。このあたりで、ガチョウ脂を買えるところを知らない？)

応答なし。

(どうか、お願いします)ほほえんで、やわらかな口調にする。

ピン！

(パッセイのはずれにある古典的なスーパーマーケットに行ってみるといい)

(ありがとう)

(信じがたいことに、こんな時代に缶詰を売っている)

(〝こんな時代〟にこだわりがあるの？　もう三度めかしら)

(ふつうだろ？　世のなかずいぶん様変わりした)

(ええ、たしかにね。でもほんとに助かったわ、ありがとう。あとでそのスーパーに行ってみます)

カリスはギリシャ文字の練習を六回くりかえした後、両手からフレックスのメッシュを、頭のなかから〝ローストポテト〟の七言語バージョンをとりのぞいた。

外は美しい九月の黄昏どきで、廃墟にはそよ風が吹いていた。現代的なガラスと鋼鉄のビルの足もとは、いまはなき建物群の煉瓦と基盤で、その骨格だけが保存され、新ビルの内部を支える一助となっている。そこかしこにある古い路地では、漆喰の壁が鉄桁(てつげた)で支えられ、崩れかけたような建物のなかにはマトリョーシカさながら、ガラスで仕切られた新しい部屋がいくつもある。

あたりは夕焼け色に染まりはじめ、カリスはむきだしの腕を組み、カフェの立ち並ぶ区画に入った。するとチップに遅延が生じ、曲がり角で立ち止まる。「いったいどうしたの。しっかりしてちょうだい」カリスは少しいらっとして、チップをつけた手首をひねった。

「小惑星が人類を滅ぼすなんてことが、ほんとうにあるのかしらね」ぶつぶついうと、チップはようやく進む方角を更新した。

石畳の広い並木道に出て、鉄桁で支えられるほど古い商店の並ぶ一角へ向かう。すると、狭い入口に色とりどりのビーズのカーテンがかかり、窓の上に〝フォックス・スーパーマーケット〟と書かれた店があった。外のニュース板では、「合衆国の放射性粒子、ようやく安全レベルに」という見出しがきらめく。

店の入口の左右には、旧式のワイヤー製のかごとカートが並んでいた。カリスはビーズのぶつかる軽い音を聞きながらカーテンを抜け、店内に入った。

きょろきょろして歩いていると、八番の通路で男性がひとり、床にひざまずいて棚に缶詰を並べていた。

「すみません」カリスは声をかけた。「もしガチョウ脂があれば、場所を教えてもらえますか？」

彼はふりむき、見上げた。少しくせ毛の黒髪が顔にかかって、その下の青い瞳は笑っているようだ。まるでカリスが冗談でもいったかのように。

「きみはカリス、じゃないか?」彼は缶詰を棚に置いて立ち上がると、ひとつをカリスに差し出した。「さっき話したよね。はい、どうぞ」

カリスはまごつきながら、缶詰を受けとった。

「さっき……話した?」

「マインドシェアで」

「でもあのときは……料理人だといわなかった? ローテーション・レストランの?」

「そうともいえるし、違うともいえる」頬が染まった。「少なくとも、料理人のつもりではいるから。直近のローテーションで訓練を完了して、どこか町のレストランが雇ってくれるのを待っている。この店は――」手で周囲を示す。「家業でね。手伝いが見つかればすぐにやめたい、と思っているんだが」

「そうだったの」カリスはもらったガチョウ脂の缶詰を手のなかで回しながら、「早く見つかるといいわね」といった。

「ありがとう。で、きみは何をしている?」

カリスはためらった。「飛ばしているの」

「凧とか?」

「ううん、シャトル」

「それはすごい」感心した顔つき。

カリスは半歩あとずさった。「急ぐのはいやだけど、そろそろ夕食の準備をしないといけないから。ほんとうにありがとう……お目にかかれてよかったわ」

「どういたしまして。ぼくの名前はマックス」

「わたしはカリス」ぎこちなく片手を差し出し、握手する。「わたしの質問をどうやって知ったの?」

「マインドシェアで料理のキーワードがある質問は、ショップやレストランが回答できるように自動でまわってくるんだ」

「そうだったの」カリスはうなずき、「それじゃ、ありがとう」と背を向け、歩きだした。

「それに――」マックスは彼女の背中にいった。「きみのプロファイルの写真がきれいだったしね」

カリスは顔だけふりむいて、「店長と料理人と、オンライン・ストーカー? ずいぶん忙しいわね」と明るく返した。

「三つも仕事があればね。それにきみはフランス語でも反応したし。ぼくはこの前のローテーションで学習したばかりだ」

カリスは眉をぴくりとあげてふりかえり、正面から彼を見た。

「てっきり、翻訳チップを使っているとばかり……」彼の手首を指さす。

「とんでもない」

「わたしも使ってないわ」そこでふたりとも笑顔になった。「ふたつ前のローテーションで、ヴォイヴォダ8にいたの。南部の海岸地方よ」

「ぼくは三年ほどパリで暮らした。料理の勉強もそこでね。腕はなかなかのもんだよ」

カリスはちょっと考えた。「今夜はご近所の人も招待しているの。でも、少人数のごく小さな集まりよ。来る人はみんな、わたしにはアダムなの。よかったら、あなたも来る?」

「喜んでうかがうよ。で、アダムというのは?」

「知らない人ばかりで区別がつかないという意味。にやにやしてるから、わかってたんでしょ? ストーカーのつぎに〝嫌味なやつ〟を加えておくわね。時間は……八時。住所はフレックスで知らせるわ。できれば何か持ってきてもらえる? なんでもいいから」うなずいて背を向け、歩きだす。「それじゃ、また今夜」


蠟燭の炎が六つのワイングラスと水のタンブラーを照らし、夕食会は盛り上がった。カリスのリビングルームの壁二面はウォール・リバー用の大きな嵌め込みのスクリーンで、一面は最新ニュースを、もう一面はマインドシェアを流している。文字はどちらも、カリスの設定でやわらかいオレンジ色だ。バルコニーにはかつてヒスパニック地区だった名残があり、古色蒼然とした鎧戸ごしに波の音が聞こえる。料理はビュッフェ・スタイルで、ローストチキンに野菜にヨークシャー・プディング、そしてカリスがおおいに宣伝したローストポテト。「チキンにヨークシャー・プディング?」カリスの新しい同僚、リリアーナがいった。「ちょっとばかり……」

「型破りかな」といったのは、カリスの向かいの部屋の住人、構造エンジニアのジョンだ。大皿の取り分け用スプーンを取る。「ぼくの出身地じゃ、通俗的な習慣なんか無視して、食べたいものを食べていたよ」

「それはどこ？」カリスは助け舟に感謝の目を向けた。

「いやあ……」ジョンは困った顔をした。「みんなそうだと思うが、場所ははっきりとはわからない。ただ、最初に覚えているのはヴォイヴォダ3かな。五歳のころだ。祖母がフィッシュ・アンド・チップスを食べに連れていってくれたんだが、ぼくはプディングしか食べたくなくてね。好き嫌いが激しくて、食事はいつも残してばかりだった。そこでローテーション・レストランのシェフが考えて、チョコレート・バーに衣をつけて揚げ、それにチップスを添えて出してくれた」テーブルのまわりにいた者たちはみんな笑った。「まあね。だけど子どもだったし、作戦は成功して、ぼくは料理を平らげた。祖母が小遣いをくれたから、その月の残りは毎日、がんばって完食したよ」

「じゃあ、平らげたことに乾杯しましょう」リリアーナがグラスをかかげ、全員が従う。グラスの触れ合う音にジョンはほほえみ、「リルジャーナは？」と尋ねた。「きみはここに来る前、どこにいたんだ？」

「リルジャーナじゃなくて、リリアーナよ」まず発音を訂正する。「マインドシェアで文字だけ見ると、違和感があるだろうけど」

「すまない、リリアーナ」今度はきちんと発音する。「いい名前だよ」

「物心ついたとき、両親はローテーションでアドリア海沿いにいたから、こういう名前になったの。でも両親の家系は純粋のアフリカン。ここに来るまえはヴォイヴォダ1にいたわ」

「家系ねえ……」オリヴィエがつぶやいた。カリスが語学ラボで知り合い、話の流れでパーティに誘った。「おれたちユーロピアの第三世代は、めったにそんな話はしないよな」

カリスは彼の言葉には反応せず、リリアーナに訊いた。

「中央ヴォイヴォダでの暮らしは、どんなだった？」

「もちろんユートピアよ」その返事に全員が笑った。「誇り高くて、平穏で」

「ぼくらのあるべき姿だな」と、ジョン。「自由にのびのびと、他に依存せずに独立して暮らす。つねに変化する混成社会でもね。これは存分に誇っていい」

「はいはい、それでは」リリアーナがユーロピアの誓約について問う。「誰の名のもとで行動するのか？」

「神ではなく、王でもなく、国家でもない」

「では、誰の名のもとで？」

「自分自身の名のもとで」

オリヴィエがワインをつぎたした。「なんといっても面白いのは――」ピノ・グリージョが入ったグラスをゆっくり回す。「〝出身地〟の話はいっさいせずに、〝これまで住んでいた場所〟について話すことかな」

「それがローテーションの良さだよ」といったのはマックスだ。「世界のあちこちに行き、いろんな場所を見ることができる。おなじ町に三年以上、滞在することはない……」

アストリドが身をのりだした。「わたしが生まれた土地は北方のヴォイヴォダで、六度めのローテーションのとき、そこに行ったの。しばらくまたスカンジナビアで暮らせたのはよかったけど、寒くてたまらなかったわ」

みんな笑って、ジョンが尋ねた。「これまででいちばん寒かったのはどこだ？」

「わたしはロシアかな」と、リリアーナ。「ヴォイヴォダ13よ。EVSAのオフィスがマイナス十度になるのもしょっちゅうだったわ」

オリヴィエがぶるっと身を震わせた。「おれはアイルランドかな」

カリスが意外な顔をした。「アイルランド？　いちばん寒かったのが？」

「甘いわねえ」アストリドがくすっと笑った。「わたしも暮らしたことがあるけど、気候はうららかなほうよ」

「ヴォイヴォダ5に住んだのは三ローテーション前だが、凍えるほど寒かったね」オリヴィエはむきになった。「きみはリフィ川の音楽パブに行ったことがあるか？」

アストリドはかぶりを振った。

オリヴィエの話は止まらない。「きわめて魅力的なところだよ」ワインをごくごく飲んでから立ち上がる。「カリス、きみならきっと気に入る。おれも一度だけ歌ったことがあってね。古いラブソングだが、いまここで歌って聞かせようか？」

あら――。「ううん、いまはいいわ。マックスの持ってきてくれたプディングが……」

オリヴィエは部屋にあったギターを手にとり、カリスは母親を呪った。あのギターは母から押しつけられたものなのだ。オリヴィエはカリスを見つめ、弦をつまびきながら近づいてくる。

どうしよう。お願いだから、わたしのために歌うなんてことはしないでね、とカリスは心のなかでつぶやいた。すると、オリヴィエが口を開いて歌いかけたとき、べつの声がわりこんだ。

「そろそろ片づけようか」マックスがオリヴィエの行く手を阻むようにカリスの前に立ち、皿を集めはじめた。「みなさん、デザートは？」テーブルを見まわす。

「いいわね」と、カリス。

「じゃあ手伝ってくれるかな？」

オリヴィエはふたりの背後で激しくギターをかき鳴らす。

「もちろん」離れようとするカリスに、オリヴィエは顔を近づけた。吐く息がずいぶんアルコール臭い。

カリスがひるむと、ギターの耳ざわりな音がぴたりとやんだ。見るとマックスが、ギターのフレットを手で押さえている。怪訝な顔をするオリヴィエに、マックスは穏やかに尋ねた。

「デザートは？」

オリヴィエはぶすっとして自分の椅子にもどり、アストリッドが彼の手を叩きながらいった。

「世のなかには芸術を理解しない人もいるのよ」彼のグラスにワインをつぎたし、顔を寄せる。「ぜんぜんわかろうとしないの」

カリスはマックスとふたりで汚れた食器をキッチンに運ぶと、ドアを閉めてもたれかかり、ふっと息を吐いた。おなじくマックスも。

「まったくね」カリスは天井を仰いだ。「どうなるかと思ったわ。ありがとう」

「まともな夕食会で、あれはないよな。彼は……合奏でもしたかったんだろうか。だったらぼくはボンゴ奏者だな。リリアーナはマラカスさながらスプーンをがちゃがちゃ鳴らし……」

「オリヴィエは巨大シンバルで自分の頭を叩くの」

「なかなかいい」

「わたしは鍵盤に跳び乗ろうかな」

「ピアノが弾ける？」

カリスはうなずいた。

「それはすごい。ピアノはどこに？」

カリスは食器を持ったまま指を動かし、ほほえんだ。

「ふむ。なんでもピアノにしてしまうのか。だが……アコースティック・ギターがあっただろ？」

「あれは母のものなの。どっちが涼しい気候の土地にいるかで、保管係が替わるのよ。母にいわせると、湿気は楽器の大敵らしいわ。ほんとに、すごくこだわるの。だからいまのところは、わたしが母のギターの保護者」

「だったらさっきの光景を、お母さんが見たら悲しむだろうね」

ふたりとも声には出さずに笑い、カリスは食器をシンクに置いた。マックスはナプキンを肩にひっかけ、ハミングしながらデザートカップを六つ並べる。オリヴィエが弾いたメロディとおなじで、カリスとマックスは目を合わせてほほえんだ。

「きみの家族は、いまどこに？」

マックスがデザートをもりつけるのを、カリスはカウンターにもたれてながめた。

「両親はヴォイヴォダ14で、兄は援助隊で旧合衆国にいるの」

「え？　合衆国？」

「そうなの。しばらく連絡がなくて……。それも仕方ないとは思うけど、心配だわ。家族に連絡する暇があったら、難民に水や食料を届けないとね。妹はポルトガルのヴォイヴォダよ」

「ははん……」ナプキンでデザートカップの縁を拭く。「だからさっきマインドシェアでへたくそなポルトガル語を使ったわけか」

カリスは笑った。「意味は理解できたでしょ？」

「何か国語を話せるんだ？」

「五つかな。もうじき、ひとつ増える予定よ。ギリシャ語にとりかかったから。あなたはマインドシェアで使った言語を全部話せるの？」

マックスは片眉をぴくりとあげた。

「ぼくがチップに頼るような人間に見えるかい？」

「いいえ。何事にも真剣にとりくむ人に見えるわ」彼の手をとり、裏返して手のひらを見る。

「働き者みたいね」その言い方に少し反省。「やるべきことは、きちんとやる人。管理を引き受けた以上はしっかりお店を管理する――」そこでいったん言葉を切った。「どう？ 当たらずといえども遠からずじゃない？」

「ほかのやつより遠くはないな」

「ほんと？」

「ああ。きみはいま、ぼくと五十センチしか離れていない」

カリスは目をむき、隣の部屋から大きな笑い声がした。

「で、きみはシャトルを飛ばし――」マックスは多少まじめな口調でいった。「男に歌を捧げられるのをいやがり、これまでどこで暮らしたかを人に訊きたがるタイプかな？」

「まあね」カリスはカウンターを拭きはじめた。「もともと軽はずみだから、リリアーナのような人がいても、つい口がすべってしまうの」

「リリアーナのような、というのは？」

「誇り高くて理想主義。信念のある人」

マックスは首をかしげた。「じゃあ、ぼくのような人間だ」

「そうなの？」

「そうだよ。ぼくの家族はみんな……ローテーションを絶賛してたね。その重要性についても」

「家族と離れ、ひとりでいろんな町を転々とする重要性？」

「ああ」

「だったら――」カリスはとくに表情も変えず首をすくめた。「わが家の方針とはちょっと違うかも」

「どういうふうに？」

カリスはチキンを焼いた鉄板をとった。油が揺れて、ローストチキンの香りが漂う。

「それはまたべつの機会にでもゆっくり。そろそろデザートを持っていかない？」

マックスの表情に何かがよぎったものの、両手で器用にデザートカップを四つ持った。

「よし。きみの家系については、またいずれ聞かせてもらおう」

「機会があればね」カリスは残りふたつのカップを持ちながら明るくいった。「でもオリヴィエの前で家系という言葉は使わないでね。わたしたちユーロピアの第三世代は険悪なムードになるわ」

★

「ほんとうに」と、カリス。「あなたはいつも助けてくれたわ、マックス。わたしを守って

くれる騎士だった」ふたりは宇宙の塵のなか、操り人形さながらに揺れる。「でも今回はロ
ーストポテトのようにはいかないわね」
「あまりしゃべらないほうがいい。酸素を節約するんだ」
「いいのよ、わたしのことはもう気にかけなくても。わたしは船に乗って、いまここにいて、
呼吸もしている」暗い空間をながめ、酸素パックの青い数値を見る。「どうしたらいい
の？」
「心配するな。ぼくに考えがある」

3

八十七分——

〈ラエルテス〉がますます遠ざかるなか、マックスはふたりをつないでいたテザーをはずす。「今度はきみが手足を広げる番だ」カリスの手首と足首をつかむ。「ぼくの考えではまず、きみの酸素の漏れを止めなくてはいけない」

「マックス……」漂う白いテザーを凝視し、湧きあがる恐怖を抑えながらマックスにテープを渡す。彼はカリスがしたのとおなじように漏れの箇所をさがしはじめる。「とても小さいから、簡単には見つからないわ。闇を背にしてなんとか見える程度よ」

マックスは無言でカリスの体を動かし、紫紺の天の川がカリスの背景となるようにする。彼が漏れをさがしているあいだ、カリスは不安を抑えるためにしゃべる。

「宇宙の星の数は、地球にある砂粒の数どころじゃないわよね」

「ぞっとするよ」

「天の川銀河だけでも、恒星は二千億個あるらしいわ。太陽より大きな星もあるかと思うと、気が遠くなりそう」

マックスはグローブをはめた指をパックに押しあてる。

「底にあったよ」

「あなたのもそうだったわ。塞げる？」

「もちろん」テープを貼り、しつこいほどこすってから安堵のため息。「オーケイ。でもまだ動かないでくれ。うまくいくかどうか確認したいから」

「何が……うまくいくの？」

マックスはカリスのパックの周囲を動き、べつの装置のマニュアル・オーバーライドを、つぎにパックとヘルメットをつなぐチューブを見つける。チューブはしかし、しっかり溝に嵌め込まれていて、簡単にははずせそうにない。

「マックス？」

「待ってくれ。もう一度、じっくり考えるから」

「じっくり？　残された時間内で？」

「じゃあ、あと少し、といいなおそう。信用してくれよ」チューブをつまみ、ねじってみると、いくらか浮いた感覚がある。それを人差し指と親指にひっかけるようにしてまたねじり、長い固定スクリューをゆるめてから、パックの下でくりかえし螺旋に巻かれているゴムのチューブをなんとかほぐしていく。たいへんな作業だが、マックスはひたすらつづける。

「調子はどう？」

「ノズルがいるな。使えそうなものはあるか？」

「サイズは？」

「小さくていい」指二本で太さを示す。「これくらいだ」

「水パックのチューブがあるけど」声が小さくなる。「それを使ってしまったら……」

「パックはふたつある。ひとつあればふたりで――」

「八十六分、生きられる？　ほかに方法はないの？」

「ないことはないだろう。でもいまできることをやらなくては、二日分の水があったところで意味はない。何より必要なのは水よりも――」

無言で見つめあう。

「頼むよ」カリスの手に自分の手を重ねる。

「そうね」カリスは反対の手をその上に置く。「あなたのいうとおりだわ。いまできることをやらなくちゃ」

「ありがとう」

カリスはライトで水パックを確認し、半透明のストローをはずしてマックスに差し出す。絶望の淵ですがりつく、かすかな希望。マックスは腕をのばし、大切に使ってね、というカリスの言葉とともに、親指と人差し指でそっと慎重に受けとる。

ストローをつまんでじょうろの形にし、くずれないように曲げる。

「いったん酸素の供給を止める。一分ほど呼吸できる量は残しておくから、くれぐれも節約するんだよ。いいね？」

　カリスは目をしばたたいてうなずく。

「すぐに終わるから」酸素パックのチューブをはずし終える。「さあ、やるぞ」

「何を？」ささやき声。

「話すんじゃない。ゆっくり息をするんだ。あわてるな」パックのチューブを抜きとり、即席のストローのノズルを差し込む。と同時にマニュアル・オーバーライドを押して、酸素をストローから吹き出させる。カリスはごくわずか、数センチほど前に進み、マックスは安堵の笑い声。

「うまくいったな」カリスの手を離し、彼女はまたごくわずか前に進む。

「ちょっと待って」カリスはマックスの腕をつかもうと両手を振るが、彼がチューブを再接続してくれるまで声を出せない。

「うまく動いただろ」

　カリスは必死で合図を送ろうとし、緑の目に涙がたまっていく。酸素は見る間に減っていくが、動くといってもたいしたことはないのだ。

　要するに、酸素は無駄遣いされている。いまやマックスも動揺し、カリスのパックをつかんでチューブを接続しようとしたが、あせって向きをまちがえ、チューブは跳ね返る。回転するチューブをあわててつかむも、そのあいだも酸素は浪費されていく。

　一秒の争い。

なんとか再接続し、はずれないよう、もとの溝にしっかり収める。

「マックス……」苦しげな声。

「大丈夫か？」

「推力が生まれると思った？」

「ああ」

「そのままじゃ無理よ。熱を与えなきゃ」ヘルメットのなかで、両頬に玉の汗が流れおちる。

「もし圧力が……」

「だめなのよ」汗を拭きたかったができない。仕方なく頭を左右に振ると、王冠のように頭に巻いた三つ編みから、溜まった汗がしぶきとなって飛ぶ。アドレナリンが湧き、心臓モニターが警告音をあげ、叩いて切っても心拍数は上がりつづける。

「すまない、カリス」

ふたたび警告音。

「圧縮空気でないとだめなの」

「浅はかだったよ。ほんとに、すまない」マックスはカリスのほうへ腕をのばす。

「わたしに一言もいわずに、わたしだけ船に帰そうとするなんて、いったいどういうつもり？」

マックスののばした腕が途中で止まる。

「それで怒ってるのか？」

「わたしの酸素はどれくらい減ったの？」

「たいしたことはない」パック横の青い数字に目をやる。「埋め合わせはするよ。次回はぼくの酸素を使おう」

「次回？」大声が割れてとどろく。「あなたのほうが残量が多いから、わたしが死んでいくのを見ることになるわ」

「よしてくれよ、カリス。きみを助けたかったんだ」

「わかってる。だけどその結果、わたしはあなたを残して死ぬの」

「うまくいけば、せめてきみだけでも助かると思った」

「お願い」カリスはかぶりを振る。「いまのわたしに、救いの騎士は必要ないのよ」

「ぼくはただ──」切なげに。「自分のやるべきことをやるだけだ」

「ええ。でもそれは、わたしひとりを救うことじゃないわ」

★

夜も十二時になるころ、カリスは帰るマックスをドアまで送った。寒さにカーディガンの下で腕を組み、ドア枠にもたれる。

「夕食会に呼んでくれてありがとう。見ず知らずの人たちに交じらせてもらえて感謝している」

「ローストポテトをおいしそうに見せかけてくれて感謝してるわ」ふたりとも声をあげて笑った。「あしたはどうするの？」

「店に出るよ。きみは？」

「おなじく仕事」

マックスはその場でぐずぐずした。「これからもギリシャ語を勉強するのかな？」

「もちろん」

「ラボで？」

カリスはうなずいた。

「そうか。だったら、その気になればきみを見つけられるな。じゃあ近々また！」

マックスは外に出て、二度ほどふりかえった。街灯のオレンジ色の明かりでシルエットになったカリスは、ドアの向こうに消えていく。

自宅までたいして時間はかからなかった。家に近づくと手首のチップが認識し、玄関のボルトがかちっと音をたてて木のドアが開く。なかに入ると照明が自動で点灯。カリスの部屋では、壁の埋め込みフレームに彼女のチップ内の写真が流れていたが、ここにその種のものはない。ただし台所の壁には、前の住人による画像がいまも映っている。マックスは彼らの笑顔の下、美しい夕焼けの下で調理をするのだ。

夕食会でカリスが話していたことを思い出す。引っ越してきた土地で、マインドシェアを使って地元の人たちと知り合い、ほかのヴォイヴォダにいる友人や家族と会話を楽しむという。彼女のまわりにはつねに人がいて、にぎやかなのだろう。

「きみは人を呼んで騒ぐのが好きなのか？」マックスはカリスに訊いた。ソファのほうへ手を振り、そこにはアストリドとオリヴィエがいて、オリヴィエのグラスのワインがはね、淡い色のラグにこぼれた。

「いいんじゃない？　ずっとひとりでいるよりも」彼女の言葉に、マックスはすなおに同意はできそうにない。

二階へ上がり、床がきしみ音をたてないよう気をつけながら浴室に入った。パッドで歯磨きパターンを入力して洗面台にもたれ、鏡に映る顔をしげしげと見た。目の光は揺らぎ、この夜を終わらせたくないと思っているのを実感する。いまは、まだ――。


クラブのドアマンの肩に触れると、彼はすぐなかに通してくれた。マインドシェアでマックスの恩恵にあずかったのはカリスだけではないのだ。深夜一時近くでも、木曜の〈ドーマト〉は混んでいた。ローテーションの切り替わりで知り合った者たちが週末を前にして、下のバーで、あるいは頭上のガラス床のダンスフロアではめをはずしている。見上げると、まぶしいまでの光景がとても美しい。踊り手たちの足が触れるたび、その部分のガラスが色とりどりに光るのだ。効果は抜群で、教会をクラブに変身させるにはこれだけで十分だった。

ユーロピアがさまざまな信仰体系を〝信義〟に統合して以来（無宗教の者は無信義）、それまでの宗教施設は存在目的を変え、みごとな建築はヴォイヴォダのナイトライフを象徴する施設となった。

「マックス！　こっちに来いよ！」リウの声がした。かつては祭壇、いまはバーとなった場所で、ぼろぼろの大きなソファにすわっている。リウは名高い中国人活動家で、派手な話と派手な語り口で人だかりができるほどだった。いまも女性のグループが、まだどこかおちつかなげに彼を囲んでいた。マックスはくたびれたTシャツの裾を引っ張ってのばし、顔にかかった髪をはらいながらそちらへ行った。

「やあ」声をかけると、さまざまな声音が合唱となって迎え、マックスはにっこりした。

「今夜は来ないと思っていたが」リウは立ち上がり、マックスの肩に両腕をのせた。これがヴォイヴォダで慣例の出迎え方だ。「おまえの夜は幕を降ろしたと思っていたよ」

マックスが頭を横に振ると、女性がひとり、びっくりしたように目を見開いた。彼女の赤いドレスには、肌を見せる切れ目がいっぱいだ。

「噂は聞いたわ。あの有名なマックスね？」

「有名？」

「謙遜しなくていいわよ」手首の塩を舐めてから、テキーラをひと口。唇にもドレスとおなじ切れ目があるように見えた。「あなたは宇宙飛行士で、それも世界を救おうとして――」

マックスは眉をひそめ、「悪いが、リウ」といった。「飲みものを取りにいくから、つきあってくれ」

ふたりは古い木製のカウンターによりかかり、テキーラがつがれるのをながめた。

「いったいどういうことだ?」

「いつもの調子でしゃべっただけさ」リウはチェシャ猫のようににやりとし、カウンターに並んだテキーラのショットグラスを指さした。「おごってくれるか?」

「宇宙飛行士じゃないからね、ささやかな給料じゃおごれない」

リウの笑みが広がった。「おまえが来るまえに、雰囲気をもりあげておこうと思ったのさ」

「今夜は来ないと思ってたんじゃないのか?」

リウは声をあげて笑いながらマックスの背中を叩いた。

「いやあ、ラッキーだったよ。おれじゃあの子たちの夜のお相手はできない。だろ?」

マックスは彼の胸を小突いた。「ばかやろう」

「おまえが来るのを祈っていたよ、いつものようにね。でなきゃおれの魅力的な話にうっとりし、有名な宇宙飛行士になんとしてでも会わせろとせがまれてたいへんだ」

「危険なゲームだよ。あそこにいる半数が、あした、うちの店に来るかもしれない」

「彼女たちがわざわざ材料を買って自分で料理すると思うか?」懐疑的なまなざし。「え?」

「しないだろうね」

「正解。おれたちの神話に危険などないよ」

「おまえが勝手につくった神話だ」これにリウはまた声をあげて笑った。「さっきまで、ある女性といっしょにいたんだ。昼間、店で顔を合わせてね」

「店のサンディか？　あのブロンドの？　首尾はどうだった？」

「サンディじゃなく、べつの女性だ」

リウは訳知り顔でうなずいた。「女はバスみたいなものだからな」

「おいおい、そういう言い方は――」

「心配するな。おれは男女平等だと思っている。男もバスみたいなもんだってね」

マックスはショットグラスを手にとると一気に飲んで、眉をひそめた。

「たしかにね」

「話の続きは？　新しい彼女はどんな人だ？」

人気の曲が流れはじめ、ソファの客たちは歓声をあげると群れをなして階段へ、ガラスのダンスフロアへと上がっていった。マックスはしばらく上のようすをながめてから答える。

「彼女は……。彼女となら話せるんだ、ほんとうのことを」

「ほんとうのこと？」

「そう。男女のこととか、そういうんじゃなくてね」体をまわし、両肘をカウンターに当ててよりかかる。「ここにいる女性たちとは違って……」

「サンディは？」

「サンディやここにいる女性とは違って、話している実感があるとでもいうのかな。うまくいえないが、ほかは何もかもが一時的なものでしかない」

リウは真顔になった。「ローテーション自体、一時的なものだ」

「わかってる。これまではまったく苦にならなかったけどね。ひとり暮らしが気に入っていた。やりたいことを、やりたいときにやれる。そしてその土地に飽きはじめたころ、ローテーションでべつの土地に移る」

「個人主義のあるべき姿の、斬新な表現法だな」

「何事も個人の名のもとに独立して行なう、というのがルールだろ? 国家意識はもたず、宗教的対立もなく、成熟して安定するまで深刻な人間関係は、一時的なものでさえ、いっさいつくらないというのが原則だ。しかし……」

「おいおい、ローテーションを批判する気か、マクシミリアン?」

マックスは首をすくめた。「むきにならないでくれ。べつに改革を始めようなんて思っていないから。ただ〝一時的〟なんて……おそらく、ナンセンスだ」

「こいつはかわいいと思ったら、すぐさまセックスする。なぜなら、数年後にはべつの土地に行くからだ。おれはそれで満足だね」

「まあ、そういうことかな。魚はつぎの海にも、いくらでもいる」

リウの真顔は変わらない。「そんな決まり文句は聞き飽きたよ。ところでマックス――」

「よせよ、話をそらすのは。彼女は……カリスは、違うんだ」

今度はリウが眉をひそめた。

「違う? わかってしゃべってるのか? おまえは二十七だろ? その歳じゃまだ無理だ」

マックスは何もいわない。「ゲアリーって娘とは結婚できないよ」

「ゲアリーじゃない。カリスだ。ウェールズの名だよ」そこで思わず笑った。「はいはい、わかってるって」

「おまえはずっとユーロピアで暮らしてきたんだろ？　おれはユーロピアの習慣にまだ馴染みきれていないが、それでも婚姻規則はうまく機能しているように見える。誰の名においてだ？」

マックスは少しもじもじすると、誓いをたてる仕草をして答えた。

「神の名ではない。王でもなければ国家でもなく――」

リウはさえぎった。「誰の名においてか。それは自分自身の名においてだ。恋人の名前でもなければ、家族の苗字や子どもたちの名でもない。どうせなら、誰もが全力を尽くせるような社会のほうがいい。だからおれたちは個人として、理想郷(ユートピア)の実現に貢献しようとする。ただしそのうち、そろそろ腰をおちつけて家族をもちたいと思いはじめる――。ところが現在の婚姻規則では、そのてのことを考えるのは三十五歳以上から、と制限されている」リウはテキーラを飲みほした。「〝個人主義〟の社会では、若いうちは自由を満喫でき、歳をとったら家族をもてる。それ以上の何を、おまえは求める？　これで完璧じゃないか？」

「わかってるよ」マックスはため息をついた。

「彼女のことは適当にしておけ。ろくなことにならない。何かが生まれるとは思えないね」

女性陣がダンスフロアからもどってきたが、踊る前より親しさが増したようだ。何人かがトイレへ向かい、あの赤いドレスの女性はマックスのほうへ来た。カウンターにもたれ、マックスの目をじっと見つめながら、彼のストローを使って飲みものをゆっくりすする。

「この近くに住んでるの?」

「まあね」

リウはほほえみ、その場からいなくなった。赤いドレスの女性はマックスのほうに手を差し出した。爪はアセテートのドレスとおなじ赤色だ。

「わたしはリサ。このドレス、いかが?」不自然な格好で体をねじる。マックスは品定めするようにじっとながめた。

「なかなかだね」

リサは顔を寄せてきた。「あなたのところに行きましょうよ」

「できない。今夜はね」

リサはふくれ面をした。「あした流星が落ちてこの世が終わったら、わたしの部屋に行っておけばよかったと後悔するかも。ここからそんなに遠くないわ」

「いつもこの調子なのか?」

「どうしてもってときはね」マックスの首に腕をからませる。

「結果はうまくいく?」

「ええ、毎回」

マックスは彼女を見下ろした。「そうか、だったらぼくは――」彼女に唇を押さえられる。

それ以上は何もいわず、マックスは彼女に手を引かれるまま出口へ向かった。

★

カリスの言葉は沈黙を呼び、熱い言い合いはたちまち冷める。

「きみを助けたい。ぼくより先にきみを救いたい」思いつめた顔でカリスを見つめる。

「どうしてそこまで?」

「地球では、だめだったから」

「どういう意味?」

「きみのいやがること、気に入らないことばかりして……。ぼくは出会ったときから、きみにふさわしい男ではなかった」頭を横に振る。「あの晩も、ぼくは女性の家に行った。その前も――」カリスは何もいわず、マックスは告白を後悔しかける。「いまはそんな話をするときではないな」

「いいえ、いまだからこそ、でしょう」

マックスはふたりをつなぐテザーを握る。「すまない」

「いいのよ」

「ぼくは最悪だ」

カリスはあの夕食会の日から後、自分がしたことをどう説明すればよいか考える。

「違うの、マックス。わたしは知ってるの」

4

八十分――

残り少ない酸素を会話で費やさないほうがいいのはわかっている。カリスはしかし、これまでふたりがけっして触れようとしなかったことをここで話したかった。テザーの端を手にとり、マックスが勝手にほどいたりできないよう水夫結びにしていく。〈ラエルテス〉は損壊しているだろうが、広大な宇宙で生き延びるにはあそこにもどるしかない。そしてマックスには、カリスひとりだけを〈ラエルテス〉に帰すような真似をさせるわけにはいかない。どこであろうと、カリスはかならず彼といっしょにいる、と固く心に決めている。

「初めて会ってかかわりをもったとき――いやな表現ね――またあなたに会いたいと思った。なのにあなたからは何の連絡もなくて」テザーをいじりながら早口でいい、彼の顔を見る。「そうだったでしょう？　わたしは語学ラボに通って、あなたはそれを知っているはずなのに。マインドシェアで料理の質問を山のようにしてみたわ。それでも……音沙汰なしだった」彼のパックの横にあるフックにテザーを引っかけ、巻きつけ、ループをつくってテザーの端を通す。

「でもあなたは、わたしがお店まで行ったのは知らないでしょう。名札を付けたブロンドの店員さんから、あなたは休みだといわれたわ」サンディという名の女性店員は、カリスがマックスを訪ねてきたと知ると、あきれ顔で〝あら、あなたも？〟といった。カリスは言い訳がましく、マインドシェアで助けてもらって夕食会にも来てもらったの、と説明。〝だったらわたしとおんなじね。彼はかわいい子には親切なのよ〟

「ごめん、知らなかった」マックスは小声であやまる。

カリスは宇宙服のなかで首をすくめ、テザーを8の字にからめる。

「それから何週間かたって、リリアーナの誕生日パーティでクラブに行ったの。教会を改装した、光るダンスフロアがあるクラブ。そうしたら、女性にかたっぱしから声をかける男の人がいて、わたしはバーのカウンターからなんとなくようすを見ていたの。その人はいかにもゲイだったけど、女性たちは口説かれて浮かれて、気づかないみたいだった。彼は身振り手振りをまじえた派手なおしゃべりをして、いやでも話の内容が聞こえてくるのよ」

カリスはフックにテザーをしっかり結びつけながら、男の太い声を真似る。

「〝それでさあ、死なずに生き残った偉大なる宇宙飛行士がひとりいるんだよ〟。まるで舞台監督みたいに〝それがマクシミリアンだ！〟と紹介して、そこにあなたがいたの」

マックスは目を丸くする。「どうして声をかけてくれなかった？」

「どうしてもなにも、わたしは傷ついていたから。まったく連絡してもらえなくて」

「ぼくは——」

「わかってる。あなたがどういう人かは。クラブでわたしはまたカウンターのほうを向いて、あなたに気づかれないようにしたわ。そしてあなたがいなくなってから、舞台監督とおしゃべりしたの」

「リウと？」

「ええ」

「きみと話したなんて、あいつは一言もいわなかった」

カリスは首をすくめ、不安げに酸素の青い数値に目をやる。

「こんな話をしている暇はないわ」

「ああ。だから手短に。リウと話したことを教えてくれ。それからあそこへもどろう」〈ラエルテス〉がいる暗闇に手を振る。外郭には明らかな損傷があり、排水溝に流れる水のごとく、塵がその周辺を舞っている。

カリスはテザーの自分の側でもループをつくり、反対側の端を通して引っぱってみる。万一のとき、力を込めて引いても結び目がほどけないように。

「わたしは彼に、宇宙飛行士がスーパーマーケットの棚に商品を並べるなんて面白いわね、といったの。彼は顔を赤らめたけど……妹をサーカスに売るような男の笑い方をしたわ」

「だろうね。不道徳な男だから」

「なぜ大ぼらを吹くのか尋ねたら、急にまじめな顔つきになって、人を楽しませるにはギャグが必要だといったわ。四六時中、小惑星帯のニュースが流れて、ユーロピアは宇宙に対して病的なまでの関心があるから、それが理想的なネタになるって。いうまでもないけど、これはわたしのじゃなく、彼の表現よ」

「ああ、いうまでもない。きみなら〝病的なまでの関心〟なんて表現はしない」

「あの人は根っからのエンタテイナーね。自分の番組をもったらいいのに」

「いまごろはもっているかもしれない。彼がぼくらのことにどんな役割を果たしたかを世間が知ったらね。ただ、そんなことがあったあとでも、きみはいやがらずによくぼくと会ってくれたね」

カリスはふたりのパックにテザーをまわし、しっかり結びあわせる。

「わたしはあなたのことが好きだったから……話していると楽しいし、自分が必要とされているような気がした。当時のわたしはお世辞にも、自信があるほうじゃなかったし。もちろんそれでいいと思ってはいるけど。でもあなたが宇宙飛行士のふりをしていることには、首をひねるしかなかったわ」

マックスは片手をテザーにのせる。「そのほうが立派な人間だと思ってもらえた」

「あなたは立派な人よ」

「スーパーマーケットの棚の整理しかしていなかった」

「だからなに？」語気を強める。

「一握りを除き、たいていはユーロピアでやりたい仕事をやれる。だがぼくは、その一握りだった」

「でもシェフになりたかったのだから、どうせ大袈裟にいうならそっち方面にすればよかったんじゃない？」

マックスの顔にさびしげな笑みが浮かぶ。「地上より〝雲の上〟のほうがすばらしくないか？」

「宇宙の旅は、とても魅惑的だし？」カリスは周囲を見まわす。マックスも彼女にならってあたりをながめ、ジョークのひとつでもいおうかと思ったが、いまはそのときではない。ふたりは紐でつながれ、果てしない、限りない闇をひたすら落ちていくだけだ。

カリスはテザーを手首ではじき、振動は脈さながらマックスへ伝わっていく。

「よかった」カリスは試験結果に満足する。「これでもう、わたしたちは離れられないわ。よほどのことで、テザーが切れないかぎりはね」

「流星体とか？　この下にはどっさりとある。で、これからどうしようか？」

「そうねえ……」パックの傷口を塞いだおかげで、わずかな分子の漏れが増長させていた回転や揺れが多少はおさまった気がする。さっきマックスはノズルをつくり、酸素を使った。もし可能なら……。

「連絡したくてもできなかったんだ」

まったく、マックスったら。カリスは顔をしかめる。

「きみと会ったとき……。ぼくの気持ちはわかっているはずだ。いまも、あのときも」

「ええ」

「きみはすでに、一人前のパイロットだった。そしてぼくはスーパーマーケットをきりもりしていた」

「でもそのあとあなたは、わたしの職場の同僚になったわ」

「きみは〝シャトルを飛ばす〟としかいわなかったから、ぼくは航空会社だと思いこんでいた。新しい仕事の打診があったとき、きみがその組織の一員だとは想像もしなかった」

「自分からEVSAに応募したんじゃないの？」公園のベンチで話すような軽い調子で尋ねる。

「いいや、EVSAのほうから声をかけてきたんだ」

★

彼らが現われたのは、マックスが休みもとらず店に出つづけた九日めだった。この九日間、カリスに連絡したかったが、女性に心惹かれること（それも本気で）はどこかおちつかないものがあり、危ない真似は避けようと思った。両親は婚姻規則どおり三十代後半で夫婦になり、マックスがいくらその気になっても、カリスと結婚できるのはほぼ十年先だ。だがそれでも……もし……。一時の気まぐれを規制するルールはなく、どこのヴォイヴォダでもみんなうまくやっている。ローテーションにより、人は一個の人間として独立し、国籍はなく、地域社会のプレッシャーもない。でもだからといって、孤独を貫く必要はない。たまたま彼女と再会した、と見せかけることはできないか。ヴォイヴォダは狭いし、すでに顔見知りではある……偶然を装うのはさほどむずかしくはないだろう。

そしてこの日、彼らの車はパッセイ・デ・ボルンを真昼に忍び寄る靄のごとく静かにやってきた。石畳に酸素燃料エンジンの音がして、マックスが入口のビーズのカーテンを片手で払って外をのぞくと、車から降りたのは男三人——ピンストライプのダブルのスーツに杖を持った年配の紳士と、その後ろにサングラスをかけた護衛らしき男がふたりだ。そして驚いたことに、三人はまっすぐマックスの店にやってくると、頭を少し下げてカーテンをくぐった。立ち止まって店内の明かりに目を慣らす。

「マックス・フォックスに会わせていただきたい」護衛のひとりがいった。

「はい」と、マックス。「どんなご用件で？」

スーツの紳士が前に進み出た。「内々で話したい。といっても、怪しい用件ではない。むしろきみが……」杖にもたれ、マックスをじっと見る。「……マックスの居場所を教えてくれれば、彼の人生を変える一助となるだろう」

マックスは緊張した。「つまり、拒否できないわけだ。はい、こんにちは、ぼくがマックス・フォックスです」ヴォイヴォダ式の挨拶で片手をあげ、紳士はそれに応えてマックスの肩に手を置いた。袖のカフスがライトの下できらりと光る。

「では、よろしく、マックス。形式的なものだが、わたしの信頼できる連れにきみのチップを見せてもらえないだろうか……。よし。ありがとう」そこであらためて、紳士は自己紹介した。「わたしの名はオルダス。EVSAの人材登用部門の長を務め、ミッションにおける有能な人材をさがしている。きみの優秀さを知り、ぜひ専門技術者として参加してもらいたく出向いた」

「こういってはなんですが――」マックスは持っていたパイナップル缶を下に置いた。「わざわざぼくをからかいに来た？」

「いや、正式の依頼だ」

「リウの話を信じたとか？　だったら、あいつを絞め殺してやりますよ」

「リウとは誰だ？」オルダスは顔色ひとつ変えない。「いいかね、マックス、先ほどのきみの言葉を借りれば、これは拒否できない要請だと思ってもらいたい」片方のカフスの向きを整える。「きみは五カ月前の第2ドロー・ローテーション以降、マインドシェアにおける調理関係の質問の大半に単独で応じ、それが目にとまった」

「このぼくが？」

「そう。きみだ。きみは調理の訓練を積んだのだろう？」

「パリのファン・デア・カンプで勉強したよ」プライドがちらりとのぞく。

オルダスは納得したようにうなずいた。

「要請を受け入れてくれるな？」

マックスは髪をかきあげ、「ただ、この店は――」と、店内に手を振った。「家族が経営している。ローテーション中はぼくが管理し、ヴォイヴォダ全域に支店がある。資格審査や適性検査で店を空けることはできないし……一生、父の仕事から足を抜くことはできない」

「父上の店舗をきみに代わって管理するマネジャーをこちらで用意しよう、継続的に」

マックスは目を丸くした。「ぼくがそちらの仕事をしているあいだずっと？」

「無期限にだ。いいかね、マックス、われわれは推薦がないかぎり登用しない。それがどういうことか、わかるかね？」マックスは首を縦に振りかけて止め、横に振った。「つまり、EVSAの職員による推薦があって初めて、雇用を検討する。一般公募などは行なわない。この機会を逃せば、今後の採用はないだろう。われわれとしても、いま、返事をもらわざるをえない」

朝食用のシリアルのコーナーから、サンディのブロンドの髪がちらっとのぞき、その場が一瞬静まりかえる。

「どうも――」マックスが口を開いた。「話ができすぎのような気がしますね。宇宙計画のチームに料理人がほんとうに必要なのかな？」

オルダスは眉をぴくりとあげた。「宇宙飛行士だろうと食事はする」

マックスはポケットに手をつっこみ、体を少し揺らしながら選択肢を考えた。

「オーケイ。では参加させてもらいましょう」

「明日、ここに迎えを寄こす。朝九時までに荷造りをしておくように」オルダスはそれだけいうとハットのつばを下げ、護衛ふたりを連れてそそくさと出ていった。唖然とするマックスをその場に残して。

★

カリスは横を向き、夜を迎えつつある側の地球をながめる。

「すごいわね。やりたかった仕事と、女性を誘惑するためになりすました役柄と、その両方がいっしょになったんだもの」

マックスは皮肉に顔をしかめる。

「ぼくがマインドシェアに回答しまくったからだ」

「その職にふさわしいということよ」カリスはうなずく。

「きみとは偶然でしか会えないと思っていた」

「たまたま食堂で会ったわね」

「あのときは信じられなかった。人生が一変して、やりたいことをやれると思った。自分は宇宙飛行士だといっても、けっして嘘ではなくなったと」

「女性にもてるわ」

「ぼくはほんとうにすばらしい場所——きみがいる場所に行けた。ぼくが愚かにも遠ざけてしまったひとりの女性がそこにいた」しばし間があく。「カリス、きみは二分まえ、ぼくのことがわかっているようなことをいったね？」

カリスは恋人同士が陥りがちな堂々めぐりの口論、過去の不満をむしかえして最初からまたいいあうようなことは避けたくて、ただ一言だけいう。

「ごめんなさい」でもそこで、こらえきれなくなる。「だけど、わたしは〝ひとりの女性〟なのね」

「ん？」

「ひとり、というからには、ほかに何人もいたの」

「そうじゃないよ」マックスはため息をつく。「ぼくはきみに会える機会をつくらずにいた、といいたかっただけだ。いつもきみのことを考えていた。だがいっしょになれる立場ではなかったし……いまもだけどね……ぼくの力ではどうしようもなかった」ふたりの目が合い、マックスはテザーにのせた彼女の手に自分の手を重ねると、ヘルメットの向こうの瞳を見つめる。「こんな話をどうして、いま？」

「そうね」闇のなか、青く輝く地球を見下ろす。「なんとかしなきゃ。さ、じっとして動かないで」

5

七十五分――

〈ラエルテス〉からますます遠ざかるなか、カリスは首をひねって自分の酸素パックの数値を見てから、正面にあるマックスのパックの数値を見る。残り七十五分。話しているあいだに五分相当の酸素量が減少。苛立ちと焦り。両手をのばし、マックスのパックのなめらかな表面、溝で仕切られた部分に触れる。

「なんとかして〈ラエルテス〉にもどるのがいちばんよね？」

「ああ、たぶん」

「もどれれば、またそこでつぎの手を考えられるわ」険しい表情。「修理ができて、船を動かせればの話だけど」

マックスはうなずく。

「二酸化炭素の排出量をオズリックに訊いてみるわ」

マックスの前ですばやく指を動かす。それはジェスチャー認識でほぼ即座に文字へ、さらに予測される文字列へ、そして前後関係から単語へと変換される。誤った文章はスワイプでべつのものに変わり、停滞なく進行する。とはいえ、オートコレクトによる誤字が皆無というわけでもない。カリスは動きを止め、オズリックの返信を読む。

「説明してくれないか？」と、マックス。

「ええ」彼のパックのオーバーライド・ボタンをさぐり、指先でちょっと触れてためらう。「オズリックによると、酸素は上の部分にあり――」視界に流れる文章を伝える。「二酸化炭素はその下の銅のメッシュに付着するの」

「ふむ。それできみの考えは？」

カリスの指はボタンに触れたり離れたり。「あなたは酸素で推力をつくろうとしたでしょう。だったら、不要な二酸化炭素ではどうかと思って」

「そうか……」

「試す価値はあると思わない？」

マックスの眉間に皺がよる。「うまくいく可能性は？　ぼくはまったくの門外漢だ」

「わからないわ。気体で残っているわけじゃないから。排出された二酸化炭素は、宇宙服が換気流で凍らせるのよ。全体がヒートシンクみたいなもの」

「つまり？」

「凍結状態だから、推力をつくるには、凍るのを止めなくてはいけないの」

「そういうことなら……きみはいつ、それに気づいた？」

カリスは無言で彼を見つめる。

「きみのほうが、ぼくより知識が豊富だ」

「そうね……オズリックとのやりとりから、かしら」なだめる口調。「二酸化炭素は銅のメッシュでマイナス百四十度で凍結されるの」オズリックの返信を確認する。「それからアイスボックスを経由してヘルメットにもどり、シールドの曇りをとる。だから……」言葉を切って考える。「凍結される前に利用できるんじゃないかと」

「具体的には？」

「メッシュをとりはずすの」

マックスはぎょっとする。「パックの一部を、ここで？」

「ほかにやり方がある？」

「もし落としたら？」

「飛んでいったりしないわよ。あなたが持ってくれてもいいし」

「だがそうすると——」冷静な口調。「二酸化炭素は宇宙服から抜けずに、ぼくらはそれを吸いこむことになる」

「〈ラエルテス〉にもどれるなら、それでもいいわ」

「意識を失ったら、よくはない」

「意識がもどれば、それでいいでしょ」

マックスはほんの一瞬、言葉に詰まった。「よし、わかった。やってみよう」カリスがパックをつかみやすいように横を向き、鼓動が加速する。「やってくれ」

「まずあなたのメッシュを取ってアイスボックスと切り離すわ。このふたつがなかったら、二酸化炭素の温度は十分なはずで――」

「はず、じゃ頼りない。もっと確実にしてくれ」

「はず、としかいいようがないわ」マックスの宇宙服の中央部をめくる。「その排気流を利用するから」わずかにためらった後、プラスチックのスイッチを押す。装置がスライドして現われ、開いて、その一部を押すとメッシュがすべり出てくる。氷のように冷たい保護膜から抜き取って手を離すと、メッシュは宇宙空間に漂い、カリスたちと同様に自由落下する。

「さあ」カリスはそっとメッシュを押しやり、マックスはそれをつかむ。

(オズリック)カリスは指を動かす。(マックスの排気流を解放するにはどうしたらいい?)

(こんにちは、カリス。銅メッシュを排除すると、マックスは高炭酸ガスで危険な状態になります)

(具体的には?)

(意識障害です。放出された二酸化炭素でつくられる排気流は一ポンド。しかしマックスはおなじ時間で、宇宙服内の二酸化炭素をその三倍は吸いこむでしょう。推力には不十分な一方、マックスの呼吸と意識に障害を与える可能性があります)

(具体的な推力は?)

(たいしたことはありません、カリス。そのまえにマックスは呼吸不全に陥るでしょう)

「それをこっちにちょうだい」カリスがいきなり声を出し、マックスは驚く。

「どうした?」

「もとにもどすの」

マックスはメッシュをカリスに差し出す。「再挿入すなわち緊急事態かな」

(申し訳ありません、カリス。分子篩(ふるい)に関しては、専門的知識が必要です)

「ずいぶん偉そうね」カリスはぶすっとし、マックスは顔をあげる。

(おわかりでしょうが、メッシュをはずすことにより、マックスの酸素供給に直接アクセスできます)

カリスは手を止める。

「どうした?」と、マックス。

カリスは彼をふりむき、笑みをこらえる。

「それをもう少し持ってて。べつのことを試してみるから」

マックスはとまどう。

「さっきはプランB。今度はプランCよ」

「CはBよりいい?」

「ええ」

「最初は残り九十分で、いまは……」数値を見て唇を噛む。「七十三分だ。できることは何でもするしかない」

「化学変化させましょう」

「化学変化？」

「あなたの酸素のかたちを変えるの」マックスのパックを指さす。「これからあなたの後ろに行くわ」

マックスはうめき声。「化学なんて、ぼくはお手上げだ。命の誕生だって、さっぱりわからなかった」

カリスの目が笑う。「それは生物よ」

★

食堂のランチの列で、カリスの少し前に彼がいた。あれ以来、マックスの姿を見たのはこれが最初で、いま彼は、いかにもおかしげに笑った。EVSAの食堂は話し声や食器の触れる音で騒々しく、彼が何を聞いて笑ったのかはわからない。鼻にそばかすのある日焼けした顔に、真っ白な歯がまぶしい。カリスは列から離れたくなるのをこらえた。全身が熱くなる。だけどこのときを、彼との再会を待っていたのではない？　べつに彼はけだものじゃないんだもの。あの人は、ただの人間よ。カリスはうつむいて、制式の青いTシャツに向かって大きなため息をついてから、身をのりだし、料理を選ぶふりをした。

「これはビーフよね？」適度な大きさの声で尋ねると、給仕人はイエスの返事をした。列の前方で、マックスは彼女の声に気づかない。カリスは心のなかで舌打ちし、「きょうはお肉の気分じゃないわ」とつぶやきながら、野菜のカウンターのほうへ行った。すぐそばにはマックス。

「ブロッコリをちょうだい」給仕人にいうと、視界の隅でマックスがふりむいた。「それから、もしあればポテトも」

「ローストポテトは？」すぐ横でマックスの声がした。でも話しかけた相手は給仕人だ。「おいしいローストポテトの秘密レシピがあるんだけどな。知りたくないか？」そして独り言のようにささやく。「ガチョウ脂がポイントでね」

「世のなかにはけっして変わらないものもあるらしいわ」と、カリス。

「それでもなお――」マックスは彼女をふりむいた。「すべてが変わってしまったようにも見える」

「あら、こんにちは、マックス」

「こんにちは、カリス」彼はうやうやしく頭を下げて、天然ウェーブの髪がはらりと垂れた。

「名前は覚えていてくれたのね」料理のお皿をかかげる。「こんなところで会うなんてびっくり」

「忘れるわけがないだろ？　それにたまたまじゃないよ。地球上のあらゆる場所のなかで――」

「あえて、わたしのいる食堂に来た、なんていわないでね。元気にしてた？」

マックスの目から笑いが消えた。「きみに連絡したくてたまらなかった」

「あら、そうなの？」カリスは彼の顔つきが変わったのにとまどいつつ、軽くいい返した。

「ああ、ほんとうだよ」

「連絡するのは、そんなにたいへんなこと？」

「この二カ月、我慢しつづけていたんだ。うちの家族が――」

カリスはカウンターから離れた。「なんだか深刻っぽいわね」変わらず軽い調子で。「わたしはお天気の話でも、と思ったんだけど」マックスはほほえむだけだ。「そうね」カリスはふっと息を吐く。「あなたはまったく連絡してくれなかったわ」

マックスは少し間をおいた。「きみとぼくは、違いすぎると思ったから」

いまはふたりとも、EVSAの青いTシャツを着て、ヴォイヴォダ6の食堂でおなじトレイを持っている。カリスは苦笑いをした。

「何を話したらいいかわからなかったんだ」と、マックス。

「前に会ったときは、ずいぶんおしゃべりだったじゃない？」カリスはからかった。「いろんな言語を話せたし」

「なかなかだろ？」

「ええ、なかなかだったわ」マックスの顔が輝き、カリスは気分がなごむのを感じた。「とても上手だった」

「あれはポーズじゃないよ。きみを感心させたくてわざわざやったわけじゃない」これにカリスは眉をぴくりとあげた。「どっちみち、感心するのはわかっていたからね」

ふたりは笑った。マックスの目にカリスは、ＥＶＳＡの訓練でとても引き締まった体つきに見えた。肩に垂れる明るい茶色の髪は、照明をうけてところどころ金色に輝いている。

「また会えてうれしいよ」

「こちらこそ」

「最近、即興演奏は？」

「ううん。ギターをふりかざす男たちは避けてるから」

「いい判断だ」壁面が緑にきらめいて、午後のセッションの開始を告げた。「まったくな。食べないうちにもどらなきゃ」料理をパンにのせる。「弟はこれが好きでね。ケントはサンドイッチにすれば何でも食べる」

「ケントって……政治家みたいね」

マックスはうなずいた。「そうなんだ。われらが理想郷（ユートピア）の創設者にちなんでつけられた」

カリスの顔がいやでもゆがんだ。

「どうしようもないよ。ぼくの両親は熱心な支持者だから。で、また会えるかな？」

「さあ、どうかしら」

「ぜひまた会いたい」

「でも……」もじもじしながら、お皿を反対の手に持ち替える。

「今夜は?」

「それはちょっと……」

「頼むよ。きみに見せたいものがあるんだ。一生に一度しかないチャンスだよ」カリスは笑い、マックスは顔をしかめた。「いかにも誘い文句に聞こえるな。でもほんとに捨てたもんじゃないよ。ひとりで行くつもりだったが、きみがつきあってくれるとうれしい。今夜、時間をつくれないかな?」

「うーん」

「頼むよ」

「もし――」カリスは受け入れる気持ちになった。「うちのアパートまで来てもらえるなら。ほんとうに一生に一度しかないチャンスだったら、出かけてもいいわ」

「ありがとう」具の上にパンを重ねる。「じゃあ、十時に迎えにいくよ。ぜったい後悔させないから」

「乗れないわ」

「試すだけ試して。とても気持ちいいから」

「だめ」

「さあ――」

カリスのアパートの外で、ふたりはハイブリッド自転車をはさんで向かい合っていた。マックスがハンドルをカリスのほうに差し出しても、彼女は腕を組んだままだ。

「きみ用に持ってきたんだ。ぼくのは脇道に置いてある」

「違うの。自転車じゃなくて、道路に出るのが怖いの」

「そうか。たしかに、みんな頭がおかしいからな」

「でしょう？　路面電車が時速百キロで飛んでいく道路で、これには乗れないわ」

「だったら歩いていくかい？」

「ええ、そうしましょう、せっかくだけど」

マックスはため息をつくと自転車を脇道に入れ、ポケットからリキッド・ロックをとりだして前輪にかけた。ロックが乾き、自転車を押してみて、地面に固定されたかどうか確認する。

「ちょっと待って」カリスは奇妙な感覚に襲われた。今夜の思い出を、何もしないうちから台無しにしてしまうような感覚だ。将来のいつか、マックスと夜のサイクリングを楽しんだのを思い出す気がしてならない。髪を風になびかせ、マックスは笑顔でこちらをふりむいて――。少し気をゆるめ、いつもの用心深さを脇においたほうがいいかもしれない。いまこのときのエネルギーに懸けるのだ。

「やっぱり自転車で行きましょう」

マックスは歓声をあげ、大袈裟にロックを解除した。

「後悔するんじゃないよ、ゲアリー」

カリスは彼の腕をぱちっと叩いた。「わたしはカリスよ。カリーでもいいわ。でなきゃ〝ばかたれ！〟かしらね」

「はいはい、ぼくはばかたれです」マックスは自転車を彼女の前に置いた。「さあ、どうぞ」

カリスはまたがると、いきなり夜の道を風をきって走りだした。

マックスはあわてて後を追い、カリスが信号で停止したところでやっと追いつく。

「きみはスピード狂だな。道路がこわかったんじゃないか？」

「もっと注意深く聞いてくれなくちゃ。わたしが心配したのは通行人のほうで、自分のことじゃないわ」

信号が変わり、カリスの操縦技術が全開になった。酸素を吐き出す銀色のハイブリッド路面電車が走ってきても、車輛をかすめるようにして線路を横切る。

「カリス！」マックスが叫んでも、彼女に聞く気はない。「カリー！　おい！　ばかたれ！」

「え？」カリスがちらっとふりむいて、マックスはほほえんだ。

「ふたつめの路地を左に、パッセイのほうへ行く」

「スーパーマーケットに行くの？」カリスは意外そうに訊いた。

「違うよ、おばかさん。ぼくを先に行かせてくれないかな？」

「それはいやだわ」カリスはまた車を縫って走り、ヘッドライトにシルエットだけが浮かぶ。

「だったら……」マックスはスピードを上げて道路横の斜面に乗り、そこから下って勢いをつけた。かたやカリスは左手を走って操作をマニュアルに変え、全身でペダルをこいだ。ギアチェンジも軽やかに前傾してカーブを曲がり、スーパーマーケットの前でくるっと向きを変えて停止する。

「勘弁してくれよ」わずかに遅れて到着したマックスは、肩で息をしながらいった。

「負けるとくやしい？」

マックスは地面に足をついて呼吸を整えた。「勝敗よりチームワークを優先したいね」

「ここからどこへ行くの？」

「こっちだ」

ふたりは並んでのんびり走り、時速百キロのおしゃべりをした。

そして花の飾りがついた鉄柵の前で停止。その向こうにはぼうぼうに伸びた生垣があり、鉄柵の古いレールの間から、枝が道路ぎわまで突き出ている。ふたりは自転車から降りてロックすると、雑木でほとんど見えない鉄扉へ向かった。マックスがかんぬきをはずし、力を込めて押し開けて、暗がりのなか、ふたりでそろりそろりと歩いていく。ゆるいカーブの小道を進むと、その先は草の斜面にある石の階段だった。

「こんなことしてもいいの？」カリスはためらいながらも暗い階段を上がりはじめた。

「たぶん、だめだ」マックスは小声で答えた。

少しの間。「明かりは？」

「ない」

「ちょっと怖いわ」それからは黙々と階段を上がっていく。そして低い斜面をのぼりきると目の前に、明かりのきらめく夜の街が広がっていた。スペインの廃墟に林立するガラスと鉄の建物群だ。真正面には小ぶりの真っ暗なドームがあり、丸屋根は閉じられている。板壁は風雨にさらされ、ドアの周囲には雑木や雑草がはびこっていた。

カリスは息をのんだ。「ここは観測所ね？」

「さあ行こう」マックスはカリスの手をとった。彼女は一瞬びくっとしたものの、手を握られたまま観測所に向かい、マックスが扉を押した。そして、もう一度。扉は開き、ふたりは中へ入った。

「どうしてこんな——」

「きみは質問が多いな」

「何もわからないと、おちつかないわ。事情はちゃんと知っておきたいもの。自分がどこにいるのかもね。あなたはどうやってここを見つけたのか。わたしたちはどうしてここに来たのか。この種の施設が残っているなんて、思いもしなかったわ」

「二週間くらい前に見つけたんだよ。観測が地球ベースだったころの古い施設だ」

「すごいわね」カリスはもう少し奥へ進んで、太い木梁に手をのせた。「可視光だけでしょ？」

「そんなことはないだろう」

「そんなことはあると思うわ」からかい気味に小さくほほえむ。「ともかく古いもの」

マックスはすなおに首をすくめた。「見たいかい？」

「まだ動くの？」カリスは目を丸くした。

「だから来たんだよ」そういうと何やらいじって、カビ臭い木製シャッターを開け、望遠鏡を外に出した。「地球のここから肉眼で土星を見られるのは、これを逃したらあと三十年後だ」

「宇宙ミッションがあるわ」

「肉眼でだよ」マックスはほほえんでくりかえした。「ぼくらはいま、地球のここにいる。きみにぜひ、土星の環を見てもらいたい」

「ずいぶんロマンチックね」

いたずらっぽい笑み。「ぼくだって、見せ場はつくれるよ」

「みたいね」

マックスはカリスを望遠鏡の前に引き寄せた。

「レンズを回して焦点を合わせるんだ」

カリスはのぞきこんで、息をつめた。レンズの向こうに土星が見える。丸くて、小さくて、きれいな灰色の環に囲まれて。

「まるで絵みたい。ほんものとは思えないわ」

「間違いなくほんものだよ」マックスは彼女の後ろへ行った。「時間とともに、もっとよく見えるようになるらしい」

たしかに目が慣れて、小惑星の群れが動くのが見え、黒を背景に土星の球がくっきりとして、環の紫っぽい色までわかってきた。マックスが一歩、彼女に近づく。

「きれいだろ？」

「ええ、とっても」ふりかえってマックスにほほえみ、また望遠鏡をのぞく。「いつか土星まで行ってみたいわ」

「きっとすごいだろうな。星を見るのは好きだよ」

「わたしも」しばらく黙って見とれ、また土星そのものに目を凝らす。「EVSAの飛行士は小惑星帯ができて以来、中間圏より遠くには行けていないのよ」

「きみなら行ける」

「行ってみたいわ」望遠鏡の向こうで流星のシャワーが光り、土星の姿がかすんだ。「ああいう花火なしの夜空を見てみたいわ。まだ成層圏より上に行ったことがないの」

「毎日どんな仕事をしているんだ？」

カリスは背景がまた暗くなった土星を見つめたままほほえんだ。

「EVSAは年じゅうパイロットを募集しているわ。わたしがシャトルを飛ばせるのは大気圏内で、それより上に行く訓練中なの。シミュレーションやパラボリック・フライトだけど。そして近いうちに小惑星帯に出かけて、通過路を見つけるわ。いまEVSAは小惑星のマップを製作中なの。邪魔な岩の帯なしに、土星を見られるかも」

「きっとできるよ、きみなら」マックスはカリスの後ろ髪をそっと上げて、首筋にキスした。カリスはその手に頭をあずけ、マックスは彼女のうなじから肩の素肌を親指で撫でる。

「それであなたは毎日何をしているの？」明るい調子はくずさずに。

マックスは彼女の髪をもとのように肩に垂らしたが、背後に立ったまま動かない。

「ぼくはてっきり、飛行士の食事をつくる厨房に配属されると思っていたんだ。ところが栄養学の研究員になるらしい」

「面白いじゃない」

「フルタイムの仕事を三つこなした者には意外きわまりなくてね」カリスの肩からウエストを撫でる。

「三つ？」

「スーパーの店員に料理人。そしてカリスのような女性のオンライン・ストーカーだ」

「そうだったわね」と、そこで言葉を切った。「あなたは誰にでもこんな真似をするの？」

「カリス……」マックスは淡々といった。「ぼくがきみに対してすることはどれも、ぼくにとっては初体験だ」

「たとえば？」

「うーん。一生に一度のチャンスで、廃墟となった観測所に忍びこむとか、何かプレゼントを贈るとか。きみの首筋はどんな香りがするだろうか、と考えてみたりね」カリスの頬が染まり、マックスは笑った。「きみはほかの人とは違う。ぼくもほかのやつと違うようになれるだろうか、と考えてしまうよ」

カリスは顔だけ少しふりむいて、マックスによりかかった。

「だが、規則があるからね。ユーロピアから追い出されたくはない。ヴォイヴォダ代表団にはもちろん、うちの家族に知れたら……」

「ちっぽけな人間関係でも？」カリスは軽い調子でいった。「問題ないと思うけど」

「ほんとうだよ。さんざん噂を聞いたんだから。規則や指針に、故意に違反した者は追放される」マックスはカリスのうなじにキスし、「さあ、夜空を見て」とささやいた。「土星の環を見てごらん」

カリスはマックスにもたれ、マックスは彼女のウエストに腕をまわした。カリスの鼓動が伝わってくる。つぎはいつ見られるかもわからない土星の環を見つめるカリスを抱きしめ、温もりを感じながら、その首を、背中を、マックスは両手でやさしくそっと撫でた。

6

七十分――

「パック中の酸素の組成を変えるわ」カリスは減少していく酸素の数値を見るのをやめる。

「オーケイ」マックスは興味津々だ。

「でももう少し考えないと……酸素に関して」

「ぼくにできることはあるか？」自信はないものの尋ねてみる。ＥＶＳＡの訓練は受けたものの、急ごしらえは急ごしらえでしかない。それでもカリスはうなずき、考えを声に出していく。

「酸素はもともと火素と呼ばれて、実際、大きなエネルギーをつくることができるんだけど、発見された後もいろいろ誤解があって……。一口に酸素といっても、同素体はたくさんあるのよ。O_2にO_3、O_4とかね。ほぼ百年ごとに、この順番に発見されたのだけど……」

「で、要するになんだ？」マックスは少しじれている。

「科学は進歩と否定でなりたっているわ。事実と信じていたことが、その後、誤りだったと証明されることもある。定説がくつがえされて発展していくのよ。人はつねに知識を向上させるということ」

「地球は平らだと思っていたら丸かった、とかね」マックスは眼下の地球のカーブを、浮かぶ小天体の海を見下ろす。

「ええ、そう。科学が発達して酸素も発達するのは偶然の一致でもなんでもなく、複雑な理論を経て、酸素そのものが進歩していく。たとえば二十一世紀になって、四酸素（O_4）はそれまで予想されていた構造とは違っていること、高圧力下の固体酸素は四酸素ではなく八酸素（O_8）だとわかったの。八酸素は赤酸素とも呼ばれて、すごくパワフルでロケット燃料にも利用されたわ」

「はい、よくわかりました。化学知識が乏しいぼくなりには、ね。つまりきみは、酸素を使って何かをやろうとしているわけだ」

「酸化よ」

「酸素を酸化剤にして何かをやろうとしている」

「正解」

　マックスは片手をあげてハイタッチをうながし、カリスはそこに軽く手のひらを当てる。

（オズリック）カリスはキーボードをたたくように指を動かし、それをフレックスが変換する。（パックの酸素を酸化剤にできるかしら？）

（こんにちは、カリス。化学反応で対称性O_8クラスターをつくれば、酸化剤として使えるで

しょう）

（強力？）

（はい）

（対称性O_8クラスターというのは？）

（O_{16}です）

（あ、そう）カリスはしばし考える。地球の緑と青に、大地と海に目をやり、アメリカ合衆国があった地域の殺伐とした土色に目をとめる。（もし十分に増圧できなかったらどうなる？）

（異なる同素体ができるでしょう）

（それはまずいこと？）

（いいえ、かならずしも。八酸素ができれば、状況分析から五十パーセントの確率で酸化剤として使え、推力に利用できます）

（試す価値はあるわね）カリスは少し考えてから送信する。（ありがとう）

（どういたしまして）

最後に〝カリス〟をつけなかったわ、と思いつつ、酸素について考えつづける。

「どんなだい？」マックスは危機的状況にますます焦りを感じ、眼下の流星物質を、頭上の〈ラエルテス〉を見る。「うまくいきそうか？」

「なんとかなるかも。オズリックの話だと、せめて八酸素はつくらないといけないみたい」

マックスの反応を見ていい添える。「赤酸素よ」

「ここで……赤酸素をつくるのか？」

「ええ」

「船の外で装置類なしで？　赤酸素を？」冷たい笑い。「ここは研究室じゃない」

「ええ」

「宇宙空間だ」

「そうね」

「装置類はない」

「生き残るには――」カリスは正直にいう。「ほんとは十六酸素が必要なの」

「十六？」

「黒酸素。だけど赤酸素でもなんとかなるかもしれない」

「黒酸素なんて……不可能だ」

「でもやるしかないわ」か細い声で訴えるように。「ね、マックス、やるしかないのよ」

マックスは怯えたように目をあげる。「わかった。それで何をすればいい？」
（カリス）
青い文字がいきなりヘルメットのスクリーンに浮かび、カリスはびくっとする。

（何かしら、オズリック？）

（宇宙服が大量の紫外線を感知しています）

（それで？）

（あなたたちは直接太陽を見られる位置にいるのではありませんか、カリス？）

彼女が〈ラエルテス〉を見上げると、その下に真っ白な太陽がある。

（ええ、船の影からは出てしまっているわ）そう答えてすぐ、マックスのパックに手を入れる。メッシュをはずしたあとの空洞のさらにその先へ——。
（カリス）
（何？）いま忙しいのよ、とつぶやき、アドレナリンが噴き出すまえにオズリックの音声警告を消そうとする。

（紫外線のもとで酸素をいじってはいけません）

カリスは手を止め、（どうして？）と尋ねる。

（酸素分子は太陽の紫外線下で三酸素へ変換される可能性がきわめて高いからです）

「どうした？」と、マックスが尋ねる。

「ちょっと待って」

「いったい……」

（カリス、三酸素は酸化や推進に有効ではなく、吸いこんだ場合は危険です）

「カリス、どうしたんだよ」マックスは彼女の腕をつかむ。

「太陽の……」

カリスがはずしたマックスのパックの背面が開いて浮き、カリスは彼の手を払うとそれをつかんで止める。

(分子が彼のパック内にずっとあっても?)

(だめです、三酸素濃度を高めてはいけません)

「カリス」

「お願いよ、マックス。オズリックが紫外線の話をしているから」

(オズリック、三酸素の説明をして)

(三酸素はO_3、別名オゾンです。O_2のやや不安定な同素体です)

「カリス」マックスは不安でたまらない。

「まいったわ」カリスはマックスの腕を握り、マックスは彼女の腕を握ったままだ。「お手上げよ」マックスの手からメッシュを取り、ゆっくり彼のパックにもどす。パックを閉じて手を離し、ふたりをつないでいるのはテザーだけになる。「やっても無駄みたい」

「どうして?」

「リスクがありすぎるの。赤酸素や黒酸素の代わりにオゾンができるかもしれない、太陽のせいで」

「オゾン?」

「ええ」(オズリック、オゾンの人体への影響を)

(呼吸器系の刺激、肺機能低下、気道の刺激。呼吸器系の刺激には、咳、喉の炎症、胸痛、気道の抵抗、胸部圧迫感、喘鳴、呼吸困難、場合によっては死に至ります)

（はい、ありがとう）

「ぼくもオズリックと話したいが」と、マックス。「フレックスがない」

「いまのオズリックの話は聞かないほうが無難だと思うわ」顔をしかめたマックスに自分の手首を差し出す。「わたしのプログラムを修正してもいいけど」

マックスは彼女の酸素残量を見る。「時間がもったいないよ。そのままでいい」

「わかった」

（オズリック）ふと思いつき、カリスは呼びかける。（紫外線をさえぎる程度に〈ラエルテス〉を動かすことはできない？）

（無理です、カリス。ナビゲーションおよび誘導システムはオフラインです）

（そうだったわね……）少し間ができる。（この会話をマックスのヘルメットに映せない？）

（はい、カリス。マックスのスクリーンに映すとき、適宜、文章の修正をしなくてもよいでしょうか？）

（彼は子どもじゃないのよ。そのままでいいわ）

（了解しました）

それからすぐ、カリスとオズリックの会話が青い文字で、マックスの視界の左手に映し出される。マックスはまばたきし、会話をさかのぼる。

「オズリックはきみに対しては話し方が違うな」

「そう？」

「うん、違うよ。くそっ。オゾンはずいぶん危険ってことか」

「でも確実な死よりはまだましだわ。やって失敗しても肺のダメージだけど、もし成功したら生きつづけられるでしょう？」

カリスはうなずく。

「わずかな可能性でも、そちらに賭けたほうがいいと？」

「諸手をあげて賛成、とはいえないな」

カリスは目を見開く。「え？」

「きみが危険を背負うならね」

「現実問題として、危険を背負うのはあなたのほうよ。使うのはあなたのパックだから」

マックスは笑う。ただし、しゃっくりのような笑い。

「そうか。だったらそれでいいよ」

「ほんとに？　ほんとにいいの、マックス？」彼は返事もせず、オズリックとカリスの会話をたどっている。「マックス、なんとかいって。ほんとにそれでいいのね？」

彼は答えない。

「マックス？」

「彼らは先を見越してやれないのかな？」

「誰のこと？」

「オズリックだよ。そしてEVSA。オズリックはきみに訊かれて初めて、どうなるかを思考する」

「それがシステムの限界じゃない？　いわれたことをやるだけよ」

「いずれもっと進化するかな」

「きっとね。先回りできる知能の登場もそう遠くないでしょう」

マックスは青い文字を読みつづけている。「オズリックによると、〈ラエルテス〉のナビゲーションと誘導システムはオフラインだ。だったら、何がオンラインか訊いてみてくれるか？」

（オズリック、システム一覧を）

ふたりのヘルメットの視界に青い文字が流れる——生命維持、空気循環、グリーンハウス
［光合成・ソーラーパネル・灌漑］、廃棄物処理、娯楽、重力シミュレーション、照明、水供給……

「グリーンハウスか」と、マックス。

「それが？」

「植物には光が欠かせない。グリーンハウスにはソーラーパネルが欠かせない。〈ラエルテス〉の位置は、パネルが太陽に向くように変わっていたはずだ。つまり、グリーンハウスをやるには、船体を回転させなくてはいけない——」

「おっしゃるとおりだわ」カリスの言葉に、マックスは満面の笑み。「だからといって、

〈ラエルテス〉をこちらに連れてこられないでしょう」とはいえ、マックスの笑顔は伝染性があるらしく、カリスにも活力が湧いてくる。「でも船に太陽をブロックさせて、あなたの酸素パックがオゾンをつくるのを止められるかもしれないわ」

「ついでに、船を少しでもこちらに近づけさせられるか、やるだけやってみる」

「エアロックをこっちに向けさせてね。わたしたちが推進力をつくれればの話だけど。いずれにしても、紫外線をさえぎるのがともかく最優先だわ」

「なかなかいいな」

「では、やりましょう。がんばりましょう」気持ちがはやる。「始めるわよ、いい？」

マックスはほほえむ。「オーケイ」

（オズリック、グリーンハウスのシステムを稼働させてちょうだい）

（グリーンハウスのルーチンは十二時間前に実行しました。現時点で、生態系に光合成は必要ありません。植物に対する潜在的危険性が高まります）

「まったく！　オズリックを絞め殺してやりたいわ」

「相手はコンピュータだよ。意味がわかってるわけじゃない。やるように指示すればいいだけだ。絞め殺しそうなほど指に力を込めればいい」

（くりかえす。グリーンハウス・システムを稼働せよ）

（パスワードを）

（ＦＯＸ。よろしく！）

（確認しました。グリーンハウス・ルーチン実行）

　ふたりは〈ラエルテス〉を見上げる。カリスは仰向けになるほどの姿勢で見つめたが、船に変化はない。マックスと目を合わせ、また視線を船に。そしてようやく〈ラエルテス〉は動きはじめ、左右から二本のポールが現われると、戦艦の砲のごとく向きを変えていく。

「なんだか不気味ね。船内にいれば金属音が聞こえるのに、ここだと何ひとつ聞こえないわ」いったん静止したのち、〈ラエルテス〉はゆっくり、ゆっくりと九十度回転。右舷船首がカリスたちのほうを向く。

「たしかに不気味だ」

　ソーラーパネルがポールの先端で、雨傘を開くようにじわじわと広がっていく。白と銀色のパネルには岩石の衝突で凸凹があるものの、太陽に向かって四角形に開ききると明るく光る。マックスとカリスは陰に入り、ほっと胸をなでおろす。

「すごいな」

「ソーラーパネルを見て感動するなんて、生まれて初めてよ」

「信じがたい」

「ほら、エアロックが見えるわ」

　マックスは思わずカリスの腕を撫でる。

「さて、どうする？」

　ふたりは顔を見合わせ、カリスは唇を噛む。

「酸素をなんとかやっつけましょう」

カリスはふたたびマックスの背中のパックのほうへ移動する。

「いい？」

マックスはうなずく。「酸素に熱を加えるやり方はわかってるのか？」

カリスは手を止め彼を見て、マックスは彼女をふりむく。

「さっきいったように、これはヒートシンクなの」

マックスは鼻を鳴らす。「ぼくにはさっぱり」

「アイスボックスをはずして、温度ゲージで低温酸素の温度を変えるの」

「上限はあるはずだ」

「ええ。でも圧力ゲージもあるわ」

「まったく、彼らは何でも考えて準備万端だ」短い沈黙。「わかりきったことを除いてね」

「それと、使用法も除いて」両手を銀の仕切りにのばしてチューブをいじる。さまざまな電子ゲージには、鮮やかな青色でさまざまな数字。「温度を上げて圧力も加えるわ」

「オズリックがやり方を教えてくれるといいんだが」

「それは権限外よ」

「だがオズリックは要求に応じてシステムを稼働させられるし、何かあれば警告も発するだろ？」

「状況分析から予想できる結果もリストアップするわ」

「そう、オゾンの影響とかね。ほんとにぞっとするよ」

「さ、うまくいったらどうするかを決めなくちゃ。酸素推進できたら一気に〈ラエルテス〉にもどる心の準備をしておかないとね。まだ射程内かしら？」

マックスは首をすくめる。「わかるのはぼくじゃなく、きみだ」

「では、そういう前提でいきましょう。完全に届かなくても、近づくだけでいいわ。それからひとつ、思いきってやらなきゃいけないことがあるの」

「カリス——」

「あなたが推力で上昇すると——」

「何が問題なんだ？」マックスはカリスの話をさえぎる。

「あなたの背中のパックで推力が生まれても、不安定だと思うの」

マックスは眉をぴくりとあげる。「それで？」

「もしわたしがあなたの後ろにいると、はねのけられてテザーが引っ張られる。そうしたらふたりともばたつくだけで終わるわ。だからつないでいるテザーをはずして——」

「カリス、聞いてくれ。もし十六酸素をつくれたら、もしそれがふたりをばたつかせるほど強力だったら、いっしょに宇宙をさまよえばいい。たいした問題じゃないよ」

「そう思う？」消え入りそうな声。

「ああ、思うよ。テザーをはずしたりするな」

「わかった」

「やることをやったらすぐ、ぼくの前に来るんだ。いいね？」

「はい」

「お互い死なずにすむよう祈ろう」

いきなりカリスは、彼の首に腕をまわして抱きつく。

「死んだりしないわ。わたしたちに、これまで以上の不運なんてないもの」

マックスは彼女を抱きしめる。宇宙服が邪魔で、はがゆい。ふたりはしばらくじっと、そのままでいる。

「残り時間は？」その言葉にマックスは視線を下げる。

「六十五分だ」彼は過去をふりかえり、毎日たっぷり寝ていたな、一時間などたいした時間じゃなかったな、と思う。なんという無駄遣い。

「それほど遠い距離じゃないわ。さあ、あそこにもどりましょう」〈ラエルテス〉を指さし、目を見開く。「あれは――」

「危ない！」

圧縮された廃棄物の大塊が降り注いでマックスを襲い、体がはじきとばされテザーが引かれ、カリスもはじきとばされる。〈ラエルテス〉の右舷のハッチがこちらに向かって開いている。

（オズリック）カリスの指は震え、うまくいかない。（オズリック――）

「どういうことだ?」マックスの体は回転し、両手でテザーをしっかり握る。

「気をつけて!」

「ごみ処理か? どうしていまごろ?」

(オズリック!)

廃棄物は降り注ぎ、ふたりはさらに〈ラエルテス〉から遠のいて、下の小惑星に危険なまでに近づいていく。

(はい、カリス。何か問題でしょうか?)

(どうしてこんなことを?) 回転する体でなんとか指を動かす。〈ラエルテス〉はさらに遠ざかっていく。

(工程に従った廃棄物処理です。グリーンハウスが工程外で稼働され、二酸化炭素が予定より早く排出され、処理も早まりました)

「カリス!」マックスが声をあげる。「離れるんじゃない! テザーをつかめ!」

「中止!」カリスは思わず声に出す。(処理を中止しなさい、オズリック! いますぐ!)

(パスワードを)

(FOX! 即刻中止!)

「早くテザーを!」マックスの怒声。ふたりの体は回転しながら離れ、どちらもがむしゃらにもがき、カリスはなんとかテザーをつかむ。そして必死で彼に近づき、その腕にしがみつく。周囲では雪のごとき粉が舞い、圧縮された廃棄物とともに暗い宇宙へ落ちていく。

「止まったみたいね」

「ハッチも閉まりはじめた」

「ごみの塊を蹴るといいかも。それでこっちのスピードも遅くなるわ」

「この下には――」

「わかってる。一巻の終わりね。足をのばして！　さあ、蹴りましょう！」

「あそこに落ちたら……」

「両手も両足も広げて！　さあ！」

ふたりは全身に力を込めて思いきり手足を伸ばし、廃棄物の大きな塊を蹴る。体は跳ねたものの、徐々に速度は落ちて、ごみは反対方向へ流れていく。これでいくらかゆっくりと一定になったとはいえ、ふたりが落ちていくのに変わりはない。

「もっと離れたわね」ここから見える〈ラエルテス〉のソーラーパネルは、カクテル・グラスの飾り傘のように小さい。黒酸素をつくる試みも、はるか遠くの幻影となる。

7

「地球の反対側を訪ねようと思ってるの」観測所に行ってから数週間後、カリスはだしぬけにいった。

「何をしに？」

「これよ」自分のヘッドバンドを指さす。

「おちゃめな頭飾り？」

「いいから見ていて」ヘッドバンドから二本のアンテナが伸び、頭上に赤いLEDライトの文字で〝みんながんばれ！〟の文字が浮かんだ。

「競技会に行くのか？」マックスは目を丸くした。

「正解」手首でフレックスすると、頭上の〝みんながんばれ！〟の文字が溶けるようにくずれて変化した。

「すごいな。弟が見たら跳びあがって喜ぶ。ホログラフか？」

「そんなものね」

「〝おまえは最低だ（ユー・サック）〟に変えてみてくれ」するとカリスは〝ファ×ク・ユー〟に変え、マックスは笑いながら彼女の手を軽く叩いた。「自己検閲するとは、きみらしくないな」

カリスはヘッドバンドを彼に投げ、明るい調子でいった。

「わくわくしてるの。前からずっと行きたかったから」

「ぼくもだよ」ヴォイヴォダ競技会は、ヴォイヴォダ体制に新規参入した地域を歓迎するもので、二年に一度開催される。そして今年は格別で、開催地はオーストラリアだ。旧EU加盟国から距離的にもっとも遠い国、かつユーロピアの最新加盟国でもある。ロシアは戦争終結後、孤立するのがいやで十年前に屈服し、アフリカとも条約を締結した。中国は不承不承ユーロピアと同盟関係を結んだものの、人民の共和国たる中国を困らせるリウのような亡命者は後を絶たなかった。

「話しておきたいことがある」急にマックスの顔つきが深刻になり、カリスは緊張した。こういうことはこのひと月に何度かあって、傍目には〝ユーロピア規則に抵触しない〟関係に見えるよう気をつけてはいたものの、マックスがいつ別れを決心してもおかしくないと、カリスはびくびくしていた。

「ん、何かしら?」努めて明るくいってはみたけど……。

「ぼくも競技会に行くから。EVSAの職員といっしょに」

「なんだ!」カリスは思わず両手で顔を覆って笑ってしまった。

「スタッフのくじ引きで大当たりだったんだよ」

「わたしもなの」

「やっぱり」マックスも笑った。「当たる確率はふたりにひとりだった」

「いっしょに楽しめるのはうれしいわ」

「ああ、ぼくもだ。ただし……」

「あくまで冷静に？」

「うん」マックスは彼女の手をとった。「ぼくらはユーロピアの精神を共有する友人だ。ともかく、外見上はね」

「わかってる」カリスはうなずいた。「徹底して〝個人〟ね」

「それが理想だ」

カリスはため息をつき、「いっしょにコアラを見にいくくらいは平気でしょ？」というと、ドア横に置いたリュックのほうへ行った。

「クラミジアに感染するかもしれないぞ」

「え？」

「コアラのクラミジアが人間に感染する危険はある。ほんとだよ」

「よしてちょうだい」カリスは大袈裟に吐く真似をしてから真顔でいった。「もう根絶したはずよ。わたしたちは完璧な時代に生きているんだもの」

「完璧な世界。現代のユートピア、だな」いかにも納得したように。「ただし、性器クラミジア感染症の可能性は消えていない」

「じゃあ空港で」カリスはドアに向かった。

「もう行くのか？」

「わたしは」首をかしげる。「なんでも早くしたいたちなの」

「シャトルを飛ばすわけじゃなし」マックスはカリスのほうへ行った。「人目を気にせずにすむ最後のひととき――」

カリスを引き寄せ、その唇に顔を寄せる。彼女はマックスの額にかかった髪をやさしく左に寄せた。

「駅まで送っていくよ」体を離したところでマックスがいった。

カリスがドアを開けると、マックスに体をつかまれ後ろに引っ張られた。路面電車が目の前に走ってくる。

「すごいわね。危険と隣合わせの生活。どうしてここに？」ドアのフレームに体を押しつけ、車輛が派手な音をたてて通り過ぎるのを待った。

「交通の便がすばらしくいいからさ」

「でも家を出るたび――」カリスは線路を横切るマックスにいった。「たとえ小さくても、命の危険が伴うわ」

「誰でもいつかは死ぬ。人は死の脅威とともに生きているんだ」

「重苦しいわね」

「いや、真実だ」

「重苦しい真実」

マックスは線路の向こうから、カリスに挑むようなまなざしを向けた。

「ぼくが轢かれそうになったら、きみは火事場の馬鹿力で救ってくれる」

「そんな力が出なかったら？」

「生きるか死ぬかの場面では、本質的なものが出る。女性は超人的な力で車を持ち上げ、その下にいる人間を救おうとするだろう。これが男なら、誰の子であれ、走ってくる車に轢かれないよう命を賭して助ける。死に直面しながらの英雄的行為。しかしときには、臆病風に吹かれもする。なんであれ、究極の事態になったら、自分の真の姿を隠すことはできない。そして最近は、見て見ぬふりの軟弱な話より、武勇伝のほうがはるかに多く出回っている」

「どうしたの？　あなたらしくないわ……そんな語りは」

「理由はユーロピアだ」あっさりと。「われわれはやれといわれたことをやるのではなく、やりたいことをやる。より良き人になるってことだ」

「人びとよ」

「ん？」

「より良き〝人〟じゃなく〝人びと〟」

「いちいちうるさいな。しかしそういうことだ」

「本気で信じてるみたいね」カリスの声は冷たい。

「そうだよ」マックスはカリスに、道を渡って駅までいっしょに行こうと身振りで伝えたが、彼女は動こうとしない。「ユーロピア思想の話が気に入らなかった？」

「ううん」カリスはリュックの肩のストラップを調節し、軽く走ってマックスの横を通り過ぎた。「あなたは理想を語っただけだもの」

マックスは空港に着くとEVSAの一行に加わり、カリスとは目を合わせないようにした。が、うつむいて時計を見るカリスの姿についほほえんでしまう。予定している民間の垂直離着陸機（ジャンプジェット）の出発時刻まで、あとほんの数分だ。

一行が座席につくなか、マックスは最後の瞬間をみはからってカリスの隣にさっとすわった。「後ろもあいてるわよ」カリスはあきれた顔をした。

「どうせならパイロットの隣がいいと思ってね、万が一の緊急事態に備えて。〝どなたか操縦できる方はいらっしゃいませんか？〟とアナウンスされたらすぐ、きみのことを教える。ぼくの印象がよくなるだろう」

「模範的住民だわ」

マックスは声をおとした。「あらゆる意味合いにおいて……」周囲を見まわし、みんな機内アナウンスに聞き入っているのを確認。「ぼくは模範的住民そのものだ」

カリスは声をあげて笑った。

「ほんとだよ」まっすぐ正面を見る。「模範的でなくてはいけない。なんといっても、ユーロピアの創設者一族なんだから」

カリスは目を見開いた。「ほんとなの？」

「ああ。祖父母が戦後、ユーロピアの創建にかかわった。いまも親族はユーロピアにその身を捧げている」

カリスが自分の家系、自分の育ちを考えているうち、機体は垂直離陸を始めた。カリスはずっと黙ったままで、機体が成層圏に入り、あとは南半球の大地で着陸するのを待つだけとなったところでマックスにささやいた。

「あなたは誰の名のもとに行動してるの？」

「自分の名前だよ、当然」

カリスはうなずき、窓の外に目をやった。

「中東の上だろう？」マックスはカリスごしにながめる。

「かつてそうだった、というべきかしら。一滴の水もない完全な砂漠よ」

「被害者数は？」

「住民の大半」

「ひどい話だ。アメリカと中東と、どっちの被害が大きいのかな」

「勝者なんていないわ。大陸を廃墟にして、勝ちも何もあったものじゃない」

「そしてユーロピアは理想郷でもなんでもない……と？」

「こちらの男性、ラムがほしいそうよ」カリスは客室乗務員にいうと、小さく〝メー〟と鳴いた。

「ぼくは羊のように臆病ってことか？」

「さ、食べて」カリスはトレイを彼のほうにずらした。

マックスはラムをひと口食べ、低いエンジン音ごしに静かにいった。

「群れで暮らすのと臆病は違うよ」

機体がカーマン・ラインの下に入り、外は暗い夜から明るい昼になった。

「わかってるわよ」カリスは笑った。「個人主義でしょ？」どうやらエアポケットらしく、
機体が激しく揺れた。マックスはアームレストを握りしめ、カリスは動じることもない。

「わたしはね、個人主義に孤独を感じるわ」

「たしかにそういう面はなくもない。だが、それに見合うものでもある。はるかにましだよ
――宣戦布告して爆弾を落とすのよりは。自分が住んだ場所、友人がいる場所、つぎのローテーションで住むかもしれない場所を焼け野原にするよりは」

カリスはマックスの顔を見ずにいった。「それでもわたしは孤独を感じるわ」

彼は機体の揺れに乗じてカリスに身を寄せ、耳元でささやいた。

「きみにはぼくがいるだろ」小指で彼女の手に触れる。「聞こえたかい？　きみには、ぼくが、いる」

機体は着陸。カリスは手荒くシートベルトをはずすと立ち上がり、荷物を取りながらいった。

「ほんとに？」小さな声で。「あなたは家族に盾突くことができる？」マックスの顔を見下ろすと、彼は唇をゆがめた。「わたしが考えていたのは、そういうこと」

EVSA一行がスタジアムに入るころ、日は暮れはじめていた。北半球の気温に慣れた顔を、夕暮れの乾燥した暑さが直撃する。

「空調ね」小グループに分かれながら、カリスはうんざりしていった。「チップのOSは次回、空調つきでアップデートしてくれなくちゃ」汗が瞬時に乾くほど乾燥しきっている。

「いいかい、トト、ここはユーロピアじゃないんだよ」と、マックス。

「トトって誰?」

マックスは笑った。「知らない。たまたまどこかで聞いた名前だ」

「いまじゃここもユーロピアよ」

「暑さはぜんぜん違うけどね」ふたりはチップ・リーダーとフレックス調整がついた回転ゲートの列に並んだ。入場者は手首をすべらせ、スクリーンに映るオプションを選択できる。

「どれを選ぼうかな……」

「カリス!」

風防トンネルのなか、男女のカップルが行列をかきわけながら小走りでやってきた。

「リリアーナ!」

「遅くなってごめん!」並ぶ人たちに申し訳なさそうにしながらカリスのところに到着。

「祈禱所をさがしていたの」

「ぜんぜん平気よ」カリスはリリアーナと肩を抱き合い、心をこめた慣例の挨拶をした。

「合計四人？」リリアーナは自分たちを手で示し、カリスはちょっと間をおいてうなずいた。

「ねえ、リリー、マックスのことは覚えてるでしょ？」

「デザートの達人ね」リリアーナは彼に目をやった。「こちらは新しい友人のサイードよ」

「はじめまして。サイードといいます。あなたたちもヴォイヴォダ6のEVSA？」

「そうだよ」と、マックス。「きみも？」

「はい。リリアーナとおなじローバーのチームです」

マックスはにっこりした。「それはすごい。ぼくは栄養を考えてはそれを実験する、という仕事でね。だがなんといっても、ここではカリスがトップかな。パイロットだから」

カリスはわざとらしい敬礼をした。

「サイードはこれが最初のローテーションなの」と、リリアーナ。「だからよろしくお願いね」

「ヴォイヴォダでの暮らしは快適かな？」

「はい」サイードは列で前に進みながら答えた。「快適です。しかし慣れていないこともあります。たとえば言語の学習とかです。ほんとうに種類が多いので」

マックスは笑った。「そのうち慣れるさ。ぼくは六歳のときに、親父からローテーションに出された」

「たった六歳？」カリスはびっくりした。「まだ小さな子どもじゃないの」

「創設家はお手本を示さないとね。心の成長ってやつさ。小さいころから何事も自分の名のもとでやれということだ」

サイードは感心したような声を漏らしてから訊いた。

「あなたはチップで抽選に参加しますか？」

マックスは夕暮れの日差しに目を細めた。

「さあ、どうかな。きみは？」

「あなたも参加しなきゃだめよ」と、カリス。

「そしてあなたもですね」と、サイード。「たぶん、みんなそうですね」

リリアーナはぶるっと身震いした。「わたしはいやよ。でもカリスは戦術競技に参戦しないとね。問題解決の天才だから。ぜひとも実力を発揮してちょうだい」

「ええ。もしものときに備えて、何カ月も練習したわ」

四人はそれぞれ回転ゲートに向かい、カリスは抽選に参加するべく、カテゴリーを選んでスクリーンをタッチした。それにしても、大きなイベントではずいぶんセキュリティが厳しい。アメリカを戦争に追いこんだ襲撃を教訓にしているからだが、ユーロピア住民になりたてのサイードはゲートで足止めをくらった。

「何を選んだの？」カリスはマックスに訊いた。彼はチップ・リーダーから手を離し、会場（パーク）に入っていくところだ。「肉体で勝負？」

マックスはそれらしいポーズをとったものの、筋骨隆々とはほど遠い。

「もちろんだよ。重量挙げ、総合格闘技、柔道」カリスはなかばあきれ、なかば感心した顔をして、マックスを笑わせた。

「すごいわ。あなたの残骸を袋に入れて帰ることになりそう」

パークの中央には、ガラスでつくられたコロシアムがある。新旧ないまぜのヴォイヴォダではなかなか見られないもので、ここは何から何まで新品だった。人間工学に基づいたスタジアムやしゃれたアリーナがあちこちにあり、どこへ行っても音楽が流れ、ジャズ・ギターに行進ドラム、ステージにはラッパーとフルート奏者などなど、さまざまな文化や伝統のつぼといえた。

旗がずらりと並び、人工微風にそよぎつつ、絵柄は数秒ごとに順ぐりに、各ヴォイヴォダを示すものに変化している。そして合間に、この競技会の三色模様のロゴが挿入された。

「写真を撮ってくれない？」カリスはマックスにレンズを渡し、リリアーナと腕を組んで笑顔をつくった。

「つぎはあなたたちね」リリアーナがレンズを取り、カリスとマックスはぎこちなく親指を立てた。背後には、風にたなびく旗、旗、旗。

「もう一枚」と、リリアーナ。「もっと近づいてよ」カリスとマックスは顔を見合わせ、リリアーナは「ほら早く」と、せかした。「強くやさしく引き寄せて」するとマックスはうなずき、片腕をカリスの肩にまわした。カリスは彼に寄りそい、満面の笑み。「ずいぶんお似合いのカップルだわ」リリアーナは撮った写真を笑いながらふたりに見せた。「婚姻規則に触れそうね」

カリスは必要以上の大笑いをした。「彼はそうなることを夢見てるかも」

マックスは顔をしかめた。「きみがよほど幸運だったら、カリス、十年後にぼくから連絡があるかもしれないけどね。で、とりあえずこれから、どこへ行く?」

「陸上競技?」追いついてきたサイードがリストを見ながらいった。「最前列の座席、取ってあります」

四人は陸上競技場に向かい、マックスは一言も声をかけずにカリスからレンズを取って写真をスワイプすると、歩きながら自分のアカウントに送った。

競技場のトラックは無限大を示す∞の形をし、オレンジ色のポリマーの観客席が階段状に囲んでいる。屋根は開閉式で、並ぶスクリーンのライトが黄昏の空に映え、四人はみごとな競技場に息をのんだ。

十一人のアスリートが拍手と歓声で迎えられ、抽選のときが来ると静まりかえった。リリアーナがマックスとサイードに問いかける目を向けると、ふたりとも頭を横に振る。つまりどちらのチップもマークされていないのだ。はるか左手から大きな声がして、男性がひとり小走りで表彰台まで行き、そこで必要なものを渡された。周囲のスクリーンにお知らせが流れ、本競技はユーロピアの協賛のもと、参加者と観客の連携により実施される、とあった。さっきの男性は大歓声のなか、アスリートにまじって十二レーンにつく。一競技にひとりだけ、抽選で当たった観客がプロのアスリートに挑戦し、それは家庭でも観賞することができる。

「きみは誰と走る?」マックスはカリスに訊いた。これは競技会のふたつめの要素で、観客は特定のアスリートを選ぶと、その体の動きや息遣いをまったくおなじように感じるのだ。

「アマチュアの人」さっきの男性のほうに手を振る。「さあ、ユーロピア最速の人たちと走る気分を味わいましょう」

「よし!」ふたりは座席の眼窓(オクルス)を顔の前に出し、手首のチップで同期させた。

「ぼくは十一レーンだ。十二レーンのきみの相棒を負かしてみせるよ」

「いいわ、受けてたちましょう」カリスもマックスも身をのりだした。ヴォイヴォダじゅうで、家庭の視聴者もおなじことをしているだろう。走者たちは観客に手を振り、体をほぐすとしゃがんで、位置についた。スタンドは静まりかえる。号砲が鳴り、走者はいっせいに走りだした。カリスの相棒はちょっとつまずき、トラックをどたどた走っていく。

「あなたの選択、失敗でした」サイドが笑い、カリスはうめき、彼女のオクルスではライバルたちが美しい走りで遠のいていく。どたどた走るアマチュア男性と同期したカリスの鼓動は速まり、体は不気味なほど揺れ、脇腹が痛い。かたやプロのランナーたちは飛ぶように走り、マックスとリリアーナは意気揚々と顔を上げ、鼓動のリズムも一定でしっかりしている。結局、リリアーナの選んだ選手が一位でゴールを切り、彼女はいきなり立ち上がると、鷲の羽のように両腕を広げて歓喜の声をあげた。スタンドのあちこちでおなじ仕草をしている観客は、おなじ選手の応援者だ。

オクルスをはずすと、周囲は笑い声と感想を語る声、走者たちへの声援に満ち、あのアマチュア走者も顔を輝かせ、肩で大きく息をしながら一礼した。

「つぎは？」と、リリアーナ。「ここでやめたらもったいないわ。きょうはわたし、連勝する気がしてるの」

「あと何レースかやって、それから水泳はどうだ？」と、マックス。「カリスの呼吸が整うのを待ってから」


アクアティクス・センターのプールはガラスのようにきらめき、興奮した観衆のざわめきが水面で反射してはこだました。ここも全座席にオクルスがあり、四人はリリアーナを先頭に上方の白い座席まで行った。カリスは陸上競技で一般人を選びつづけたせいでかなり疲れ、少し遅れてついていく。旗は室内でも人工微風にたなびき、化学洗浄された水がやや鼻をついた。


選手たちが登場して、挑戦者の抽選を控えた観客席は静まりかえった。

「いやだ」

「ん？」マックスはカリスをふりむいた。

「まいったわ」メッシュを指先まで引っぱり、手首のチップを見る。

「どうしたの？」リリアーナとサイードも彼女をふりむいた。

「わたしのチップがマークされたの」

「水泳で？」マックスの頬がゆるんだ。「水着は持ってきたのかな？」

「笑いごとじゃないわよ」リリアーナは身をのりだした。

「参加したのは戦術系だけじゃなかったの？」

「そのはずなんだけど……」

「つぎは女性限定の体力レースよ」

「ほんと？」カリスはマックスの顔を見た。「どうしよう？」

「きっと何かの間違いだよ」マックスは首をすくめた。

サイードはしかし、真剣な顔で「やるべきです、カリス」といった。

「どうして？」

「選ばれる確率はとても小さい。二度選ばれることはないでしょう」

「そのとおりだわ。やるべきよ、カリス。こんなチャンス、そうそうないわ」

「わたしには無理よ」

マックスが彼女の手をとろうとしたとき、当選者は前に出てくださいとアナウンスがあった。

「やってみたらどうだ？　戦術競技で男どもをやっつけたいのはわかるが、これはこれで楽しいだろう。水泳で負けたからって、とやかくいうやつはいないさ」

カリスは切なげな目でマックスを見た。

「泳ぎは得意じゃないの。これまで――」

「歩いたっていいのよ」と、リリアーナ。「まさか勝てるなんて、誰も思ってないから」

サイードは熱心だ。「もしやめれば、かならず後悔する日がくるでしょう。たった四回泳ぐだけです」

「それはメドレーっていうの。四種類の泳ぎ方で泳ぐのよ」

催促のアナウンスがくりかえされ、マックスはリリアーナとサイードにけしかけられて、カリスを立たせた。周囲で拍手がわきおこり、当選者が判明したことで、拍手は会場全体に広がった。カリスはマックスにやさしく背中を押され、びくびくしながら階段を下りていく。そしてふりかえって友人たちを見上げると、マックスはにっこりしなさい、というように、ほっぺたを両手ではさんで上げた。でもカリスはほほえまず、しかめ面をした。

「あなたはカリスと泳ぎますか？」サイードがマックスに尋ねた。

「ああ、もちろん」マックスはオクルスを準備し、下ではカリスが観客に紹介され、必要品を渡されて、更衣室へ行くよう指示された。

「わたしは遠慮するわ」と、リリアーナ。「連勝してるから」

サイードは身をのりだした。「感動は、予期しないときに訪れます」

「おや。ぼくもここへ来る途中、似たようなことをいったな」

ウェットスーツ姿でもどってきたカリスは歓声で迎えられ、ほかの選手とおなじようにプールのスタート台にあがった。マックスは息を殺し、いざ、スタートの合図。カリスと同期した心臓が飛び上がった。サイードもカリスと同期し、バタフライの腕が水を打つのを感じる。カリスがなんとか泳ぎきったころ、ほかの選手はとっくにターンして、すいすい先に進んでいた。

「彼女はよくやっています」サイードがマックスにいい、マックスはこっくりとうなずく。

カリスはつぎの背泳ぎで直進できず、レーン間のロープにぶつかった。マックスとサイードは息をのみ、おなじく同期している観衆の一部もあえぐ。

その後は徐々に怪しくなった。一度大きく息をして、半回転しながら壁を蹴れば、楽に平泳ぎに入れる。ところがカリスは水中で両脚を引き、そのままバックフリップをした。これで息継ぎのタイミングがとれず、マックスもサイードもチップ経由で息が苦しくなった。

カリスは水中で動かない。

マックスは息ができなくなった。口に、肺に、水が流れこむのを感じる。まわりの観客の何人もがおなじように苦しがった。マックスはオクルスをはじきとばして階段を駆けおり、下に着いたところでチップの同期が消えた。医療班がプールに飛びこんでカリスを抱きあげたが、彼女の両腕はだらりと垂れさがった。

「カリス！」マックスは怯えきり、大声をあげた。サイードとリリアーナも走って階段を下りてくる。

観客席のあちこちから機能障害だというつぶやきが聞こえ、カリスと同期していた人たちはマニュアルで解除していった。一方、プロの泳ぎ手と同期していた観客たちも、思いがけない事態にオクルスをはずす。

旗は揺れるのをやめて赤く点滅し、家庭の視聴者に事故発生を告げた。救急隊員がカリスをプール脇に引きあげ、ほかの選手も水からあがって心配そうに見守るなか、医者が「ブラックアウトだな」といった。

マックスは観客席のフェンスを飛び越え、ぴくりとも動かないカリスのもとへ走った。

「大丈夫でしょうか?」

「まずは仕事をさせてくれよ」医者は両手を重ねてカリスの胸を一度、二度、三度押したが、カリスに変化はない。

マックスは医者の後ろにひざまずき、カリスの腕に触れようとした。

「よしなさい」医者は心臓マッサージをつづけた。

「カリス……」

「低酸素脳症か」べつの医者がいい、最初の医者はカリスの鼻をつまんで人工呼吸を始めた。

リリアーナははらはらしながらながめていたが、一方で、若い男女が大勢の観客の視線を集めていることに不安も覚えた。マックスは青緑色の水のそばに両膝をつき、カリスの髪はスイムキャップからあふれて〝湖の乙女〟のようだ。いまどこかの役所では、生中継の最中に彼女が息絶えたらどうすべきかを考えているだろう。

医者は人工呼吸をつづけ——カリスの体が痙攣した。カリスは咳をして水を吐き、泣き出した。

「カリス」マックスも泣きながら彼女の手を握りしめた。カリスは横を向き、顔のまわりのプールの水に涙がまじる。マックスは額と額を合わせた。「ごめん、カリス」

赤い旗が点滅し、真っ白になった。観客はいっせいに安堵のため息をつき、歓声がわいた。カリスは横たわったまま、生きています、と片手をあげる。

リリアーナがふたりの名前を呼んだ。

マックスは驚いたものの、それで我をとりもどし、ここがどこなのかを思い出した。観客の拍手のなか、医者たちがカリスの体をやさしく動かし、マックスは怯えながら、自分は身を引かなくてはいけないと思った。公衆の面前で、ずいぶんあからさまな真似をした――。EVSAの職員がこれを見ていたら？　自分の家族が？　マックスは観客席に視線を走らせ、リリアーナの険しい視線とぶつかった。だがマックスは、気にするのはよそう、と思う。まだカリスの手を握ったままで、カリスは彼の手を引っ張った。

「泳ぎは得意じゃないといったでしょ」弱々しい声。

「すまない。ぼくのせいだ」

「そうじゃないわ」

いや、そうだ、とマックスは思う。

「息の仕方がへたくそだから。それだけのこと」

あちこちの大型スクリーンでは、カリスが無事だったことをくりかえし映像で伝え、そこには額と額を合わせたマックスの姿もあった。

8

六十分——

　ウエストのテザーでつながれたカリスとマックスは、〈ラエルテス〉から捨てられたごみの雲へと落ちていく。さらに深い、さらに遠い暗闇へ——。黒影のなか、かすかに浮かんで見えるのは、宇宙服とヘルメットのみ。ふたりはその銀色の腕を頭上にのばしている。まるで落下を止めるかのように。止められないのはわかっているのに。

「このままなら……」

「このままなら?」

「……小惑星帯で死ぬわ」

　小さな流星体が、無音の線香花火となって落ちていく。

「見たかい?」

　カリスはのばした両腕の下で顔をしかめる。

「このままなら望みはないわ。星や岩がたとえ消えてなくなっても」

「チャンスはまったくないわけじゃない、といわなかったか？」

「何かできることはある？」

マックスは頭を横に振る。「思いつかない」

ふたりは暗い顔を見合わせ、また小さな岩が通りすぎる。〈ラエルテス〉にぶつかり、ソーラーパネルに傷をつけた小惑星の残骸とおなじもの。太陽の光から現われては消え、ぶつかっては耳障りな音をたてるもの。だがここでは、音ひとつない沈黙の凶器。

「小惑星帯を落ちていくだけだ」

初めて発見されたときは、世界中がパニックに陥った。美術品は地下にしまいこまれ、祈禱所はさまざまなかたちで世界の終末を説き、過去のあらゆる信仰のあらゆる説教を引き合いにだし、アメリカと中東の核戦争の余波はより大きな、より世界的な脅威を前にして影を薄め、ロシアはヴォイヴォダ体制に加わった。そして小惑星帯は、地球の上にいすわりつづけた。岩石が陸や海に落ちることもなくはなかったが、大部分は成層圏の上で惑星を取り囲んだ。地球で残っている国々は流星物質と隕石の協同研究をし、ジオードの採集が流行して商売にもなった。EVSAは急きょフライト・シミュレーションとマップルートを作成して優秀な飛行士を飛ばしたものの、小惑星帯を越えられたことはたったの一度もない。

これからしばらく、地球は小惑星に囲まれた捕虜の状態がつづくだろう。太陽系探査はできず、深宇宙は静かにそこにあるだけとなる。人類の未来は宇宙にある、宇宙を探査することが人類の救いとなる、と偉大な科学者たちが語りつづけて二百年たったいま、人類はふたたび地球に縛りつけられた。小惑星に取り囲まれて、時代は二百年逆行したのだ。思想的にも、技術的にも。

カリスとマックスは小惑星帯のなか、ふたりをつなぐテザーを握りしめ、しんみりと考えこむ。

「残り一時間を切ったわ」

「お手上げだな」残酷なまでに正直。「〈ラエルテス〉はずいぶん遠くなった。何をやったところで流星物質に邪魔されるだろう。思いつくかぎりはやったしね」

「やったことを復習してみる?」マックスの反応をうかがうように。「何かひらめくものがあるかもしれないわ」

「ぼくにはわからないよ」

「やる価値はあるんじゃない?」

「わからない、といっただろ?」声がかすれる。「きみがやりたいことをやればいい。ぼくはもうやったから」

「推進剤があれば――」

「だから、ないよ。ないものねだりは、よしたほうがいい」

「でもあのとき――」

「ぼくのミスだ」険しい口調できっぱりと。「船にもどって推進剤を持ってこられるなら、ぼくはなんだってやる。あのときぼくはそれをしなかった。後悔してもしきれないが、いまさら変えられない」

「マックス……」カリスは彼のほうに腕をのばす。「あなたを責めてるわけじゃないの」

「責める？」

「おちついてちょうだい、お願い」

「きみが一方的にしゃべってるだけだ」

カリスは深いため息をつく。いまを乗り切り、生き残る道をさがしたい。だがマックスは怒っている。もう一度、試してみよう。

「やったことをざっと復習してみない？」

「自分のミスの一覧表をつくりたくはないね」

「もう、よして！」今度はカリスのほうに怒りがわいて、吐き出すようにいう。

マックスは面食らい、まじまじとカリスを見る。

「もう一度、最初からやりなおしてみたいのよ」

「しゃべり方には気をつけたほうがいい。酸素の無駄遣いになる」

「あら。それがどうしたの？　あなたはあきらめたんでしょ？」

マックスは腕につけたEVSAの青いバッジに触れる。

「あきらめてやしないよ」いくらか口調をやわらげて。「何も思いつかないだけだ。たとえ推進剤をつくれたところで、距離が離れすぎている」

「同感よ。だけど残りが一時間近くあるのも事実だわ。わたしは残った時間を前向きに過ごしたいの」

マックスはカリスの酸素パックの数値に目をやる。もはや〝一時間近く〟ともいえない。

「ねえ、マックス。復習しましょうよ」カリスの熱いまなざしに、マックスは気持ちを鎮め冷静になろうと努める。岩石がまたひとつ通り過ぎていく。

「酸素を利用して推進力をつくろうとした。結果は失敗」

「ええ」

「ばかだったよ。すまない」

「そんなこと気にしないの。それから？」

「それから、二酸化炭素を温めようとした。赤酸素か黒酸素をつくろうなんて、不可能なことを試みた」

カリスはいささか不満。「太陽が原因でうまくいかなかっただけよ。でもいまなら成功するかもしれないわ」ふたりは暗闇を見まわす。月とかなたの星の帯は、未来永劫たどりつけそうになく、ふたりが天の川の向こうに消えたところで、ささいな、ちっぽけなことでしかないように思える。

「遠すぎると思うけどね」

カリスは酸素に関するオズリックとの会話を再読し、うなだれる。

「そうみたい。〈ラエルテス〉にもどる希望はなくなったわ。だったらどうする？　オズリックは船を誘導できないといったとき、オンラインとオフラインのシステムを挙げたわよね」

「挙げたのはオンラインだけだ」マックスは小石程度の流星物質がブーツに当たる寸前でかわす。「気を抜かないようにしないと、小さくてもシールドに当たったら一巻の終わりだ」

「どっちみち、巨大な岩に向かって落ちているのよ」カリスは指を折りながら一点ずつ復習する。「こちらの指示で、〈ラエルテス〉はグリーンハウスのパネルを開いたわ。それで太陽はさえぎることができても、ごみ処理が始まった」

「呪ってやりたいよ」

「ほんとにね。予想外だったわ」

「トイレの廃棄物にでもぶつかったら、最悪中の最悪だ」と、そこで考える。「船から落とせるものを選べないかな？」

「それで？　これだけ離れていれば、わたしたちは落下物といっしょにもっと落ちていくだけじゃない？」

「救命艇の類はないしね」

「ええ、ひとつもね」

「船にインテリジェントなもの、指示どおりに動くものはないかな」期待に満ちたまなざしに、カリスもその気になる。

「オズリックに訊いてみましょうか」

マックスはうなずき、カリスは早速連絡してみる。

(オズリック、船にドローンは残っていない?)

応答なし。

(オズリック?)

マックスは彼女の質問をスクリーンでながめる。

(こんにちは、カリス。干渉が多く、読みとれない単語があります)

(〈ラエルテス〉にドローンは残っていない?)

(残っていません。二機は調査に出たまま通信圏外、二機は偵察衛星として使用中です)

(まいったわね)

しばらく待っても応答の青文字は出ず、カリスは再度オズリックに送る。

(まいったわね)

文字は出ない。

「どうした?」と、マックス。「いったい……」

カリスのヘルメットでマックスの声が割れ、カリスは手早く通信システムを確かめてから手首のフレックスをチェックする。

「わたしの声が聞こえる?」

マックスは不安げな顔つきで、頭を横に振る。

「これも?」

マックスは自分の耳を指で差し、ふたたびかぶりを振る。いっそう不安げに。

「まったく！」カリスは再度フレックスを、通信システムを確認する。音量調節は宇宙服の袖の中だ。カリスはうろたえ、何か話して、と口の動きで伝える。

「通信できないのか？」マックスの声はカリスに聞こえず、カリスは彼に触れようと手をのばす。マックスは動揺して何かしゃべったものの、声はカリスに届かない。

「通信不能なんてとんでもない」

（オズリック？）

（はい、カリス）ようやく文字が現われる。（たいへん干渉が多いうえ、あなたは圏外に出つつあります）

（え、何？）カリスはぞっとする。

（時間の浪費は避け、質問をしてください）

マックスはカリスの腕を強く引き、カリスは彼をふりはらうと、指を一本立てて見せる。

（どういうこと？）

（あなたは圏外に出つつあり、まもなく通信不能になります。何か知りたいことはありますか？）

会話を読んでいたマックスは、カリスの腕をつかんで何かを叫ぶ。だがその声はカリスに届かない。時間は刻々と過ぎてゆく。

「ローズ・ゴン・フライ？」カリスは彼の口の動きから想像するも、意味不明でかぶりを振る。「何のこと？」

（ローズ・ゴン・フライ）まったく意味不明で、マックスが自分に何をさせたいのかわからない。だが残された時間が少ないことを考え、悩みつつもこう訊いてみる。

（どうすれば、マックスと会話ができるようになる？）

マックスはあきらめたように両手を広げる。

（カリス、あなたたちの音声信号は〈ラエルテス〉を経由して、あなたたちのチップに送られます。そこで近接――）

「オズリック！」無我夢中で。

応答なし。

（ねえ、オズリック？）

おなじく無音。カリスはヘルメットの上から、両手で顔を覆った。そしてマックスのほうをふりむく。もしオズリックとまだつながっているならと思い、（ありがとう、オズリック）と送る。だがスクリーンに文字は現われない。

マックスはカリスの顔を見て、首をすくめる。音は聞こえず会話はできず、マックスとカリスはそれぞれひとりぼっちとおなじになる――。

★

生きていることをもっと実感したい。プールで死にかけた経験がカリスにそう思わせ、ふたりは体を重ねた。これがどれほど大きなことかはいやでもわかっていたが、予想も恐怖もアルコールで流しさる。カリスはなかば朦朧としながらマックスをソファに倒して重なり、彼の着古した青いフィッシャーマン・セーターの襟を乱暴に引っぱった。

「おいおい！」マックスは笑いながら、セーターをちぎらんばかりの彼女の手をつかんだ。

カリスは体を起こし、「おいおい……なんなの？」と、表情を変えずにいった。

「やめてくれ、じゃないよ」マックスはささやき、またキスしようと彼女の腕を引き、カリスは彼の腕に顔をうずめた。「ちょっと飲みすぎたかな」

カリスは体を起こして彼を見下ろした。編んだ髪はほどけて乱れ、茶色の毛先が肩で月の光に輝く。

「そうかしら？」

マックスは笑い、カリスはブラウスのボタンをはずしていった。その腰を両手で抱いて、マックスはぼんやりした目の焦点を合わせようとまばたきした。

「べつの部屋に連れていって」

「いいのかい？」

「ええ」

「うれしいよ」

「わたしも」

マックスはソファから立ち上がり、腰に両足をからめるカリスをそのまま抱えて寝室に向かった。カリスは彼にキスをする。

「こんなことをしても……平気かな」

「大丈夫。トリプルAがあるから。問題ないわ」

カリスは待ちきれないように彼のセーターの裾を引き上げ、マックスは彼女をベッドに寝かすとセーターを脱いだ。

「ほんとうにいいんだね？」カリスのズボンを脱がせ、土踏まずに指をあてて足を上げた。カリスは身を硬くしながらも、彼の言葉に答えるように左右のふくらはぎを離し、内腿にそっと触れる彼の手を感じて声を漏らした。片脚を彼に巻きつけ、ベッドへ、自分の上へ引きよせる。

「いいのかい、なんてもう訊かないで。こんな気持ちになったのは初めてなの」マックスのズボンのファスナーを開き、導き――。目まぐるしい時間。マックスの頭のなかにはいつも彼女がいた。そしていま彼女は、腕のなかにいる。

マックスはカリスを抱きしめて果て、ふたりはしばらくそのまま横たわっていた。

「ごめん」彼は静かにいった。

「よしてよ」声はうつろに。「何も問題ないから」

「いや、あるよ。ぼくは――」

「たいしたことじゃないわ」カリスは彼の肩にキスをして体を離し、ベッドから出た。暗い寝室を歩く白い肌を月明かりが照らす。マックスはとまどい、見つめ、カリスは床からフィッシャーマン・セーターを拾いあげた。

「ちょっと借りるわね」セーターをかぶって着ると太腿まで隠れ、マックスはうなずき、彼女はキッチンへ。「何かほしいものはない？」

カリスがすぐ帰る気ではないとわかってほっとし、マックスは「水が飲みたいな」と答えた。

「すぐ持っていくわ」

彼はベッドに寝たまま、外を走るハイブリッドのライトを映す天井をながめた。アルコールといま起きたことで、頭はぼんやりしている。そしてしばらくして、不安になった。カリスがなかなかもどってこないのだ。

台所に行ってみると、カリスはガラスのドアから入る月明かりのもと、椅子のなかで丸まっていた。かつて庭だった名残の赤煉瓦を見つめている。爪を嚙み、顎をのせた膝を少し揺らして。

「大丈夫か？」

返事はない。

「カリス？」

「うん？」口もとだけほほえんで、マックスのほうに目を向けようとはしない。

「こっちを見てごらん」マックスは彼女の背にそっと手を当てた。

「たぶん涙がたまってると思う」カリスは視線をあげようとはしなかった。

「恥ずかしいな」その言葉にカリスはたじろぎ、彼を見た。「だって、ぼくは泣かなかったから」

カリスは彼の胸に顔をうずめた。「わたし、ばかだから」

「よせよ」マックスは彼女の横にすわった。「ばかなのはぼくだ……自分をコントロールできなかった」

「わたしだって」

「ぼくはきみを……満足させるどころか泣かせてしまった」

カリスはようやくマックスの顔をしっかりと見た。髪が緑の目にはらりとかかる。

「そういうんじゃないわ」

「困らせたかな」

「そんなことない」

マックスはふっと息を吐いた。「ほんとに?」

「ええ、ほんとに」

「じゃあ、よしとしようか」

「ごめんなさいね。なんだか怖くなってしまったの」

マックスは彼女の髪をそっと顔から払い、耳にかけた。

「何が怖い?」

「あなたのことを好きなのが。わたしをほしいと思ってもらいたい、と思うことが」

カリスは恥ずかしげに体を離し、立ち上がってお茶をいれにいった。

「ぼくはきみがほしい。あんなふうに、ちょっと野性的になったきみもね」

カリスはセーターで顔を隠し、ふたりとも笑い声をあげてその場がほぐれた。

「ごめんなさい」カリスはまっすぐ彼の目を見た。

「ぼくもだよ。きみはすばらしい人だと思う。ただお互い、少しあせりすぎたかもしれない」カリスのそばへ行き、その顎に手を添えて、うつむいた顔を上げる。「だけど、いい面もあるよ」

カリスは首をかしげた。

「一度超えてしまえば、二度三度と超えられる」

カリスは笑い、マックスは唇を重ねて熱い思いを込めた。彼女の体を両手でさすり、ゆっくりと撫でおろしてから台所のカウンターに上げる。カリスは声を漏らし、彼の肩に頭をのせると、両脚で彼を包みこむ。マックスは彼女のあらゆるところにキスをした。

「ありがとう」カリスはささやいた。

「ん？」

「ばかなわたしをほしいと思ってくれて」

「べつに……」彼女の耳の横にキス。「ぼくもばかだから」

カリスはマックスの首に抱きつき、彼はやさしく髪を撫でた。笑い声など漏れもしない。今度は前よりおちついて、もっとひたむきに——。

9

五十二分——

マックスもカリスも、お互いに怒っているのがわかる。ヘルメットのなかのマックスの顔はゆがみ、野菜を刻む料理人以上の速さで手を動かしながら、懸命に何かしゃべっている。一方、声がまったく聞こえないカリスは背を丸め、微小重力でひたすら落下していく。「わたしがいけないのよ」カリスの言葉はマックスには聞こえない。「オズリックにまともな質問をしなかったのはわたし。せっかくのチャンスを無駄にしたから怒ってるんでしょ？」

通信不能。相手の声が聞こえず、話しても通じない。オズリックは反応なしだ。無音がつづいてマックスの焦燥感は怒りへと変わり、抗議にうんざりしたカリスは彼の眼前に片手をあげる。そして彼が黙ったところで、親指とほかの四本を何度も叩き合わせる。誰にでもわかる〝いいかげんにしろ〟のジェスチャーだ。マックスは怒りを再燃させ、カリスには聞こえない言葉、きっと後悔するはずの言葉をまくしたてる。

ふたりは闇のなかを落ちながら、音のない喧嘩をつづける。するとマックスは両手でヘルメットを抱き、膝を曲げて体を丸め、わめきたてる。この状況への絶望。闇のなかに取り残され、訓練不足で何ひとつまともなことができない無力感。自分はここに彼女といっしょにいるべきではない、距離をおこうとしたんだ、理想郷の法律は守ろうとしたんだ、彼女に近づかないように努めたんだ。しかし叫びのほとんどは、彼女が自分のそばで危険にさらされていること、一時間もしないうちに彼女は死に、自分はそれを見なくてはいけないこと——。カリスにわめき声は聞こえない。胎児のごとく丸まり、ぶるぶる震えるマックスをただ見つめるだけだ。激情が全身を駆けめぐり、胸から噴き出ているのが見える。限界を超えたかのような姿。わめきつづけているのだろうが、カリスは声が聞こえないのはむしろよかったと思う。

手をのばし、マックスの腕に置く。彼はふりはらおうとしたが、カリスは放さない。

「お願い、マックス」

彼は腕にのせられたカリスの手をゆっくりやさしく叩き、大丈夫だよ、と仕草で示す。どうやらマックスはマックスにもどってくれたらしい。

彼は少しずつ体を開き、スカイダイビングのように脚をのばして、両腕をヘルメットから離しゆったりと広げる。顔をあげ、静かに大きな深呼吸。ふたりをつないでいるテザーがたわみ、マックスがそれを引くと、カリスはタンゴを踊るようにして彼のほうへ近づいていく。

彼女はまじろぎもせずマックスを見つめ、マックスは自分の胸に手を当てると、青い瞳で謝罪する。

「わかってる。わたしもつらい」

彼は鼓動を示すように、胸を二度叩く。

カリスは彼の酸素パックの数値を見て、残り五十分余りだと知る。ふたりの年齢を合わせた数とおなじ。これからどうしたらいい？　どうすればまた話ができる？　聞いて話してまた聞くのが当然のふたりにもどるには？

フレックスのメッシュが動くように片手を大きく広げ、ランダムにタイピングしてみるも、スクリーンには何も現われない。でもひょっとすると、マックスのスクリーンには現われるかも。彼に向かって頭を振ってみても、怪訝な表情で見返してくるだけで、もう一度振っても首をすくめるだけだ。カリスが何をいいたいのか、まったくわからないらしい。

学んだことをふりかえってみる。しかしモールス信号は学ばなかった。ＳＯＳくらいなら誰でも知っているけれど、あとはせいぜいよくて自分の名前。だがそれ以上は知らない。

手旗信号は却下する。飛行機を着陸させるわけではないのだから。いやそれでも、マックスに向かって布かロープ、飲用水パックを振ってみることはできる。ただし、全部の文字を覚えている自信はなく、きっとマックスは理解できない。

ではほかに何が？

マックスが彼女の肩に問いかけるように触れる。

ちょっと待ってね――。

彼はまた肩に触れ、カリスは指を一本立てて見せてから、考えこむ。

マックスは眉をぴくりとあげる。

カリスは身振り手振りで、自分はあなたの後ろに行きたい、でなきゃあなたがくるっと回転するか、と伝える。マックスはうなずき、カリスは彼に近づいて、肩のところで背面にまわる。そして飲料水があるはずのパックに手を入れ……ここにはたしかライトもあるはず。LEDライトを引っぱりだして両手で包み、ビームのスイッチが入るのを待つ。マックスにも見えるよう、テザーを揺らして少し離れる。

スイッチが入り、カリスはマックスの前でビームを全開。あまりにまぶしくて、彼は両手で目をおおう。

「ごめん」といっても、彼には聞こえない。カリスはビームの向きを変え、暗闇のなかで照度をおとす。それでもふたりには十分明るく、宇宙のキャンバスに描かれた小さな点のようだ。マックスはビームの行方をながめながら思案する。彼女は誰かに合図を送ったか、救出船か何かを見つけたのか。だが彼の目に見えるものといえば、救命艇どころか、しばらく先で落ちていく大きな岩だけ——。背筋がぞっとする。ここは小惑星帯。

こっちを向いてというように、カリスがライトを振る。マックスがうなずくと、彼女はビームを手で示し、彼はまたうなずく。

準備オーケイ。

カリスは両手で持ったライトをゆっくりと動かしていく。暗闇のなかに光の筋ができ、カリスはその端に丸い円を描いてから、マックスの顔を見る。

「P?」

カリスはにっこりしてうなずく。どうかマックスの発した音が〝P〟でありますように、口の動きが似ているほかの音ではありませんように、と祈る。そしてもう一度、ライトをおなじように動かしていく。だが最後まで描ききらないうちに、マックスは彼女の腕を叩き、またおなじ口の形――〝P〟。

ううん、違うわ。彼女はかぶりを振り、ひきつづき見ているようにと合図して、最後に斜めの線を引く。

「R?」

カリスは親指を立て、ライトでさっと円を描く。

「O……」マックスはとまどった顔をする。「PRO……プロフェッショナル？　プロミス？　むなしいゲームをやってるみたいだ。まだわからないよ。つづけてくれ」

カリスは気持ちを集中し、ライトで斜線を二本描く。Xの文字。

「PROX……Proxy?」

「いいえ」

「Proxy……。意味がわからない。何をいいたい？　代理(プロキシ)ミュンヒハウゼン症候群。代理人。代用物。代理投票。代理死」カリスの顔を見る。「どれも違うだろう」

カリスはマックスの独り言に苛立ち、頭を大きく横に振る。両手を彼から自分へ、自分から彼へ動かして、ふたりのあいだの空間を示す。

「うん、ふたりともここにいる」マックスはおなじ仕草をし(自分から彼女へ、彼女から自分へ)、カリスはあきれた顔をするなり、ライトで一本線を引く。

「I? それとも数字の1? 〝わたし〟といいたいのか?」

「違う、そうじゃないの。PROXIよ」声が聞こえるはずもなく、カリスは最初からやりなおすしかないと思う。この程度がわからなければ、言葉は伝えあえない。最後の手段としてボディランゲージを使うにせよ、それで何が伝わる? ふたりはすでに、さんざん使ってきたのだ。カリスは苛立ちを抑え、ライトを持ったまま、両手で空気を払う仕草をする。すべて消し去る、これまでのことは忘れてくれ、という合図だ。そしてまた最初から、P・R・O・X——。

「ばかだな、ぼくは。PROXIMITY。〝近接〟だ」カリスは彼の口の動きを読んで親指を立て、自分のフレックスを指さす。そしてオズリックへ連絡するときのタイピングの動作。

「わかった」マックスはすぐ、彼女とオズリックの最後の会話を呼び出す。

(はい、カリス。たいへん干渉が多いうえ、あなたは圏外に出つつあります)

(え、何?)

(時間の浪費は避け、質問をしてください)

(どういうこと?)

(あなたは圏外に出つつあり、まもなく通信不能になります。何か知りたいことはありますか？)

(ローズ・ゴン・フライ)

(どうすれば、マックスと会話ができるようになる？)

(カリス、あなたたちの音声信号は〈ラエルテス〉を経由して、あなたたちのチップに送られます。そこで近接――)

マックスは〝ローズ・ゴン・フライ〟のところでうめき声をあげてから、彼女を見てうなずく。オズリックは〝近接通信〟といいかけたのだろう。ではどうすれば、それができるか。

「近接通信ね」マックスはつぶやきながら、ヘルメットのスクリーンの設定画面をスクロールしていく。「ぼくは一度もやったことがないからなあ……」

カリスは〝あなたにはわかる？〟という表情でマックスを見てから、〝わたしはわからない〟とかぶりを振る。

「おなじだよ、カリス、ぼくもわからない」どうやらスクリーンでは明度や色彩しか設定できないらしい。「ここにはなさそうだな」そこで腕の聴覚制御をいじってみる。音量に鮮明度、イコライザ。宇宙空間で高音や低音を気にしているかのごとく。

マックスは諦めの顔で耳を指さし、かぶりを振る。そしてスクリーンを指さして、またおなじ首振り。

カリスはオズリックの言葉を読みなおし、じっくり考える――〝カリス、あなたたちの音声信号は〈ラエルテス〉を経由して、あなたたちのチップに送られます。そこで近接――〃。

カリスはマックスの胸をばしっと叩く。

「チップよ！」聞こえないのはわかっているから、自分の手首を指さす。〃ジップ〃と間違わないように、くりかえし何度も。マックスはわかったらしくにっこりし、カリスは日ごろ使わないチップの設定を調べて発見。彼に手首をしっかり見せて、彼もおなじ設定にする。と、いきなり割れた音がして、それも〈ラエルテス〉経由のときよりずっと大きい。通信は復帰し、つぎに聞こえた「ハーイ！」の声は、この世のものとは思えないほど美しい。

ふたりはふたつの笑い声を響かせて抱き合う。

「なあ、カリス、ぼくがこの仕事を依頼されたときのことは話したよな？」

「最初の話題がそれ？」

「声が聞こえないあいだ、ずっと考えていたんだ。きみにぜひ訊かなくてはと。どうしても知りたくてね」

「なぜそんなことを？」

「彼らは推薦とマインドシェアの回答数が決め手でぼくに依頼する、といった。だが、EVSAの職員で思い当たるのはきみしかいない」

カリスはテザーをいじりながら、「前にも話したような気がするけど」という。

「きみに再会したとき、きみはEVSAの職員なのだと知った。これはたまたま、かな？」

「ええ」

「歳をとればわかることのひとつが……偶然なんて、そうそうはないということだ。EVSAにぼくの名前をいったのはきみじゃないか？」

「それが何か問題？」

「きみがぼくに仕事をくれた？」

「まあね」カリスはすなおに認め、マックスはうなずく。

「自分の力でつかんだチャンスだと思った」

「それはそうよ」

マックスのひきつった笑い声は、ふたりのヘルメットのなかでこだまし、消える。

「一度会っただけで、きみはぼくの人生をより良きものにしようとした？」

「一度じゃなくて二度よ」

「頭がどうかしてるんじゃないか？」

「まさか。でも……そうね」説明するのはむずかしい。「初めて会ったとき、あなたはしあわせそうに見えなかった。家業から抜けられないって、あなた自身そういったわ。その後、バーでリウと会ってから考えたの。あなたの専門技術を――料理は技術だもの――リウの話どおりに使ったらどうだろうって。〝世界最高の宇宙飛行士はいまも生きている〟って話よ。それが現実になってもいいんじゃない？　それがほんとうにあなたでも？　EVSAは食料分野の専門家をさがしていて、あなたにはその力がある。わたしは適材適所を考えただけよ」

「なぜそこまでのことを、カリス？」

沈黙。

「どうして、ぼくを？」

「わからない。あなたは歯がきれいだとか……」

「やっぱり頭がどうかしてるよ」

カリスは最後にこれだけはいおうと思う。「あのとき、わたしたちの関係がどうなるかなんて考えもしなかった。あなたのために何かできればと思っただけ。ただ漫然と暮らすより、一度くらい、人の願いをかなえるために何かしたいと思った」

マックスは彼女から少し離れて考える。

「ぼくはこれまで、きみを助けたような冗談をいってきたが、実際はきみがぼくを救ってくれたわけだ」

第二部

10

あまりに基本的なことなので、カリスは尋ねようとすら思わなかった。それぞれ自分の仕事をこなし、人目を忍んでふたりきりの時間を楽しむ。それだけでカリスはしあわせだった。そしてヴォイヴォダの半分がつぎのローテーションを準備しはじめた。

始まりは小さな波でも、そのうち大きなうねりとなる。一瞬で通り過ぎてしまうようなこと、数あるなかのひとつの別れ。隣人としてともに過ごす時間は終わりを告げたと否応なく気づかされる。マインドシェアのチャットは急増し、ヴォイヴォダの将来についておかしな推測や調査が氾濫したが、それも最初のうちはおおやけにはならなかった。また見知らぬヴォイヴォダに行かされて孤立して暮らすのはいやだと、語学ラボの登録者数は増加し、深夜から早朝まで、終わりなき送別会がつづいた。ドロー1のメンバーは、じきにつぎのローテーションで移動させられるのだ。

そして数少ない平和な日の一日、カリスとマックスは、カリスの最初の思い出の地、ヴォイヴォダ3の山岳地帯に行った。具体的な出身地や育った土地に関する会話などできないに等しい時代なので、ユーロピアの住民にとっては最初の記憶にある土地を再訪するのが人生の節目の行事のようになっていた。

ウェールズの最高峰スノードンの頂は雲に隠れ、雪をかぶることも多い。それでもこの日は小さな綿雲がちらほらあるだけの美しい青空を背にしてそびえ、山腹を登山電車が登っていく。

マックスのほうが先に起きて朝食の準備をし、カリスのベッド脇に置いた。

「わたしが起きるまで待っていたの？　訓練のしがいがあったわ」

マックスは目を丸くした。カリスが十時前に、それもコーヒーを飲まないうちに冗談をいうのは珍しい。

「よく眠れたかい？」

「またあそこに行けるのがうれしいわ」窓から見える国立公園の山並みに手を振る。熱いコーヒーを飲み、トーストを手にとった。明るい茶色の髪は頭の上でおだんごにしていたが、夜のうちにほどけていた。

「着替えて出かけない？」

「ん？　こんなに早く？」大きなベッドにいるカリスは、彼のEVSAの青いTシャツを、袖をまくって着ている。マグカップを持って両手を温め、マックスと目を合わせて満面の笑みを浮かべた。その顔がずいぶん幼く見え、マックスはにっこりする。

「じゃあ行こうか。でも、こっそりとね。台所を勝手に使ってしまったから。きっとあの老婦人に麺棒で叩かれる」

「麺棒？」

「気にしなくていい」

ふたりはリュックに必要品を入れ、B&Bをこっそりと出た。古色蒼然としたジョージア様式の邸宅で、外壁から鉄の筋交いや梁がのぞいているものの、結露はないし、品の良さも十分に残している。ここは渓谷の道筋だから、太陽の光は注がれても、この時間はまだ寒い。周囲を緑の木々に囲まれて、草深い斜面にのぞく岩にはライム色の苔。道沿いにはシダ類が大きな葉を茂らせていた。カリスは寒さにジャケットの襟を立て、足もとに気をつけながら少しずつ進んだ。

「気持ちのいい朝ね」

「ああ、ほんとうに」

「チップをオフにして、フレックスは使わないようにしましょうよ」

「いいのかい？」

「わたしはそんなものがなくたって、数時間くらい生きられるわ。あなたはどう？」

マックスはチップをスリープにした。「はい、これが答えだ。まずどこへ行く？」

「古い発電所は？」

「いいよ。道順はわかるかい？」

「なんとなくね。山の上にあるわ」といって、顔をしかめた。「ここからだと、何でも山の上だけど」

「おっしゃるとおり。では隊長、先導してください」

するとハイブリッド車が猛スピードで走りすぎ、ふたりはあわててよけた。が、リュックを背負っていたカリスはバランスをくずし、背中から茂みにつっこんだ。

「何をしに来たのかしら」あきれたようすで大きく息を吐く。マックスが差し出した手をつかんで起き上がろうとしたが、今度はマックスのほうがバランスをくずして地面にころんだ。

「くそっ」ふたりは笑いながら、しばらく土の上で寝そべった。顔を見合わせるとぷっと吹き出し、また大笑いする。とくに面白いことはないのに、笑いすぎて涙がたまった。

そこへ白髪の紳士がやってきた。防水ジャケットとズボンで、山歩きの格好をしている。後ろにはビーグルが一匹。紳士は顔をしかめ、カリスたちをうさんくさそうに見た。

「こんにちは」マックスは地べたから声をかけ、紳士は舌打ちして通り過ぎていった。ふたりはまた大笑いする。

「何をしに来たんだと思う?」カリスは埃をはらってくれているマックスに訊いた。

「地元の人だろ。紳士も犬も、たぶん」

「そうじゃなくて、さっきのハイブリッドよ」カリスは土で汚れたマックスのジーンズを指さした。

「おやおや、ぼくは事故にあったみたいに見えるな。あれはローテーションでヴォイヴォダ

3の下調べ中なんじゃないか?」

カリスはうなずいた。「そうね。もうじき半分が移動するのを忘れていたわ」

ふたりは歩きはじめ、マックスはあたりを見まわしたものの、何もいわない。

休憩所に到着。ここから先は湖沿いに、平板な広い道を歩いていった。ずいぶん昔は貯水池だった湖に、もはや人工池の面影はまったくない。ゆったり広がる湖面に青い空と周囲の山並みが映り、一見、母なる自然のお手本みたいな光景だ。

カリスは走って小石を取ると湖に向かって投げ、小石は水面で一度、二度、三度跳ねた。

「けっこうやるな。なかなかだ」マックスはきょろきょろして小石を選んだ。湖面に投げて、四回跳ねる。「まあ、こんなものさ」

「ふうん」カリスは楕円の小石の平らな表面を撫で、重さを確かめた。腕を後ろに振り、投げずにスローモーションで手首のスナップを練習する。

「きみの番だよ」

「よく見て学びましょうね、マクシミリアン」腕を引き、膝を少し曲げてから小石を投げる。一直線に飛んでいく小石を満足げにながめていると、九、十、十一回跳ねてから、沈んでいった。

マックスは呆然とした。「どうやったんだ?」

「コツはね——」カリスはにっこりしたいのをこらえてふりむいた。「回転させて、まっすぐ勢いよく投げるの」

「水切りの科学ってわけだ」マックスは石が沈んだ湖面をながめている。そこは岸から八メートルほど。「きみは水切りの――」カリスを引き寄せ、うなじに話しかける。「プロかな？　コツまで語れるなんてね。信じがたいよ」

「育った村で、タンアグリシェで、五回チャンピオンになったわ」小さいころの話になると、カリスの声ははずんだ。「最後のコツは、角度をつけること。十五度がベストね」

「わかりました、五連勝チャンピオン」持っていた小石を捨てる。「ぼくにはとうてい無理だ」

「運のいいことに」カリスは爪先立って、マックスの目をのぞいた。「あなたは無理することないの。どのみちわたしに勝てっこないんだから」

マックスは大笑いし、通行人を意識してカリスから離れた。

「あら」カリスはため息をついた。「ここなら人目を気にしなくていいと思うけど」

「場所は関係ないよ。規則とはそういうものだ」

「規則というよりガイドラインみたいなものでしょ？　いかにして、しあわせな人生を送るかの……。個人で独立して生き、子どもは遅くなってからもつ」不満げな顔になる。

「そうともいえるが、哲学と科学の裏づけがある」湖の対岸を行き交う人たちに目をやり、「あまりここでじっとしていないほうがいいだろう」

「警察国家じゃないのよ。あの見知らぬ人たちが、わたしたちにヴォイヴォダから出ていけなんていわないわ。それとも、ユーロピアの規則を守っていないように見られるのが心配な

の？」カリスは道にもどりはじめた。いまの言葉は当たっているという自信がある。そして
彼も、それがわかっている。

マックスは大きなため息をつくとカリスの手を握り、ふたりで岩だらけの山腹を登っていった。その先の発電所を目指し――。

スリン・ストゥランからの眺めはすばらしかった。山間に巨大なダムが石壁のアーチを描き、壁の上は歩くことができる。右は広大な湖、左は急峻な岩肌の山腹だ。カリスとマックスは左右を交互に見渡しながら、灰色の石の隙間からのぞく草は踏まないようにして歩いた。仰げば水色の空に白い雲。風はそよ風ながら、冷たかった。

「昔はここに側壁があったのだけど、ずいぶん前に崩れたの」周囲の景色にうっとりする。

「だからいまは、ちょっと危険ね。何百年も前は、蒸気機関車も走ってたのよ」

「蒸気？　だったら何百年も前じゃないだろ？」

カリスは首をすくめた。「石炭でしょ、酸素じゃなく」

「酸素がもっと真剣に検討されていたら――」マックスはかつて側壁があった場所に腰をおろした。ぶらぶら揺れる足の三十メートル下は湖だ。「生活はどうなっていたかな？」

「きっとパーフェクト。文句なしよ」

「同感」マックスはほほえんだ。「ここが最初の思い出の地なんだろ？」

「まあ、そんなものね」カリスはマックスの横に腰をおろし、彼はリュックからコロネーシ

ヨンチキンのサンドイッチをとりだした。カリスはありがたく受けとる。

「何歳くらいだった？」

「マックス……」カリスはたじろいだ。

「五歳かな？　たいていみんな、答えはおなじだ」そこでしばし考える。「だが五歳で、ここまで覚えているわけがないか。それに水切りチャンピオンが五回だしね」彼女をふりむく。

「カリス？」

「両親は……ウェールズが独立するとすぐ、ローテーションからはずれたの。そしてこの山間に腰をおちつけて、ずっとそのまま」

マックスは驚いた。「ローテーションなしの暮らしだったのか？」

「わたしは十八歳までここで暮らしたの」

「移動なしで？」

「そう。ローテーションに加わったのは十八になってから」

マックスは空を仰いだ。「十八までローテーションなし……。いつからうちの両親に会うことがあっても、その話はしないほうがいい。おそらく拒絶反応を示すだろう」サンドイッチをかじり、かぶりを振る。「きみはたぶん……」

「たぶん？」

「ユーロピアに、その体制全体に、いくらか不満があるんじゃないか？」

カリスはサンドイッチを置いた。「あなたはないの？」

「ほとんどね。不満があるといえば、きみと出会ったのに、二カ月後にはべつの地域に移動しなくてはいけないことだ」

カリスの口が動いたが、言葉は出てこない。

「どうした？」

「移動するの？」

マックスは目をそらした。「ぼくはドロー1だから」

「どのドローなのか、尋ねたことはなかったけど」あまりに基本的なことなので、頭に浮かびすらしなかった。「そんな気はしていたわ」

「いつ話そうか、タイミングを見計らっていた」

「それがいまなの？」少しきつい口調になったが、どうしようもない。

「申し分のない楽しい時間を過ごせるときがきたら、と思っていた」

「二カ月後に移動すると打ち明けて」カリスはうつむいた。「楽しい時間を終わらせたかったわけじゃないでしょ？」

「ああ」口もとがゆがむ。「そんな気持ちはなくても、結果はそうなるかな」

「初めて会ったとき、あなたは家族が経営するスーパーマーケットを手伝っていたわ。手伝いはじめて、まだ間がなかったんじゃないの？」

「いいや」おちついた静かな口調。「しばらく前からやっていた。だからストレスがたまってね。きみのような人に出会うなんて思いもしなかった。ずっとあのままで……こんなことになるとは思わなかった」

カリスはまぶたをこすった。岩の苔を見つめ、何をすれば、何をいえばいいかを考える。

「それでどうするの？　これでおしまい？」

「おしまいにはしたくない」穏やかな声。「きみを失いたくない」

「そのわりには、現実の暮らし方が違うわね」

「どういえばいいのか……。あと何年かたって年齢が増えれば……」言葉がとぎれ、視線をおとす。

「これでおしまい？」

「いやだよ、それはいやだ。なんとかうまくやれる方法はないかな？　友人にはこういう経験をしたやつがいないんだ、ひとりもね」カリスは何かつぶやき、マックスはつづけた。「肉体的な関係とか、そういう意味じゃないよ。それとこれとはまったく違う。ただ、ぼくの育った環境では……」

「どういう環境？」

マックスはサンドイッチの残りを置いた。「家族のことは話しただろ？　理想郷（ユートピア）をつくるために人生を捧げた。祖父母や大叔父、大叔母たちは第一世代だ。ぼくは創設者一族なんだよ。それがどういうものかわかるかい？」

カリスは黙ったままだ。

「第一世代は大勢いるが、うちの場合は……。週に六日は語学学校に通い、ぼくが初めて冷蔵庫に書いた落書きは、青地に金色のユーロピアの星だ。きっと最初に覚えた言葉は〝誓い〟だろう」カリスの口もとがほころんだ。「父方の祖父母はインドとスペインから来て、母方はスイスとイタリアだ。父方の祖母は小児遺伝学の医者で、ぼくの母もね」

カリスは話の内容に臆しながらも、尋ねたくても尋ねられなかったことを聞けてうれしかった。

「祖母は十八世紀フランスの出生率関連のデータと、それをもとにした新規課題の研究チームにいた。そして出生率の要因や限界の研究から新たな技術、手法を開発し、子どもを産んで育てるガイドラインをつくったんだ。高齢出産を否定的にとらえてはいけない、という考え方を定着させるのに一役かったわけさ」

「世間はその結果、さあ急げ、うかうかするな、といわなくなったのね」

「そういうことだ。そしてそれが、婚姻規則を生んだ」

ふたりはしばらく黙ってすわっていた。

「あなたは心底、信じている？」

「生まれてからずっといわれつづけてきたことを簡単に捨てられるかい？」

「そうね」

「きみと……」苦しげに。「何年か先に出会えていたらよかったと思う」

「あと十年先ね」

残酷な現実に、ふたりは口をつぐんだ。マックスはカリスを慰めたくても、何をいえばいいのかわからない。はるか眼下で登山電車が走っていくのをながめるだけだ。

「移動先はどこ?」

「べつのヴォイヴォダのEVSAステーションだ。ぼくはきみを、失いたくない」

「でも、あなたは婚姻規則の象徴的存在といっていいわ」

「わかってくれたかい?」

カリスはうなずいた。「ええ、たぶん」

マックスはしばらく何もいわなかった。身をきる風が吹きぬけてゆく。

「きみがデートで着そうな服をウォール・リバーで見るたび、きっと悲しくなる」

カリスは顔をしかめた。「デートらしいことはしていないわ」

「きみが眠っているとき、冷たい足をぼくの足の間に入れるのも、さびしく思い出すだろう」

「わたしが歯磨きプログラムをいじったせいで、あなたの浴室のガラス床に水が撒き散らされたのもね」

「それは思い出してもさびしくないな」

「どうして歯ブラシを使わないの? 不思議で仕方ないんだけど……」

「きみは古臭いな」マックスは片手をそっと彼女の体にまわした。緑の山並みに囲まれ、仰げは春の美しい青空。垂らした足の下にはダム、そして広大な湖。マックスは何もいわず、ただただながめていた。

しばらくして、カリスがぽつりといった。

「何か話して」

「こんなふうになるなんて、思ってもみなかった」

カリスは腕をからめて彼にもたれた。

「お互い、行ったり来たりできるよ、週末なら――」

カリスは顔をあげた。「あなたの話だと、できないんじゃない？」

「わかってる」立場が奇妙に逆転したようで、マックスの口調が険しくなった。「だが、ほかのヴォイヴォダにも友人はいるし、きみだってそうだろう？」じっくりと考える。「それなら往来しても不自然じゃない。歯磨きプログラムをまともにいじれない人間を放置しておくのはよくないしね」カリスはほほえんだ。「ぼくが人助けをしよう」

カリスはマックスの肩に頭をのせ、腕をまわした。

「ぼくを嫌わないでくれ。きみをあきらめることはできない」

「嫌うわけないでしょ」

マックスはサンドイッチをしまい、立ち上がろうとした。

「規則といっても――」カリスのささやきは風に流れた。「すべてが正しいとはかぎらないわ」

11

四十五分——

　水切りされた小石のように、カリスとマックスは否応なく小惑星帯のなかを落ちていく。地球をとりまく小惑星帯は、夜だけでなくときには昼間も、美しい流れ星の光景を見せてくれる。しかしここでは、その真っただ中では、命を奪うものでしかない。

「残り四十五分だ」マックスは落下しながら、絶望的なまなざしで周囲を見まわした。「時間の半分が過ぎたというのに、誰も来そうにない」

「わたしたちふたりきりね」

「ぼくらは取り残された」

「お願い、よして」

「ギブアップするしかない」

　カリスは唇を嚙む。「何をあきらめるの？」

「生き残る手段を考えることだ」

「どういうこと？」カリスの目は険しい。

「考えたって仕方がないからだ」マックスは首をすくめる。

「お願い。愚痴は後回しにしましょう」周囲の流星体に手を振る。

「ヘルメットを脱いで、流れる岩にしがみつくほうがましかもしれない」

カリスは彼の胸をぶつ。

「いいかげんにして。わたしは本気よ。ほら、見てちょうだい」下の地球では、中国上空で花火大会さながら、本箱くらいの流星体が大気で燃え、炎が尾を引いている。「みんなあれを見上げているわ。見下ろしているのはわたしたちだけでしょうけど」

「あれくらい、ふたりきりで宇宙に取り残された恐怖に比べればたいしたことはない」

「取り残されてなんかいないわ」中国上空を見つめつづける。「それにここなら婚姻規則とかヴォイヴォダ代表団を気にしなくていいもの。アメリカと中東の戦争が生んだ放射性降下物も、空から降ってくる大きな石の心配もね」そういいながらもカリスは、いまの地球の状況に胸が苦しくなる。完璧だったはずの世界は、ゆっくりと崩壊しつつあるのだ。

「だが、ぼくたち以外に誰もいないし何もない。それ以上に最悪のことがあるか？」

「ロシアの船に乗った小さな宇宙犬が……ライカが、どこかにいるわ」

「かわいそうに」宇宙に飛ばされたメス犬の話を思い出し、しんみりする。「アンナもどこかにいるだろうか？」

カリスは驚き、かぶりを振る。「いないでしょう」

「きっといるよ」

「そうかしら……」

「きっとどこかにいる」

さっきとはまったく逆のマックスの台詞に、カリスは彼の胸を叩き、その目がうつろなことに気づく。「大丈夫、マックス？」

「ぼくには無理だよ」眼下に漂う岩を見つめたままつぶやく。「ぼくは料理人なんだ」カリスに目を向ける。「ただの料理人でしかない」

「そんなことないわ。あなたはヴォイヴォダ宇宙機関のスタッフよ」彼の胸にやさしく手を当てる。「わたしも怖い。わたしの知識じゃ手に負えないもの。どうしたらいいかわからない。でも、あなたもわたしもＥＶＳＡで、短期間だったけど、しっかり訓練を受けたわ」

「そうだな」

「何か笑えることをいってくれない？」

「いまはだめだ。あとにとっておく」

「わかりました」

「たぶん、〝水切りの科学〟にまつわるジョークになるだろう」

カリスは眉をひそめる。「もっとほかにないの？」

「いま考えている最中だ」

「わかりました」

「だが、きみの物理の知識はすごいよ。とくに水切りのコツに関しては」

「そうね」カリスは笑う。「小惑星は宇宙を跳ねる小石よね。条件が異なるだけで」

「無重力だとむずかしいな。この銀河からべつの銀河に跳ねさせるならともかく」

「深淵なるご意見ね」マックスの気持ちが多少ほぐれてきたのを感じる。「さっきとは考え方が少し変わった？」

マックスは藍色がかった天の川に手を振った。「この銀河に居住可能な惑星は地球しかないと思っていたら、宇宙は膨張し銀河も無数にあることがわかった。もし銀河のなかで住みかえられたらすごいよな」

カリスはほほえむ。「まるで宇宙の不動産屋さんみたい」

「販売開始です！」一本調子の語り口で。「左に行けばきらめく星座が一望でき、右に行けば地球の中心までわずか四百キロで、ラッシュアワーの問題もありません。設備は快適で、純正のヘルメットをつければよけいなものは排除でき、隣人も親切です」

カリスは拍手し、マックスは「ありがとうございます」と頭を下げる。「少しは気分が晴れたよ」

「これから必要なのはそれよ。ぎすぎすしないようにしましょう」

「ぎすぎすした岩棚でもあればつかまることができるのにな。宙返りばかりじゃ疲れるよ」

カリスは周囲を見まわす。「地球はいつも下にあると思っていたけど、宇宙じゃ上も下もないんだから、どっちを向いても結局はおなじね」

「ぼくの脳のなかじゃ、地球はつねに下にある。動くたび、ジェットコースターに乗っている気分だよ」

「わたしもよ。故郷は見ないほうがいいかもしれない」

〝故郷〟という言葉に、マックスは反応しない。

「マックス？　〝ローズ・ゴン・フライ〟は、何をいいたかったの？」

「おいおい」

「何の意味？」

「オズリックはきみに、圏外に出る前に知りたいことはないかと訊いた。あの時間なら、ひとつにかぎらず質問できただろう。その前にドローンは四つあるといっていたから、ぼくは〝ドローンはオフラインか〟と訊いたんだ」

カリスは呆然とする。「ドローン・オフライン……」

マックスは首をすくめる。「オズリックがドローンを引き返させることができたら、こっちに送れると思ってね」

「わたしったら、まったく……。もっとはっきりいってくれていたら……」

「いったよ。だが通信不能だった」いらいらと。「オズリックはきみの質問にしか答えられなかっただろ？」

「頭が混乱していたから」オズリックの言葉を思い出す。〝時間の浪費は避け、質問をしてください〟

「いまさらどうしようもない。オズリックに連絡不能、〈ラエルテス〉にも、地球にも連絡不能だ」

「ごめんなさい。わたしの大失敗だわ」

「ぼくはプロキシがわからなかったからね。どっちもどっちだよ」袖でヘルメットのフェイスを拭く。「で、これからどうする？」

「一杯やってもいいわ」

「冗談はよせ。まじめに訊いてるんだ。これからどうする？」

カリスは手で周囲を示す。「残り時間は限られているわね」

★

離れ離れになって、いっしょに過ごせる時間は何より大切になった。だが距離の遠さはふたりの関係を混乱させもした。金曜の夜は、なじんだ時間に通じる正々堂々とした、しかし奇妙で扱いにくい玄関となる。片方は長旅で疲れ、もう片方は迎える側として緊張しまくるのだ。カリスはヴォイヴォダ13に到着するまで自意識過剰ぎみになり、周囲の目を気にして、ささいなことが気がかりで、ハイブリッドに乗ってもおちつかず、マックスの目をまともに見ることができない。マックスのほうはこまごまとカリスの世話をやき、なんとか安心させようとするが、言葉ではうまくいかずに、結局ベッドへ直行となる。その後はゆったり横たわり、それまでの苛立ちや不安もエンドルフィンのおかげでなんとか薄れ、ようやくリラックスできた。

「お帰り、カリス」マックスはベッドで彼女のほうを向いた。「帰ってきた、でいいよな？　それにしても、いつも疲れて苛立っている」

カリスはうつ伏せになって髪をかきあげ、マックスは彼女の背を撫でた。

「そう？　一週間のあいだに何かあったんじゃないか、あなたがまだわたしのもので、わたしをほしいと思ってくれるかどうか……それが不安でたまらないからよ、きっと。何もかも最初からやりなおしみたいな。金曜日がくるたび仕切り直しで疲れるの。だけどあなたが服を脱がせてくれたら……」乱暴に捨てられた衣類に目をやる。「もとのわたしたちまで、近道でもどれるわ」

マックスは眉をぴくりとあげた。「なかなかいい近道だろ？」彼女の鼻のてっぺんを噛み、カリスは思わず身を引いて笑った。

「まったく」

彼はホスト役にもどり、「何かほしいものはないか？」と訊いた。

「お水をもらえる？」目にかかった髪をはらってもらい、にっこりする。そしてマックスが部屋を出ていくとすぐ、鏡で自分の顔をチェックした。いまのところまだ、彼の目の前ではやりにくい。そしてもどってくる足音がして、急いでまた横たわり、彼がドアを閉めるのをながめた。

「ありがとう」ふたりきりの感触をもどすのにあと二日あり、それが終わればさよならのキスをして、シャトルとハイブリッドで自分のヴォイヴォダにもどる。だから日曜が怖くて仕方なかった。

「ゲームをしよう」ある日、海に近いカリスのアパートでマックスがいった。「つぎの文章を終わらせてくれ。小惑星が地球を粉々にしたら、ぼくは――」

カリスは少し考えてから答えた。「はるか上空から、それを見下ろしたい、とか?」

「ベッドできみといっしょにね」マックスは腕をあげ、カリスは典型的な男性の答えよ、と笑いながら腕の下に入り、もたれた。

当初、別べつの町で暮らすのは、ある意味、解放感があった。平日と夜は自分ひとりで自由に過ごせ、マックスは遅くまで仕事をし、カリスはヴォイヴォダ6での訓練に励んだ。食事は何時ごろだとか、夕飯には何を食べたいなどと尋ねる人もいない。カリスはささやかな自由を楽しんだといってもいいだろう。ただ、すね毛の心配をしなくていいのはプラス点でも、夜のたまらない孤独感は大きなマイナス点だった。訓練に全力を尽くし、より速く、より長距離を飛び、カーマン・ラインを越えられる、すなわち宇宙空間へ行けるライセンスを取得した。最初のフライトは誰の目にも満点で、カリスは申し分なく任務を――恋愛に目がくらんでいないときは――遂行できる若いパイロットがひとり増えたことを証明してみせた。

カリスとマックスにとっていちばんつらかったのは、会えても親しくできないときだった。

カリスは週末、マックスのヴォイヴォダで彼の知人たちと〝マックスの一友人〟として会うように努めたが、なれなれしい態度はとれない。マックスのほうはカリスのヴォイヴォダで、知り合いには相応の接し方をしたものの、カリスが彼らとどこかへ行くと、自分だけ取り残されたようなえもいわれぬ気分になった。

それでもうれしいひとときはある。マックスがかなたの町から連絡すると、カリスのリビングルームの壁に彼の顔が大きく現われた。ほかの壁は一面がマインドシェアで、もう一面ではニュースが流れている。

「こんにちは」片手を大きく広げて応答する。

「やあ」笑顔のマックス。「何をしているのかな？」

カリスは膝の上のフライト・マニュアルをかかげた。

「お勉強。復習してるの。小惑星帯にパイロットを送って、通過できるかどうか見ることになったから」

「それで？」

「最初から読んでいこうと思ったんだけど……」うんざりしたようにマニュアルを置く。「どのマニュアルも、執筆者は小惑星帯に行ったことがないらしくて、ちょっと大雑把なの」

「それはあんまりだな」

「あなたは？　きょうは何をしたの？」

「何も。多少の料理をつくって、多少食べただけだ。きみに会いたくてたまらなかった…

……」髪をくしゃくしゃにする。

カリスはほほえんだ。「これからわたしといっしょにのんびり過ごさない？」

「どうやって？」

「ほら、こうやって」周囲に手を振り、両手で大きな箱の形をつくると、壁一面がマックスのリビングルームになった。「あなたもしてくれる？」マックスがおなじようにすると、ふたりの部屋の壁は相手の部屋の壁になった。

「なかなかだな」マックスはソファにすわった。

「ソファからずっとわたしを見てるの？」

「ん？　違うよ」彼は何かを手にとり、カリスはほほえむとマニュアルを読むのにもどった。

ふたりはときおり会話をしながらそうやって午後を過ごした。

その後はしょっちゅうマインドシェア全体を交換して、ふたりの部屋はウォール・リバーごしにつながった。カリスのアパートにローテーション・レストランから箱入りの食品が届くと、マックスは自分の台所を彼女と共有する。彼が料理をして湯気がたち、カメラのレンズが曇ったりもした。彼の包丁さばきはみごとで、野菜でも肉でも、スライスだろうとみじん切りだろうときれいに仕上げ、カリスはタマネギのさいの目切りに拍手をし、マックスが頬を赤らめたこともある。ときにはどちらも静かに読書をしたり、うたた寝したり――。壁はふたりの部屋、ふたつのヴォイヴォダ、ふたりの暮らしをつなぐ橋となった。

★

「カリス？」ふたりは中国上空の火花を見つづけている。

「何？」

「何も」

「ほんと？」

「ほんと」

「こういう会話ができてうれしいわ」無表情で。

「ぼくもだ」おざなりに。見ないほうがいいと話したばかりなのに、ふたりとも地球を見つづけている。テザーでつながれ、どちらもバレエどころか、下手なルンバを踊るかのごとく揺れながら落ちてゆく。

「胃がむかつく」と、マックス。

「一生のお願いよ——わたしの一生があとどれくらい残っているかわからないけど——ヘルメットのなかには吐かないでね」

「うっ」

「見ちゃだめよ」自分は地球から目を離さないまま、マックスをつつく。「横を向いて」

マックスは首をまわし、周囲の小惑星を見る。大きな岩塊はまだ脅威というほどではない。最大と思えるものは数百メートル下方で、ほかも容易に目につき、避けることは可能だろう。

それよりもむしろ、小さい岩がいつ忍び寄ってきてもおかしくなく、宇宙服やパック、ヘルメットにぶつかり穴をあける可能性があった。カリスはまだ地球をながめ、マックスは彼女を見つめる——と、彼の視界の端、カリスの頭の向こうを何かがよぎる。

「あれは……」

「どうしたの？」

「見えたような気がしたんだが……」首をのばしてきょろきょろする。「何もないな」

「吐き気は？」

「いくらかおさまった」

「よかった」

マックスはふたたび目を凝らす。「何かあるよ！」

「え？」マックスはカリスの背後を指さしたが、彼女がふりかえっても何もない。「わたしには見えないけど」

「たしかにあそこに……」

「気分がよくない？」

「そんなんじゃないよ」

「酸素の残りは——」顔をしかめる。「三十九分。頭はまだしっかりしているわよね。いったい何を見たの？」

「光だ」

「わたしの後ろに？」もう一度ふりかえってみるが何もない。中国とチベットに目をもどすと、夜が朝に変わるころのようだ。

「見えたと思ったんだよ、ほんとうに」マックスはかぶりを振る。カリスはしかし、チベットの夜明けをさびしさと懐かしさで見ているだけだ。

「ほら、光だ！」と、ふたたびマックス。

カリスはあわてて旋回してマックスとぶつかり、ふたりは横向きになる。

「ごめんなさい。どこ？」

「あっちだ」横向きのまま頭上を指さす。「見えるか？」

ふたりの体は円をつくり、カリスは少したってから「あれは明かり？」と目を細める。

「助かるかな？」

「いったい何かしら」

「さあ……」

「ええ、光ってるわ」カリスの言葉にマックスの鼓動は急加速する。

「だろ？」

「だけど、あれは……」

「何かな？」彼は意識を集中してながめ、現実の重みに肩をおとす。「なんだ……」

カリスのほうは動じることなく、このうえなく冷静に「違うみたいね」とつぶやく。

「うん、あれは彗星だ」

「太陽に近づいて輝いて見えただけだ」

「そうね」静かな声。が、すぐに――「ねえ、こっちに向かってくるわ。危険よ」

「ほんものの明かりだと思ったんだ」

「ぶつかるんじゃない？」

マックスは現実的だ。「それはきみの分野だろ」とつい冗談めかしてからいいかえる。

「ともかく、そうすぐにはこっちまで来ないよ。そのころには、ぼくらは死んでいる」

カリスはたじろぎ、いい返すことすらできない。あらためて地球を、チベットに訪れつつある夜明けをながめ、マックスに手を握られたのを感じる。

12

マックスの誕生日に、カリスは計画をたてていた。昔ながらのやり方だ——夜の外出前にプレゼント攻撃をし、女は男を楽しませるだけの存在だった時代に回帰したような、魅力的な服を着る。カリスにこだわりなどまったくなかった。特別な日のためのロールプレイでしかないのだから。すべては時間どおりスムーズにいった。ローストチキンをマリネにし、自分の体は湯船でライムとバジルとマンダリンのオイルに漬け込んで、爪には薄いローズピンクのマニキュアを苦労しながら念入りに塗る。ただし一度だけ、髪のカーラーを取ったときはあわてた。くるくる巻き毛だらけになってしまって、それをゆったりのばして華やかなハリウッド・ウェーブにする。そのあいだ、洋服だんすの扉にかけたワンピースをちらちら見ては、われながらずいぶん大胆な選択をした、と思う。

いつもとまったく違うほうがいいと考え、この一年ほど、ヴォイヴォダのおしゃれな女性に人気のボディライン強調のワンピースにしたのだ。ほんとうなら、こんなものを着るときは構造エンジニアの協力と、たぶん巻き上げ機もあったほうがいい。というのも試着のとき、首のまわりで布がかたまり、苦労したからだ。

チャイムが鳴った。約束の時間より遅く、やきもきしていたカリスは急いでドアを開けた。キモノ姿で爪先立って、彼にキスをする。マックスはマニキュアとウェーブの髪に気づいたものの、口にした言葉はただこれだけ――。

「すてきだね」

「遅刻ですよ」カリスはハリウッド・ウェーブの茶色の髪をかきあげた。

「ちょっとやることがあってね」

「おなじ台詞ばっかり」

「え、いつのこと?」マックスはとまどった。

「いなくなるときは、毎回そういうわ。でも気にしなくていいわよ。お誕生日おめでとう!」カリスは彼の手をとってテーブルへ案内した。セッティングはとっくにすんで、背後の壁のウォール・リバーは深紫だ。

「すわってちょうだい」彼のグラスにワインをついでから、カリスはほんの少し胸を張ってチキンのマリネを置いた。

「きみがぼくのために料理してくれた?」マックスはぷっと吹き出した。

「ええ、そうですけど!」カリスはふくれ面になる。「これが初めてじゃないでしょ」

「ぼくは料理人だよ。そのぼくの誕生日にディナーをつくった?」

カリスはカウンターに行き、ふたり分の水をついで唇を噛んだ。

「喜んでくれると思ったんだけど」

じつはマックスは、シャトルからここにくる途中、ローテーション・レストランに立ち寄ったのだ。だから多少遅刻したのだが、それはいわずにおいた。

「うれしいに決まってるさ、もちろんだよ。そんな格好で食事をするのかい？」

「いいえ」以前映像で見た、シルクのキモノを着て香水をつけた女性がとてもすてきだったのだ。いまカリスは、マックスの反応に完全にとまどっていた。テーブルの向かいの椅子に腰をおろす。

「きょうはどんな一日だったの？」

「いつもとおなじさ。マインドシェアでサイードと話して、それは楽しかったが」

「彼は元気にしてる？」

「ああ、元気みたいだよ。親父からも連絡があってね」

「あら。わたしのことを話してくれた？」カリスがふざけていうと、マックスは奇妙な顔をした。

「いや、話さなかった。チキンのマリネはどれくらい前につくった？　乾いてきているよ」

カリスは椅子を後ろに引いて立ち上がった。床をこする大きな音に、マックスはびっくりして彼女を見上げた。

「着替えてくるわ。二十分で出かけられるわよ。あまり驚かせないように気をつけるわね」

カリスは寝室に入るとドアを閉め、化粧台にもたれかかった。鏡で自分の顔を見て、ばかみたい、と思う。壮大なプランの問題点は、期待値が上がりすぎて結果がともなわず、失望することだ。新年を迎えるとか誕生日、卒業祝い。大きな宣伝をするわりにたいしたことはなく、思ったほどは楽しめない……。カリスが深紅の口紅をぬりはじめたところで、マックスがドアを開けて訊いた。

「どこへ行く？」

「外へ」鏡を見たまま答え、上唇に紅をぬる。

マックスはその口調から何かを感じとり、彼女の後ろへ行くと、両手でシルクのキモノを撫でた。

「ごめん。がんばってくれたんだよね。長旅で疲れて、ひどいことをいってしまった」彼女のうなじにキスをして、両手でキモノの上から体をさする。

「ほんとにひどかったわ」

「心からあやまる。とっくにいったと思うが、ぼくはばかなやつだから」片手をキモノの下にすべらせ、頬にキス。ふたりの姿はしっかり鏡に映っている。「許してくれるか？」

カリスは口紅を下におろし、鏡のなかのマックスと目を合わせた。

「チキンは乾いてなかったでしょ？」

「うん。ばか者が、と笑ってくれ。きょうはぼくの誕生日だ……どうか機嫌をなおしてほしい」いたずらっぽくキモノの帯を引き、その下にある昔ながらのコルセットを見て息をのんだ。「すごいな」

「うるさい」

ク はは ら り と 垂れ た 。

「よしてちょうだい。人の心も服もひっかきまわした人に、何もいわれたくないわ」

「服じゃなくキモノだろ？　すごくきれいだよ、ほんとに」キモノの肩を開くと、薄いシルクははらりと垂れた。「まるで絵画だ」

カリスは顔をしかめた。「嘘ばっかり」

「じゃあ、映画スターだ」

「わたしがなりたくてもなれなかったやつね」ウォール・リバーが〝イベントお知らせ〟を通知して、カリスはマックスをぱちっと叩いた。「ほら、こんな時間になったわ。花火を見にいきましょうよ。あなたの古い知り合いも来ると思うし、わたしの友人もね。だからそのあと、またふたりでゆっくり話しましょう」

「リリアーナもか？」

「彼女は……たぶん来ないわ。オーストラリアの競技会のことで怒っているから」

「きみが溺れかけたことでか？」マックスは目を丸くした。

「そうじゃなくて……あなたとわたしのこと。どうも気づいたらしくて、その後しばらく口をきいてくれなかったの」

「で、いまは？」

「わたしたちの関係は終わった、ただの遊びでしかなかったと説明したんだけど」

「それしかいいようがないな」マックスは彼女を見ながらドアへ向かった。「今夜はずっと服を着ないつもりか？」

カリスは床のキモノを丸め、彼に投げつけた。シルクは顔に当たって足もとに落ちる。

「ばかなふりは、ふりだけにして！」


「そしてあいつはあいつ、死なずに生き残った偉大なる宇宙飛行士だ」リウは浜辺を走ってきたマックスについて、おなじみの紹介をした。カリスのアパートの向かいの浜辺ではかがり火がいくつも焚かれ、廃墟の町がぼんやりと見える。マックスは顔を覆い、リウにもうやめてくれと合図してから肩に手をのせ挨拶し、軽く抱き合って互いの背中を叩いた。

「信じられないよ、相も変わらずおなじことをいうなんて」マックスは数歩後ろに下がってからいった。「会えてうれしいよ、リウ」

「だって現実のことになったんだから、いまじゃ夜のお祈りとおなじさ。毎夜毎夜、寝る前に唱えてるわけ。おれのチャクラによく効くんだよ」リウはマックスの肩に腕をまわし、目の前の光景をながめた。浜辺は花火見物の人たちでにぎわい、お酒を飲んでいる人もいれば、楽器を弾く人たちもいる。

「おまえの調子はどうだい？　いまどこに住んでるんだ？」

「ヴォイヴォダ13だ。ずいぶん寒いが、景色はすばらしいよ」

リウは眉をぴくぴくさせた。「自然以外の〝景色〟のことか？」

マックスは笑った。「おまえってやつは、ほんとに……。ああ、自然以外の景色もまあまあだ」

「だったらなんでもどってきた？」

「そりゃあそれなりの理由があるさ」

「それなりの、理由ね」ゆっくりとくりかえし、目を細めて浜辺の入口を、そこにいる女性を見た。「で、仕事の調子は？」

「きわめて順調。種類の異なるミネラルを使って調理実験をやっている。最終目標は、その惑星資源に合わせた食料をつくることだ」

「いいなあ。なかなかいい」

「いずれ小惑星帯を抜けることができたら、の話だけどね」渋い顔をする。「まあ、期待していよう」

「おまえは、〝一カ所〟の風景に見とれて仕事を投げ出したりしないよな？」

マックスは首をかしげた。「どういう意味だ？」

リウはマックスの肩に腕をまわしたまま、近づいてくるカリスに目をやった。マックスは心臓の高鳴りを懸命にこらえる。ハリウッド・ウェーブの髪に深紅の唇のカリスは、体にぴったりしたタイトなワンピースを着て、あのコルセットのおかげか、まさしく砂時計体型だった。歩くとヒップが揺れて、浜辺の男たちの視線が集まる。すぐ近くまで来てみると、ワンピースの色は胸から腰にかけ、朝焼け色のグラデーションだった。

リウは短い笑い声をあげた。

「なかなかだよ」と、リウ。「いくらおまえがどうしようもないやつだろうと、ああいう女のためにすべてを投げうつことはできないだろ？」

マックスはリウをふりむきもしなかった。

「ユーロピア圏外での生活を知っているか？」リウはつづけた。「おれは知っている。ひどいもんだよ。援助隊はアメリカや中東の難民に水を与えるのさえ苦労し、どこもかしこも血相変えて理想郷（ユートピア）に加わろうとする。おれたちは恵まれた暮らしができているんだ。それをたったひとりの女のために手放すんじゃないぞ」マックスの胸に手を当てる。「こっちの言葉ではどういうのかな？　遵守の精神、かな？　求められているのはそれさ。規則にすなおに従う人間。追い出されるような原因はつくらないほうがいい」

マックスは何もいわない。カリスは近くのかがり火で立ち止まり、そこにいる誰かに挨拶をした。燃えさしの火の明かりに姿が浮かぶ。

「大丈夫だ。未来も現在も」と、マックスはいった。

「やばいことは何もないんだな？」

マックスはうなずいた。「おまえの話はちゃんと聞いている」

「やばいことがあれば、封印しろ。やめてしまえ、いますぐに」

「ああ、わかってるって」

カリスがそばへ来て、「お誕生日おめでとう」と軽い調子でいった。

「見違えたよ」と、マックス。

彼はカリスの近くには寄らず、カリスは脚を交差させた。が、じつに不慣れでぎこちない。

「こんばんは、リウ」

「やあ、ゲアリー。見た目はチベットの夜明けだな」

「うれしいわ。それを目指したから」

リウはからからと笑った。「おふたりに飲みものを持ってこよう。マックスはきみに話したいことがあるらしいから」

マックスは喉に苦いものを感じ、カリスを横に引きよせて海をながめた。

カリスのほうは何がいけなかったのかがわからない。

「このドレス、気に入らなかった？」

「いや、気に入ったよ」

「ちょっと目新しくしようかと……」

目新しくなんかない、とマックスは思った。まったくおなじだよ。だがそれはいわないほうがいい、と思う間もなく、口にしていた。

「目新しくないよ。きみの格好は、ここにいるほかの女たちと変わらない」

カリスはあとずさった。読みの甘さに対する自分自身への怒り。なぜそんなにひどいことがいえるのか、というマックスへの怒り。

「たしかにね、きみはほかの女の百倍くらいすばらしいよ。だから男はみんなきみを見てるんだ」


カリスは腹が立った。ひとりの男性のためにこの服にしたの。ほかの男の目を引いた、ただそれだけであなたは気にくわない？　そんなのはおかしい。

「気に入ってくれると思ったのよ」ほかにいいようがなかった。

「ああ、すてきだよ。ぼくの誕生日でなかったらね」


カリスはまっすぐ彼の目を見た。「どういうこと？」

「始まったぞ！」大きな声がして、浜辺にいた人びとは歓声をあげ、海の上空を見上げた。

「ぼくはのんびりした時間を過ごしたい。だがきみがそんな格好をしていたら、ぼくはどうすればいい？　きみはわかっているはずだ。人前で、ぼくがきみに対して何もできないのをわかっているよな？　ほかの男たちを追い払い、きみを見つめてすばらしいといわなくちゃいけないのか？　それはぼくには無理だ。そんな格好をしてくれなんて頼んだ覚えはないんだから」


マックスは暗い海を見つめ、カリスは無言だ。動揺と激しい怒りが、足先からふくらはぎへとじわじわ湧きあがってくる。そして頭にたどりついたとき、彼女はこういっていた。

「さっきまで寝室でべたべたしていたあなたが、いまはわたしの服装に文句をつけるのね？」


飲みものを手にもどってきたリウは途中で向きを変え、ほかの仲間のところへ向かった。マックスは声をおとした。

「寝室ではいつもべたべただよ。きみが何をしようと、服を着ようが着まいが、関係ない。どうだ、違うかい?」

「違うわ」

花火は盛大だった。ヴォイヴォダのはるか上空で数多の流星が輝き流れ、その輝きは海面で跳ね返ってさらにきらめく。砂浜の人びとは感嘆の声をあげ、また音楽が流れはじめた。

マックスは大きく息を吸うと、とどめのナイフを突き刺した。

「扇動するのはいつもぼくのほうだ」

「扇動? 何を?」

「セックスだよ。きみをあおって、その気にさせるのはぼくだ。きみから飛びかかってくることはない」

カリスはため息をついた。「初めてのときは?」

「あれ一度きりだ。ぼくはきみに甘い言葉をささやき、いつも愛されていると思わせなくてはいけない。で、ぼくのほうはどうだ?」

カリスはまじまじと彼を見た。「これは全部、着ている服のせい?」

「時間をつぎこんで、きみをいい気分にさせる。しかし誰が、ぼくにそれをやってくれる?」

「わたしは知らないわ、誰があなたにそんなことをしているのか。あなたはわたしのそばにいないから」

マックスはあきれたように頭をまわした。

「よしてくれ、カリス」

「始めたのはあなたよ。これまでの女と変わらないといったのは、あなただわ」

「そんなことはいってない」

くやしいことに、カリスの目に涙がたまった。一粒がこぼれ、黒い筋となって頬を伝う。

「泣かないでくれ」

「ひどいわ」

「ぼくの誕生日なんだ。泣かないでくれ」マックスが目をやると、リウは仲間をたきつけて踊らせ、はやしたてた。何人もがかがり火のまわりで空を見上げて手を叩き、足を踏み鳴らす。

カリスは人差し指で涙をぬぐった。「喧嘩なんかしたくなかった」

リウたちが炎の向こうに消えると、マックスはカリスに目をもどした。

「行こう」

カリスはうなだれ、「あなたの誕生日なのに」とつぶやく。

「ここにいても楽しくないから、アパートに行こう」

「でもあなたの友だちが——」

「気にしやしないよ」

流星が降り注ぐ空の下、マックスは砂浜を横切って道路まで行くと、ふりかえってカリスを待った。カリスはマックスが、〝帰ろう〟とはいわなかったのに気づいていた。

★

「チベットの人たちは大量の流れ星を楽しんでいるかな？」マックスは地球の表面が明るくなるのをながめている。

「どうでしょうね。ユーロピアよりは深刻にうけとめるんじゃないかしら。ヴォイヴォダじゃ、花火大会と変わらないけど」

「あの晩のことは考えたくないよ」もう地球にも、周囲の暗闇にも目を向けず、カリスだけを見つめる。ヘルメットのなかの編まれた髪、耳の上に垂れた小さなヒナギク……。

「わたしも」

「浜辺ではひどいことをいいあった」

「ええ、あなたはね」

「きみはぼくが裏切っていると責めた」

カリスは大きく息を吐き、ヘルメットが曇る。

「そういう意味でいったんじゃないわ」

「ほのめかしたよ」

「そんなことは思ってもいなかったもの」

「それでも、いったんだ」ブーツを見下ろし、ふたたび上げた顔はほほえんでいる。「ほら。喧嘩の再燃だ」

「あなたって人は……」

「きみが〝そういう意味じゃない〟というときは、それが真っ当には聞こえない内容だからだ」

「どういう意味？」

マックスは顔をしかめる。「きみは議論でしごく正当なことをいう。だが、きみとぼくに関しては、正当かどうかなんて関係ないんだよ。きみの考える正当性は必要ない」

「あら、わたしはいつだって、そのときに感じたことを正直にいっているだけよ」

マックスは静かに笑う。「そうだな、そういうときもある」

「いいかげんにしてちょうだいね」

マックスはどういえば通じるか考えあぐむ。

「別れたときは、つらかった」

カリスは差し出された彼の手をとると、銀色のグローブに包まれた手のひらで自分の手のひらを叩いた。

「わたしも」

「別れたくなんかなかった。ただ、リウの言葉で気持ちが乱れた……」

「いいのよ。たまたま間違ってあんなことになったと思えば」

「そうだな」

「わたしたちはふつうじゃない状況に置かれていたから」どうすれば本音を話してくれるだろうか。「あなたはユーロピアを離れたくなかったでしょう、事態がいくら深刻になっても」

「そうなんだ。しかし、もし知っていたら――」

カリスは目をそむける。手首のフレックスを見下ろし、その先で地球をとりまく小惑星帯を見る。

「あなたのせいじゃないわ。あんなことになるなんて、あなたもわたしも知りようがなかったんだもの」

13

霧がたちこめる秋の朝、時間に遅れている、それも少しではないことを知らせるアラームで目が覚めた。カリスは路面電車に飛び乗り、ひどい吐き気がし、ドアにどすっともたれかかった。

遅れている。

熱圏への二度めのフライトに気持ちを集中させなくてはいけない。心の奥底で、吐き気の原因はわかっていた。彼女に苦しい思いをさせることで、自分の存在を知らせようとしているものがいるのだ。

カリスはその日の仕事を、なんとかこなした。

その晩、自宅で血液検査をし、予感は当たっていたのがわかった。一日じゅう、そうかもしれないと考え、ありえないと思いこもうとしていたこと。しかし、現実だった。

妊娠を予感することと、現実のものとして知ることとは、まったく異なる。いくら予防手段を講じようと、べつの命が宿れば無に等しい。カリスは息苦しく、ぎこちなく、椅子に腰をおろした。映画で見たように、お腹をつかんでみようか。カリスはしかし、〝びっくりさせないでね〟とだけつぶやいた。

「どういうこと？　トリプルAは使ってないの？」壁一面のウォール・リバーに、リリアーナの顔が実物の何倍も大きく映った。カリスはいま初めて、昔ながらのテレビやタブレットの小さな画面が恋しくなった。リリアーナは黒い瞳で心配げに、籐椅子のなかで丸まったカリスを見下ろしている。

「使ってるわ」

「まさかあれが失敗するとは思えないけど」

「ええ、たぶん」声に力はない。「トリプルAは失敗なんかしないわ。こんなことにはならないわ」

「カリス……それは誰の？」

「わたしの」

「そうじゃなくて、父親は？」

カリスはため息をついた。「いいたくないわ」

リリアーナはこれまでのことを思い出し、冷静に尋ねた。

「マックスね？」

びくっとして、カリスはウォール・リバーを見上げた。

「あなたはお芝居が下手ね。いまもつきあってるんじゃないかと疑ってはいたのよ」

「ごめんなさい」

「わたしにあやまることなんかないわ、カリスの人生なんだもの」

「でもあなたも彼とおなじくらい、ユーロピアに情熱をもっているから」

「そりゃあね、いい気分はしないわよ、ぜんぜん。もし生まれたら……」神に祈る仕草をする。「いまはまだ考えなくていいわね。彼とは連絡をとってるの？」

カリスは無言だ。

「彼に話した？」

沈黙はつづく。

「彼に話すのはつらいわね……あなたには育てられないんだから」

カリスは思わず視線をあげた。「どうして？」

リリアーナの表情はやさしい。「あなたはとても若いわ。ユーロピアで最年少の母親になるのよ」

「二十五歳で？」ふっと息を漏らす。「わたしは気にしないから」

「だったらどうするの？」

「わからない。頭が混乱していて、何もかもが……不思議に思えるだけで」自分のお腹を見つめ、心のなかでつぶやく――あなたを育てられない。

「緑茶でも飲んだら？　なかなかいいわよ」リリアーナは手首を動かし、フレックスした。妊娠関連の事項を見ているのだろう。「カモミールがいいかしらね。緑茶にはカフェインが含まれているから。カフェインのとりすぎは避けたほうがいいわ」

「わかった」

「まいったわねえ……。おちつきなさい、というほうが無理かしら？」

「なんだか」カリスは立ち上がった。「よくわからないの」気持ちを整理しながら、絨緞の縁をなぞるように歩く。「怒りと衝撃で茫然自失というか……これは何かの間違いだ、きっとそうだ、と思ったの。でもね、いまはとても重大なことが起きたのに、それが何かよくわからなくて、ちゃんと知りたいという好奇心みたいなものもあって……」

「それをどうするつもり？　ごめんなさい、こんな言い方して。男の子か女の子かわかってるの？」

アンナよ。カリスはしかし、黙っていた。

「男の子かもね」と、リリアーナ。「わたしたち、男性のことばかり話してきたもの。最後にお天気の話をしたのはいつかしら？」

「記憶にないわ」

「真剣に仕事の話をしなくちゃね」

「え？　いま？」

「そう、いま。あなたがやるべきことは何かしら？」

「まだよくわかっていないの。妊婦であることを理解しようとはしているけど、赤ちゃんが、一個の人間が生まれてくるってことにまだ頭が働かない。少しずつ大きくなって、個性をもって愛情を求め、歯がはえて、つききりの世話が欠かせない——。経験どころか、想像を超えることなの」

「ユーロピアが手伝ってくれるわよ」リリアーナは静かにいった。「何もかも、あなたひとりでしなくていいわ」

「育児のこと？　わたしはなんとかライセンスをとって、これから宇宙に出る新米飛行士なのに？　その片手間に育児？」

「いいたいことはわかるけど」

「知られたくないわ……いまのところはまだ。決心がついていないから」

リリアーナは表情をひきしめた。「じゃあ、緊急時の連絡先をわたしに指定しなさい。EVSAに連絡がいかないように」

「わかった、そうさせてもらうわね」

「いまから何をするつもり？」

アンナ……ずっとあなたといっしょにはいられない……。

「そろそろマックスに連絡するわ」

「どうしたの？」リリアーナは心配そうに身をのりだし、近づいて大きくなる彼女の黒い顔をウォール・リバーが明るく照らした。

カリスの目はうつろで、顔は青白く、まるで病人だ。

「腹を立ててるの」

「なぜ？　何があったの？」

「彼が応答しないから」籐椅子の背にもたれるカリスを見て、リリアーナはいくらか安心した顔つきになる。「あいつ、ぜんぜん応答しないの」

「圏外にいるのよ。でなきゃ仕事か、寝ているか。いまはどこで暮らしてるの？」

「ヴォイヴォダ13」

「時差は？」

「たいしたことない」

「カリス——。きっと寝てるのよ。少しは休ませてあげなきゃ」

「リリーらしくないわね。ずいぶんやさしいわ」肘掛けの籐をむしる。「あなたは彼のファンクラブの隊長じゃないから」

「まったくもう」リリアーナは姿勢をもどした。「わたしはカリスほど彼を理解していないだろうし、あなたのことが心配だけど、マックスはナイス・ガイだと思ってるわよ。何よりユーロピアを愛しているわ。それに料理も上手だしね」

　カリスは何もいわない。

「カリス？　聞いてる？」

「連絡しても応答がなくて、自分の気持ちがわかったの。彼なら何もかもすぐに解決してくれるって思っていたのよ。でもきっと縁を切るつもりなんでしょう、わたしはひとりぼっち」

「違うでしょ」リリアーナはカリスのお腹のほうに顎を振った。「ひとりじゃないわ」

カリスはまた吐き気に襲われた。

火曜日、カリスは内密で医療サービスに相談した。

「陽性だったね？」医者は冷静で、タブレットと壁のスクリーンに診断が表われた。

「はい」

「アスファリ・アポ・アストチアは使っている？」

「え？」

「トリプルAだよ。ギリシャ語で〝安全装置〟」

「あ、はい」カリスは体の中を見られたようで身がすくんだ。

「失敗するはずはないんだが」

「でも、実際にこうなので」

「きみは若い」

「はい」

「健康だ」

「はい」

「だが若い」

「年齢は……どうしようもないです」

「ちょっと待ちなさい」医者はタブレットに何か打ち込み、ビープ音がして、画面を読んでいった。カリスはオレンジ色のポリプロピレンの椅子で、そわそわと足首を重ねたりはずしたりした。

「何か問題がありそうだ」

カリスはびくっとする。「問題？」

「トリプルAは、きみの年齢のせいで効果をなくすことはない」

「すみません、ほんとに年齢はどうしようもないので」

「大事なことなんだよ。若ければ若いほど、ホルモンも強い。デバイスのホルモンは、胎児の反応を引き起こしかねない」

「かねない？」

「そう」

「は……はい」

しばらくの間。「加えて、胎児がトリプルAデバイスに物理的に結合する可能性もある」

カリスはめまいがした。もはや手遅れ、すでに障害があるといわれたのではないか？

ふたたび、しばしの静寂。「最初の三カ月間、一部のホルモン値は通常、四十八時間ごとに倍増する。今週は毎日、血液検査をしよう。ホルモン値を見れば、妊娠が順調かどうかが判断できる」

「いなくなったということだ」

タブレットがビープ音をたてた。人間的な思いやりをもって反応するはずもない。

「増えていなかったら？」

自分に選択の余地はないとわかって、カリスはたまらなく不安になった。そして決意する――自分は母親にはなれない。ホルモン値は上がるだろうか、それとも下がる？

水曜日、数値は上昇。カリスは決意と裏腹に、安心したような、いくらか穏やかな気持ちでそれを見た。マックスに連絡しても通じなくて、こちらは怒りで反応した。いったい彼はどこにいる？

木曜日も上昇。赤ちゃんは戦っている、と思った。そして、はたと気づいた。赤ちゃんと呼んでもいいのだろうか。たいていは愛着を込めずに〝胎児〟と表現するような――。自分もそうしようと思う。人生が大きく変わり、仕事を失う危険が明確になるまでは。

仕事。シャトルを小惑星帯に飛ばし、宇宙に行くチャンス。ある意味、世界を救えるかもしれないチャンス。この先どうなるかわからないもののために、それを台無しにするわけにはいかない。だからカリスはいつもと変わらず仕事をこなし、同僚と飛行実験を行なった。それがすんで毎夕、血液検査をする。そして必死で我慢した――お腹に手を添えること、どんな赤ちゃんかな、と考えることを。マックスに似ているかしら？　ううん、だめ、と頭から払いのける。でも頭を振ると、吐き気がした。これぱかりはどうしようもなくつらい。

金曜日、数値は上昇した。

きっと、いろんな分野の音楽が好きな子だろう。数字にも強いかも。好きな色は紫？　髪は黒くて、名前はアンナ。

アンナ。

公園で遊ぶ子どもたちをながめた。きゃっきゃっと喜びはしゃぐおちびさんたち。そして決意を新たにする——自分にはできない。だけどその晩、近所の猫が来てカリスのソファに乗った。カリスは自分のお尻にひっついて丸まる猫の、長いあったかい毛を撫でながら、人にはこういうひとときが必要なのだと感じた。血を分けたもの同士なら、なおいいかも。がんばった決意が、たちまち消えていった。

土曜日、ホルモン値はまた上昇した。

ああ、神さま——。いったいマックスはどこに？　でも、それが何か問題？　シングル・マザーはいくらでもいる。絶対的平等が導入される前はとくにそうだった。ヴォイヴォダで知り合った人たちの協力を得られれば、アンナを自分だけで育てることはできるだろう。家族は、とくに母さんはかならず手を貸してくれるはず。いっしょにヴォイヴォダを移動するのだ、アンナがローテーションに加入して家族から独立するまでは。べつにけっして不可能なことではない……。

日曜日、カリスは出血した。夜中に苦しくて目覚めたり、ベッドから血の海に落ちたりしたわけではない。ことの大きさのわりに、体がじわっと温かくなったくらいのことだった。

トイレにすわっていたカリスは、流れていくものを茫然と見つめた。

いつも誰かそばにいてほしかった。エネルギーを感じ、愛情を感じるなかで、自分にできる精一杯のことをやってきた。でもいまはともかく、ひとりきりになりたい。月曜の朝、仕事に行く途中でリリアーナに連絡し、自分は元気だ、〝多少出血した〟と伝え、体も心もふたつに折れた。路面電車は通勤者で混み合い、みんな黒いコートに黒いケープ、雨のせいで防水帽子と防水ジャケット姿だ。窓は激しい雨にたたきつけられ、なかの熱気で曇っている。カリスの腕が近くの乗客に触れ、彼はぶつぶついうと、チップ経由の何かを読みながら離れていった。

トリプルAが動いたのか、お腹に激痛が走って声をあげそうになり、カリスは口を押さえた。宇宙ミッションに加われるかも――。大勢の同僚がこのルートで通勤するから、目立ってはならない。窓を丸く小さく手で拭いて、いまどのあたりなのかを見る。かすむ視界に映るのは並ぶ商店、濡れた木々。トラックが一台、店の入口ドアをこすらんばかりにして走っていった。つぎの停留所は、マックスのかつての家のそばだ。

大きな賭けだった。でもそれで自分をとりもどせるかもしれない。手でお腹を守り、カリスは混み合う電車から降りた。防水フードをかぶって降る雨をしのぎ、うつむいて歩く。何軒通りすぎたかは、ドアの色で数えた。黒、赤、黒、黄色――。はげかけたグレーのペンキがマックスの家。正面の壁はぼろぼろで、玄関扉はほんのわずか開いている。木製ドアは湿気で膨張しているものの、彼女のチップには反応し、ボルトがきしんだ音をたてた。扉を強く押してみる。扉は床をこすって開き、カリスはなかに入った。

「こんにちは……」おそるおそる声を出す。静まりかえって真っ暗で、湿った寒気がするのはたぶん、ヒーターがかなりの期間使われていないせいだろう。照明はフレームだけで、電球はない。マックスらしく、そんなことは気にもかけずに出ていったのだ。お腹に激痛が走り、カリスはうめいた。

正面のガラスの箱には結露があり、カリスは凍りつくような玄関ホールを抜けて、ここまで来た目的の場所へと向かった。階段下の食器棚のハンドルを握ってみる。おなじく湿気でふくらんでいたから、意を決して握りなおし、さあ開きなさい、と満身の力を込めて引いた。と、扉は勢いよく開き、カリスは後ろの壁にぶつかった。家全体がきしんだようないやな音をたてた。

大当たりだった。食器棚にはスーパーマーケットの古い商品、缶詰や箱が積み重ねられ、そこにほしかったものがある。ずいぶん前に期限切れの鎮痛剤。カリスは二錠飲み、また二錠。壁にもたれて床にすわりこむ。薬が効いてくれるとしても、十五分はかかるだろう。彼のいない家に来るなんて、どこか現実ではないような気がした。そして十五分後、痛みは消えず、カリスはまた二錠飲んだ。

静寂。焼けつくような痛み。あと何錠飲めばおさまるのか。そう考えて頭がまともになり、チップ経由で救急隊を呼んだ。壁にもたれ、古い木の階段の、手すりの小柱を数えていく。

あの階段の上にはマックスの寝室。そこで何度いっしょに目覚めただろうか。階段下から、朝ご飯ができたよ、とマックスの声がして——。

「カリス？」

玄関から声がした。重い扉が床を乱暴にこする音。カリスは鍵をかけていなかった。

「はい」

「救急隊を呼びましたね？」

「はい。ありがとう」

救急隊員はカリスを支え、危険な路面電車が走る道へ出ると、駐車している車に乗せた。カリスは横たわり、マックスの家に目をやった。雨を降らせる灰色の空さえまぶしい。頭がぼんやりしてきた。彼はどこにいるの？　カリスにストラップをかける隊員の体で光がさえぎられ、いくらか楽になった。隊員は薬について尋ね、カリスは朦朧とする頭で答えた。

「しっかり起きていてください」隊員の言葉が聞こえてまもなく、カリスの意識はなくなった。


目が覚めたとき、頭を壁に押しつけていた。狭い、真っ白な部屋。あまりの痛みに、ここは地獄かもと思う。

「彼女は非常に若い」

カリスは声がするほうを向いた。最悪の判決文を聞かされているようだ。しかし隣の部屋からうめき声が聞こえ、彼らは部屋を出ていった。カリスは体を丸め、まぶたをぎゅっと閉じた。

ドアロに人影を感じても、苦痛と怯えで動けない。痛みはひどくなっていた。まぶたを開くと人影は消え、しばらくしてべつの白衣の人を連れてもどってきた。ああ、神さま。

医者はカリスの脈をみて、額に手を当てた。

「カリス、聞こえるかな？」

彼女はうなずき、またぎゅっと目をつむった。

「きみの体はいま、トリプルAとそこに捕らわれたものを排出しようとしている」

カリスはうなずき、うっすらとまぶたを開いた。

「流産の結果、いまの陣痛のような痛みを感じる」

視界の隅で、医者の背後の誰かが「大丈夫だよ」といった。

「いまから取り除くよ」カリスは医者の顔を見上げ、彼は準備にとりかかった。消毒した器具を用意して、カリスを仰向けにする。べつの人間がためらいがちに近づいてベッドにあがり、カリスの頭を膝にのせた。

「あ、あなた……」カリスは愕然とした。

「うん、来たんだ」マックスはほほえみ、カリスは医者に目をやった。

「先生、これは……薬の幻覚？」

「違うよ、ほんもののぼくだよ」と、マックス。「リリアーナから連絡があってね」カリスは激しく震え、涙がこぼれた。マックスは両手で守るように彼女の肩を抱き、「ほら、大丈夫」といった。「ぼくがいるから」

「ほんとうにあなた?」

「ああ、ぼくだよ」

「始めるよ、カリス」医者はマックスにうなずき、マックスはカリスの両手をぎゅっと握った。

「気持ちをしっかりもつように」

カリスのお腹のなかに、針で縫われるような痛みが走った。内と外の痛み、冷たくて熱い苦痛に顔がゆがんだ——。

医者は大きく手を引き、それを最後にあとずさった。マックスは灰色の厚紙のボウルに目を向けた。そこには血だまりと、とりだしたトリプルA。

マックスは顔をもどしてカリスを見下ろした——青白い顔に、ほほえみとは呼べないほほえみを浮かべて。

14

三十分——

「おしゃべりはやめて、酸素を節約しなきゃ」カリスはライトを振り、親指で乱暴にスイッチを叩いたせいでライトは手から離れ、闇のなかを上方へと漂う。カリスはそれをつかもうと腕をのばし、テザーが引かれてマックスが、うっとうなる。カリスの指先がライトに触れ、すべり、ライトはさらに遠ざかる。「まったく……」

今度はマックスがつかもうとするも、やはり失敗。ふたつの体がぶつかる。

「すまない」

ふたりは去ってゆくライトを見つめる。回転し、丸い明かりがこちらを向いてふたりの瞳を照らし、それからどんどん小さくなって、真空のなか、光は消える。

マックスは首をすくめる。「さっきは何をいった？」

「しゃべるのは控えましょう。酸素を節約するの」

「とんでもない。しゃべっていたほうがいい。黙ってなんかいられないよ。神にかけて誓う」

「神にかけて？　急に信心深くなったのね」

「いまは何にでもすがりたい」

「救いが来る気配はないわ。ＥＶＳＡは――」

「ＥＶＳＡはあてにできない」

「だったら何？」

「もし神がいるとしたら……」

「まさか信じていないでしょ？　あなたらしくないわ。ユーロピアであなたは、祈禱所に入る人たちとは一線を画していたもの」

「ここはユーロピアじゃない」

わかりきったことをいわないで。口にしかけてカリスは、思いとどまる。

「いまさら偏見も何もないよ。究極の、追い詰められた状態なんだ。何かを信じることが必要な気がする」

「本気でそう思ってるの？」

マックスはうなずく。「ぼくたちふたりきりではないと思いたい」

「あなたは宗教を嫌っていたわ」

「嫌っていたわけじゃなく、理解できないだけだ」マックスは言葉をさがす。「宗教は人びとを分断するといわれて育った。相手を恐れさせたり、嫌悪したりすると。何かの物語を妄信するなんて馬鹿げていると思ったよ。別バージョンの解説を信じる一派がいると敵対視するしね。そういうことが原因で、血を流しあう戦いがいくつも起きた」

「そうね。信じていない人にとっては奇妙なものに思えるでしょう」

「信じる心と宗教は、おなじものではないよ。信じるか信じないか——ユーロピアでは単純なことだった。ぼくたちに信じる心があれば、いまここで祈るだろう」

「あなたはたしか、おしゃべりしていたほうがいい、といったんじゃない？」

「そうだよ。祈りをささげたいとはいっていない」

小さな石や岩のあいだを落ちていきながら、眼下ではインド洋の青い海原を白い雲が覆っていく。

「わかったわ」カリスはため息。「だったらわたしたち、どうやって信じる心を示せばいい？」

「語ろうよ、残された時間のあいだ——最後の時が来るまで。楽しかったことについて話そう」

「いやなこと、悲しかったことは？」言葉が詰まる。「あなたがいなくなったときの……」

「ぼくはもどってきたよ」

カリスは沈黙する。

「必要じゃなかったのか？」

「信じる気持ち？」

「あれだよ」微小重力で落下しながら遠ざかるライトを指さす。

「あら」カリスは笑う。「なければなくてもいいわ」

「ほんの少しでも運があればよかったんだが」ため息をひとつ。

「目覚めたばかりの信じる心が早くも危機？」

「いいや。だが天の配剤がほしい」カリスの酸素残量を、つぎに自分の残量を見て肩をおとす。「あるいは奇跡がね」

「マックス」おずおずと。「さっき流星体を見たときにいったでしょ……」

彼はカリスの目を見て待つ。

「アンナがここにいるかもしれないって」

「いったよ」

「ほんとうにそう思う？」マックスは答えあぐねる。「あなたはいつも、宗教は他者の名のもとにことを行なうといっていたわ。でもここに――」

「天国も地獄もないよ、カリス。こうなってみて、よくわかったんじゃないか？」

「でもあなたの言葉は……」

マックスはうなずく。「いいたいことはわかる」

「死後の生を信じる？」

「自分がほかの人の心に残したものを死後の生という、と何かで読んだことがある」

カリスは思いをめぐらせる。小惑星帯をながめ、星々を見る。広大な宇宙の広がり。

「アンナは生きることができなかったわ。何かを残せるチャンスすらなかった。肉体も持たないまま。たぶん脳も」

「きみとぼくはいま――」マックスの声はとてもやさしい。「アンナのことを話している。とても短い時間しかいなかったのに、アンナはぼくらの未来を変えた。ぼくたちのなかにいるんだよ」

★

彼は特製のキャロット・ケーキを焼いた。こんなものじゃ仕方ないと思いつつ、浜辺に面したアパートのチャイムを鳴らす。そして気持ちをひきしめ背筋をのばし、ドアを開けた。カリスは窓辺の籐椅子にすわり、バルコニーの向こうの海をぼんやりながめている。

「やあ」

「いらっしゃい」カリスは彼のほうをふりむきもしない。

「ケーキをつくってきたよ」この場にそぐわないのは承知でいった。「気分はどう?」

カリスは首をまわして彼を見た。

「もどってきたのね」

「うん」

「わたしのヴォイヴォダに」

どう答えればよいか──。「リリアーナが連絡をくれてよかったよ。でなきゃ、きみの体調を知りようがなかった」

「わたしは何度も連絡したわ」とげとげしい声。

「すまない。でも会いたかったよ」

「すわれば？」と、一言。

マックスは気持ちをしっかりもってケーキをふたつ並べ、暗い部屋のソファにゆっくり腰をおろした。カリスは椅子をずらし、ケーキをとった。

「はっきりさせておきたいことがあるの」やわらかいケーキを一口食べる。「あなたはわたしがほんとうに妊娠したのか、だったら困ると思って病院に飛んできたんじゃない？」

「ん……」慎重に。

「わたしは子どもを望んでいなかった。でもこうなって傷ついている」

「わかるよ、きみは……」

「ええ、とても悲しい。でも、とても不思議な悲しさ」

マックスは顔を寄せた。「どういう意味だい？」

「現実的なことをいえば、ホルモン値が変わって、わたしの体はもとにもどりつつある。だけどそれだけじゃなくて、ほしくなかったものを失った悲しさみたいな……」

マックスはむやみなことはいえないと思った。「将来、かならずチャンスはあるよ。適切な時期にかならず」

「きっとね。そのうちね」ケーキ皿を膝に置く。「もし、きみには無理だ、持てないといわれたら、どうしてもほしくなるのが人間のさがだと思う」

★

「ぼくにはよくわからない」マックスはかゆいところを掻きたかったが、宇宙服ではむずかしい。「ただじっと待って祈るだけなんてね。奇跡を待つだけなんて」

「信者は忍耐強いのよ」

「面白くもなんともないよ。このぼくが、残されたわずかな人生を、何かの証明を待って過ごせるとは思えない」

「わたしたちの残りはせいぜい二十五分？」

マックスは目を閉じる。「ああ、たぶん」

「いまのあなたは不可知論者？」

「きっとね」

「思いは長くはつづかないものね」

「具体的な何かを信じるとか信じないとか、そういうことはいっていない」マックスは宇宙服の袖を引っ張って、なかで手首を曲げようとする。かゆいのは、手首の上の部分だ。型番の古い宇宙服で、伸ばすと生地はずいぶん薄くやわらかくなり、その上からごしごしこする。

「なんらかの証(あかし)がほしいと思うだけで、そのために残りの時間をじっと待つつもりはない。辛抱強くないほうでね、ぼくは」かゆみはなんとかおさまり、ほっとため息をつく。「ただし、過去には例外もある。ぼくのところにもどってくれと、毎日きみに会いにいって頼んだときはかなり忍耐強かった」

「そうかしら……」

★

ふたりはおなじ部屋にいた。おなじ籐椅子、おなじソファ。バルコニーの窓ごしに、寄せては引く波の音がかすかに聞こえた。

「考えたの」と、カリスはいった。「あなたとはもうおしまい」

「え？」

「もとにはもどれないわ」

「どうして？」

「あなたはつらいときにいてくれない」

「そんなことはないよ」マックスはむっとし、カリスは首をかしげた。

「つらかったのよ。でもあなたはいなかった。これは予兆だわ」

「だがぼくは何かおかしいと知ってすぐにもどってきた。それじゃだめなのか？」

カリスはコーヒーのマグカップを顔の下で回した。コスタリカの豆の香りだけをかげるように。たちのぼる湯気が顔を隠してくれるように。

「そう。ごめんなさい。キャロット・ケーキまで持ってきてくれて、とても親切だと思う。でも、ごめんなさい」

キャロット・ケーキ――。「だったらどうすればいい？」

「わたしたちは考え方が違うのよ。正反対といっていいかもしれない。これがあなただったら、〝たぶん別れたほうがいいんだよ〟とだけいって、胸をなでおろすでしょう」

彼はゆっくりとうなずいた。

「わたしたちはまだ若すぎると思っているでしょ。もっと歳をとらないとうまくいかないって」

彼はこれにもうなずいた。

「ある程度の年齢になったほうがよい両親になれる、とあなたは思っている」

彼はためらいながらも、もう一度うなずいた。

「そして……個人主義はよいものだと、心の底から信じている」カリスは顔をしかめた。

「ぼくはそうやって育ったんだ」マックスはむきになった。「そう信じるようにしつけられた」

「わたしは違うわ。あなたに対する感情をいつでも人に話せる心の準備はできていた。だけどあなたはわたしのことを、両親にすら話せないでしょ？」

「理解してはくれないだろう」

「わかったわ」あっさりと。「わたしもね、理解できないの。あなたの気持ちは誕生日のときに見えたから」

マックスは肩をおとした。「あれは……きみといっしょにいたくない、と思ったわけじゃない。ぼくはきみといっしょにいたい」

彼のようすに、カリスは独善的になるのはよそう、きつい言葉をいうのはよそうと思った。でもだからといって、譲ることはできない。

「いいえ、マックス。あなたに捨てられた直後にまた受け入れたら、わたしはどんな女になると思う？」

「しあわせな女かな」期待を込めたマックスの言葉に、カリスは悲しげにかぶりを振った。

「お願いよ。あなたの主義主張とはまたべつに、わたしは長距離恋愛がつらいの」

「カリス。また受け入れたら、といっただろう？　その可能性が少しはあるのか？」

「そういう意味じゃなくて――」

「これはゲームか？　ぼくに罪の意識をもてと？　信じてほしい。ぼくは自分を責めている。ベッドで苦しんでいるきみを見たとき……」

「ゲームなんかじゃないわ」つぶやくように。「わたしといっしょにいたい、ただそれだけのために、あなたが自分の考えを曲げつづけられるなんて思えない」

「ぼくはどうしたら、きみに信じてもらえる？」

カリスはじっくり考えてからこういった。

「わからない。何かとても大きなこと、としか……」

★

「ライトはもう見えないわ。完全に消えてしまった」

「小さな岩にでもぶつかって壊れたかな」

「ずいぶんたくさんあるものね」

「巨大な小惑星をべつにしてもね。最初に発見されたときは、大混乱を引き起こした」

「ええ。ほら、あれを見て」

マックスはカリスの指さす方向を見て驚く。

「土星だな」

「肉眼で見える土星」

「こんなふうに見られるのは三十年以上先だと思っていたが」疲れたように。

「土星の環を見つめてちょうだい」

マックスはあの時を思い出し、弱々しい笑みを浮かべる。

「あなたは残り二十分をずっと話していたいのね？」

マックスは彼女の目をしげしげと見る。「ああ、そうだ。できることは全部やった。あとは奇跡を待つだけだ」

「絶望もせず、あきらめもせずにね」

「そう」

「いまここでヘルメットを脱いだら、苦しまずにもっと早く済ませられるわ。それもひとつの選択よ」

マックスは顔をゆがめる。「そんなことはいわないでくれ。それじゃまるで、ぼくみたいだ」

「だけど真実だもの」

「よしてくれ。頼む。きみらしくないよ。酸素を賢く、もっと前向きに使おう」

「だったら」カリスはやさしいまなざしで彼を見る。「ずっと話していましょうか」

「どうせなら、人生最後のひとときは、かけがえのない人と語りあいたい」

15

とても大きなこと――。マックスは悩みぬいた。花束や小旅行は論外だ。

何か大きなこと。

ヴォイヴォダ13へ帰るとき、彼は約束した。ぼくを信じてくれカリス、かならずもどってくるから。キスをするのはこらえ、肩を抱くだけでさよならをいった。そして籐椅子で哀しみにくれ、灰色の海原を見つめていたカリスはそっと彼の手を叩いた――これでおしまい。

何か大きなこと。

マックスはEVSA食料部の仕事をしながら考えた。有機や非有機の食材から、流星雨の最中、地球に落ちた隕石のかけらを除去して食料をつくる仕事だ。そして頭の半分で、自分はカリスとの付き合いでどんな過ちを犯したかを考えた。仕事では、小惑星について地質学者から、スーパーマーケットの店長時代には想像もしなかったことをさまざま教わった。

帰宅してながめるウォール・リバーは、毎晩きまって真っ白だ。カリスは彼の連絡に応答せず、リビングルームとの接続も拒否していた。マックスにとっては、食べものに関するマインドシェアの質問に回答するのが、現実から離れて人と触れ合える唯一の慰めとなった。

そんな大切なひとときを過ごすのは、ヴォイヴォダから支給された洞窟まがいの寒いアパートで、胸をえぐる思い出の写真はいっさい壁に映していない。

何か大きなこと——。

カリスは頭のなかからマックスを追い払い、海辺の穴倉を這い出て都会生活にもどった。EVSA支局で仕事をし、食堂で野菜を注文してあのときを思い出し、胸がチクリとした。声をあげて笑う人がいるかも、と見まわしたけれど、ひとりもいない。観測所の秘密の入口前を通ったときは、チクリどころではなかった。花の飾りがついた鉄柵は錆びて壊れる寸前で、生垣はいっそう茂り、柵からはみでている。

ある晩、マックスからまたメッセージが届いた。ほんの一瞬弱気になり、なったと思うとそのまま錆びた鉄柵のごとくくずれていった。

(ハーイ)

(チャオ)

(サ・バ?)

(ケ・タル?)

(ベーネ・グラツィエ) カリスの顔が懐かしい遊びにほころんだ。通知を知らせる電子音が、以前のようにふたりの間を行き来する。(エ・トワ?)

(これはゲルマン語系のテストかな?) と、マックス。

(現代ギリシャ語にする?)

(元気かい?)

カリスは時間をかけて、一文字一文字ゆっくりと入力した。その姿が彼に見えるように。言葉の重みが伝わるように。青い文字が紫色に点滅してから消えるフォントを使う。

(あなたがいなくてさびしい)

(やっとだ! ずいぶん手間がかかったみたいだな)

(かかったのは手間じゃなく時間)

(時間といえば、そろそろだよ)

(そろそろ?)

(でっかいことをやる準備ができた)


ふたりは空港で会い、しばらくはそわそわとおちつかなかった。まわりでは友人や家族が笑顔で明るく声をかけあっている。マックスはカリスにキスしようと近づき、カリスは軽く抱き合うだけにして、マックスの唇は彼女の髪をかすめただけで終わる。

「やりなおしたい?」

「うん」マックスは鞄を床に置くと、近くの柱にいる大勢のグループのほうへ行き、そこから両腕を広げて彼女のところへもどってきた。そしてやさしく抱き寄せ、うなじに片手を添えてキスをする。

「こっちのほうがいいわ」

「はるかに自然だな。きっとまわりの目に、ぼくらはこれを何百回もやったように見える」

マックスは体を離そうとしない。

「うん、何千回よ。それで、これから何をするの？」カリスはとまどいつつも、しあわせだった。

「きみに来てもらったのは、ぼくという男に耐えられるのはきみしかいないと思ったからだ」マックスはあたりを見まわした。ここはヴォイヴォダをつなぐ空港で、どちらにも属さない中間地帯だ。レストランも店舗もなく、がらんとしている。マックスは出発ロビーを指さした。

「あっちへ行く」

「そのあとは？」

「ヴォイヴォダ2だ」ふたりはシャトルに乗った。ガラスのゲートがジャンプジェットにつながっていて、これはオーストラリアに行ったときのものより小型だから、短距離用だろう。

マックスはカリスのベルトを締めた。

「さあ、ぼくの両親に会いにいこう」

　ヴォイヴォダ2の最大都市にある、とてもこぎれいな地域だった。舗装の下に根をはる並木沿いに煉瓦の質素な家が並び、周辺域も管理がゆきとどいて、市街地よりも廃墟の色合いが薄い。壁もファサードもよく手入れされ、昔ながらの光景を保っていた。ふたりは町の北側にあるヒースの原を歩いて、目的の村に到着。カリスは周囲の景色に、わけても自然の池に感動した。

「ご両親はいつごろからここに？」丘の上、ジョージア様式の窓が並ぶ村を歩きながらカリスは尋ねた。マックスは、ちらっと横目で彼女を見る。

「両親ともローテーション中だよ」

「そうだったわね」少し残念そうに。「だったらまだ三年たっていないわね。とてもいい村だわ」

「弟には呼吸器疾患があるから特例対象で、空気のきれいな場所に住める」

「ご両親にとっても、郊外のほうがよくはない？」

マックスはのどかな、緑豊かな村をながめた。

「妥協の結果だ。ここは病院に近いから」

ふたりは左に曲がり、カリスはリュックを背中にしょって、のんびり丘を下った。ふもとには地域病院の白い建物があり、現代的で清潔な病院の横には、赤と黄色の古い煉瓦の家が並ぶ。マックスは病院の手前にある家のつつましく美しい前庭に入り、ドアの前に立った。そしてノックする前に、カリスに尋ねる。

「準備はいいかい？」

「ここまできて、悪あがきはしませんよ」

赤い玄関扉を開けたのは、マックスをそのまま小さくしたような少年だった。あまりにそっくりでカリスが目を丸くしていると、マックスは手荒く弟を抱きしめた。

「マックス！」

「はい、マックスですよ」からからと笑う。「ずいぶんでかくなったなあ。最近、おいくつになられましたか？」

「七つ！」少年は満面の笑みを浮かべ、白い歯には抜けた隙間がいくつもあった。マックスは弟を抱えると、自分の脚の間で前後に振り、少年は身をよじって喜ぶ。

「マックスはいくつ？」

「おまえの四倍だが……。歯が何本もなくなったな？」

「ディエゴがぼくを宇宙船から落としたんだ」

「宇宙船？」

「ジュニア・ジャングルのジャングルジム」

「ジュニア・ジャングル？」マックスは話についていけない。

「ディエゴがジュニア・ジャングルの宇宙船からぼくを落として、下の歯が折れたんだ」

「よし、わかった」マックスは弟を下ろして立たせた。少年は目をきらきらさせている。

「さあ、紹介しよう。こちらは最高の友だちのカリスだ。カリス、こいつは最高の弟のケントだ」

「はじめまして、ケント」カリスは礼儀正しく挨拶し、少年は目をぱちくりさせてマックスを見上げた。

「そう、女の人？」

少年は兄の手を離し、家のなかに駆けこんだ。「お母さん、お父さん、マックスが来たよ！　ねえ！　マックスだって！　びっくりだよ！　女の人もいる！」

カリスたちも家に入り、マックスはまた弟を抱き上げて肩にかついだ。

「どうしてこんなに驚くの？」カリスはマックスの耳にささやいた。

「男の子はこの年ごろになると、女性は〝違うもの〟だと考えはじめる」マックスも小声で答える。「だから女性がぼくの最高の友だちだというのにびっくり仰天したんだろう」ほほえみながら弟を床に下ろし、そこへ男の人が両腕を差しだしてやってきた。「やあ、父さん」ふたりはそれぞれ相手の肩に手をのせ、公式の歓迎の挨拶をした。マックスはカリスのほうへ腕をのばし、「カリス、ぼくの父だ」と紹介した。

父親を紹介するだけで、その逆はなかったけれど、たいしたことではない。

「お目にかかれて光栄です」

「プラネイと呼んでください」父親は片手をあげる挨拶をした。知性ゆえか、どこかよそよそしく、うちとけにくいタイプのようだ。「カリスというのは……ウェールズ系かな？」

「はい、そうです」

「職業は？」

単刀直入な質問に、カリスはほほえんだ。「パイロットです」

「それはいい。所属は民間？　軍？　それともどこかの慈善団体？」

「宇宙機関です」

「ほう、いいね」いくらか態度がやわらいだ。「とてもいい。わたしはロジスティクス関連でね、ヴォイヴォダの船に食料を供給している。ローテーション・レストランとスーパーマーケットを経営しているんだよ」

「全店舗ですか？」

「まあ、レストラン・チェーンの大部分をね。中小のスーパーマーケットも含めて」

「そうなんですか。マックスとは以前、スーパーマーケットで会ったことがあります」

「ヴォイヴォダ6かな？　息子はあの店を昔ふうにしてしまった」

カリスはうなずきながら、心のなかで首をひねった。手広くレストランをやっているなら、シェフ志願の息子をシェフとしてどこかに配属すればいいような……。いまケント少年は、父親の脚にしがみつき、自分が注目されていないのを子どもらしく不満に思っているらしい。

「飛行機を飛ばしてるの？」ケントはカリスに訊いた。よく見ると、少年は呼吸を楽にする酸素ピンチを鼻につけている。

「ほとんどはシャトルよ」

「すごい」

マックスが弟の髪をかきむしり、ケントはヒューッと声を出して喜んだ。

「さあ、こちらへ」父親はキッチンに向かった。室内はどこも、ユーロピアらしくガラスとスチールの補強材が使われている。「パイロットにお茶の一杯でもさしあげないとね」

「親父がパイロットを気に入るとは意外だったよ」マックスがカリスの背の下に手を当て、キッチンへ案内しながらささやいた。「地道な労働と成功しか賞賛しない人だから。それ以外は認めようとしない」

キッチンでは、小柄な女性がテーブルで編み物をしていた。

「こんにちは、プリヤおばさん」マックスが声をかけた。

その人は目をあげ、顔がぱっと輝いた。

「まあ、マクシミリアン、うれしいわ！」

カリスたちは椅子にすわり、マックスの父親は——ずいぶん体格がいい——カウンターの向こうに行ってティーバッグを用意した。伝統を守ってミルクを入れ、「砂糖は？」と訊く。カリスが、いいえけっこうです、とかぶりを振ると、父親は「いいだろう」といった。「甘味は弱さの表われだ」

これまでのところ、試験は無事にパスしているらしい。カリスは胸をなでおろし、お礼をいってカップを受けとった。

「おまえはどうする？」

マックスは〝おまえ〟といわれるのが好きではなかった。父親と話すと、いつも自分が小さくなった気がする。彼は紅茶はいらないと断わった。

「あいかわらずだな。温かい飲み物はいまだにうけつけないらしい」

ささいなことが、なぜ欠陥のように聞こえるのか、マックスは不思議に思いつつ首をすくめた。

「水を飲めば十分。教授はどこにいる？」

「アリーナもすぐ下りてくる」父親は大きな体で木の椅子にすわり、椅子はきしんだ音をたてた。

「何？」マックスは水を飲んだ。「それで――」

「帰ってきた用件は？」

「カリスを紹介したくてね」視線はグラスにおとしたまま。「彼女に会ってもらいたくて」

父親は無言だったが、フレックスを使ったのだろう、手首が小さく動いたのにカリスは気づいた。

そしてすぐ、二階でドアの開く音がした。白髪交じりの髪をきっちりシニョンにした威厳たっぷりの女性が姿を見せ、キッチンに入るとマックスの肩に手をのせて公式の挨拶。それからカウンターのほうへ行った。

「わたしはコーヒーをいただくわ」そこでカリスに目をとめ、「ごめんなさいね」といった。

「遅くまで起きていたので、少し休んでいたの」ケントが戸棚を蹴って母親に体当たりし、母親は息子をしっかり抱きとめた。この兄弟はほんとにそっくりだわ、とカリスは感心した。

「お父さんから、すぐ下りてきなさいといわれたのよ」

マックスは水のグラスを手にとった。

「カリスに会ってもらおうと思ってね」

両親は顔を見合わせた。

「パイロットだそうだ」父親がいうと、ケントはすぐに「スペースシャトルを飛ばすんだって！」と声をはりあげた。

「まあ、そうなの。はじめまして、カリス。わが家の男性陣から支持されたみたいね」

「いえ、そんな……」カリスは言葉がつづかない。マックスはうつむいてにやりとするだけで、カリスはなんともきまりが悪かった。

「いつからいっしょに仕事をしている？」父親はお茶をすすった。

「ぼくがローテーションでヴォイヴォダ6に行ってからだ」マックスは神妙な面持ちで答えた。「それからずっとカップルとしていっしょにいる」

キッチンは静まりかえった。

「カップル？」

ケント少年は台所から狭いリビングルームに行き、大きな音でゲームを始めた。

「あなたはとても若いわ」母親は慎重にいった。

「それほどでもないよ」マックスはカリスの手に自分の手を重ねた。「もう分別がつく歳だ」

「分別？」

「彼女のいない生活を試したんだが、うまくいかなかった」椅子の背にもたれたものの、緊張しているのか、ほんのかすかに震えている。「だからこれからも、ずっといっしょにいることにした」

父親は紅茶を飲むだけで何もいわない。母親は銀のブレスレットをいじり、プリヤ叔母に目をやった。叔母は編み物をつづけていたが、二本の棒針が音をたて、気を張りつめているのがわかる。

「リビングに行かない？」と母親がいった。「あちらのほうがゆっくりできるわ」

「いいよ、どこでも」マックスはカリスから手を離さずに答えた。

母親はリビングルームに行くと、ケントに短く何かいい、少年はゲームを消して階段を駆け上がっていった。ポケットでコインのぶつかる音がした。父親は無言でキッチンを出ていき、カリスも椅子を引くと、マックスに連れられてリビングルームに入った。マックスはやさしい笑みを浮かべ、カリスと並んでソファにすわる。

「気持ちいいな」ふっくらやわらかいソファを軽くお尻で押してみる。「前のよりいいよ」

母親はぎこちなくほほえみ、ふっと息を吐いてからカリスに目を向けた。

「ヴォイヴォダ6で知り合ったの？」

カリスはうなずいた。

「いまもヴォイヴォダ6に？　マックスは移ったけれど」

カリスはうなずきながら、「わたしはドロー2なので」と答えた。

「家族としてローテーションできない年齢でいっしょになろうと考えたのは、どうしてかしら？」カリスを見て、マックスを見る。「あと十年は無理ですよ。まだまだ先は長いわ」

「はい」カリスは冷静にいった。「それでもいっしょにいようと思いました」

「できません。規則に反します」

何か大きなこと――。

「カリスにはまだ話してないんだが」と、マックス。「ぼくたちはこれから中央ヴォイヴォダに行く。婚姻規則の改定を要請するつもりなんだ」

部屋は静まりかえった。カリスもソファの上で固まったようになる。マックスの言葉は予想外どころではなかった。ほんの少し前まで、彼が両親の方針に反して自分をここに連れてきたのは、でっかいことをやる、という表面的なものでしかないと思っていた。それすら予想外だったのに、そのうえヴォイヴォダ・ルールの改定までいいだすなんて……。ことの大きさが、まったく違う。

父親は終始無言だったが、いまその顔は怒りで真っ赤になっていた。

「父さん？」

その瞬間、父親の口から言葉がほとばしりでた。

「どうしていつも、片端から文句をつけなくては気がすまない？」マックスが反論する間もなくつづける。「どんな権利があってそんなことをいう？　何を根拠に、自分の考えが絶対的に正しいと思うのか？　わが身を守ってくれる規則に、なぜ盾を突く？」

「でも父さん、規則というのは変更されるものだよ、それを望む人が多ければ。ぼくは声をあげなくてはいけないと思っている。体制が機能するには――」

「体制が機能するのは、わたしやアリーナのような人間が規則を遵守するからだ」父親は立ち上がり、ソファにいるマックスとカリスの上に大きな体がそびえた。「いいか、マックス、自分の思いどおりにならないものは悪いもの、と決めつけるんじゃない。おまえよりはるかに経験豊かな者たちが決めた規則だ。いいかげん、大人になれ」

「でも父さん――」

「ばかな子だ」低くつぶやく。「大勢の命が失われた結果、われわれは安全ですばらしい世界に住めているというのに」

「安全ですばらしい？　そういう人たちは第一世代で、父さんは第二世代だ。第三世代のぼくらには違って見えるとは思いもしない？　父さんが子どものころの世界といまの世界はまったくおなじだと信じている？」

「祖父母を〝そういう人たち〟と呼ぶとは」父親は額に手を当てた。「おまえの祖母はこの世界を大きく変えてくれた尊敬すべき人だ。大叔父は志なかばで殺され、大叔母は――わたしの叔母は癒えない心の傷を負い、フロリダの海沿いの病院で生涯を終えた。彼らは人間ではなくドローンで爆弾を投下したのだ。みずからの手で行なう勇気のかけらもなく……」

マックスは静かに耳を傾けていた。父親が身内のことを語るときはいつもそうしている。

「父さん、ぼくは体制全体を批判しているわけじゃない。ヴォイヴォダそのものは否定しないよ」

父親は憤り、両手をふりあげた。

カリスは見ていられずにうつむく。

マックスは立ち上がった。

「ぼくは父さんに――」腕を突きあげた父親に正面から向き合う。「独立した一個の人間であることはすばらしい、と教わった。何事も自主独立してやれ、とね。だったら、ルールに服従することは？　ぼくがルールの正否を判断してはいけない？　これは規則だからと、無批判に従うだけの人たち――そんな人たちがしあわせだとは思えない」

「しあわせに決まっている。われわれは完璧な世界に暮らしているのだ。それがいまだにわかっていないな？」父親の険しさに、マックスは一歩あとずさった。

「ぼくは――」

「規則が気にくわないなら出ていけ」父親は息子をドアへと押しやった。「ユーロピアから去れ」

「それはおかしいよ。ぼくはルールに従って暮らしている。ただひとつ――」両手を握りしめる。「婚姻規則だけは納得できない」

父親はポーチに出るドアを開け、マックスに腕を振った。

「おまえはわかっていない」

「母さん――」

「無理よ、マクシミリアン」

「ぼくは彼女を愛しているんだ」

その言葉にカリスは胸をつかれ、顔がほてった。が、母親はこうつづけた。

「それは一時的なもの。いずれおちつけば、欲望は時が経てば消え、あなたもほかの人とおなじように前に進むでしょう。いずれおちつけば、人生をともに過ごしたいと心から思える人に出会えます。健康で賢い子どもをもつことができます。でもじっくり考えもせずにふらついていたら、それはかないませんよ。若気の過ちはとりかえしがつきません。人生の先輩のいうことを信じなさい。親の言葉を無視できますか?」

「ぼくの話をもっと――」

「ここでこれ以上何をいっても無駄よ、あなたが気持ちを変えないかぎり」期待を込めて息子を見つめる。

マックスはしばらくして、頭を横に振った。母親はドアぎわにいる夫のもとへ行くと、若いふたりに出ていくよう身振りで伝えた。マックスとカリスは外に出ていき、カリスが扉を押すと、扉はかちっという音とともに閉まった。

カリスは縁石にすわりこんだマックスの肩に手を添えた。事の成り行きに、マックスは愕然としている。みじめなかたちでわが家から追い出されたのだ。

マックスは自問した。もどってもう一度話しあうべきか。それとも、このまま去るか。

彼は暮れゆく空を背にした病院の白い建物をながめた。残光。落陽。叔母の姿が出窓の向こうに見え、マックスは顔を曇らせた叔母のもとへ行った。叔母は人差し指を唇に当ててから、手のひらをガラス窓に押しあてた。

マックスはガラスごしに手を重ねる。叔母が手首を動かしてチップを使うと、部屋の奥の壁いっぱいに写真が映し出された。マックスが初めて見るものばかりで、とまどいつつも一枚一枚ながめていく。遊び疲れたようすでユーロピアの星形を持つ兄と妹――マックスの父と叔母。背後には青い海が広がり、金色の旗がゆらめいている。べつの写真では兄妹と父親の三人が、〝フォックス・スーパーマーケット〟と書かれた赤い看板の前にいた。マックスの知らない男性と叔母がハイブリッド・トラックに乗っている写真。トラックには採れたての野菜が山積みだ。ほかには初期の競技会場で、はしゃいだようすの叔母の横におなじ男性がいる。

画像は消え、最後に残されたのは、えもいわれぬ悲しみをたたえた叔母の顔――。叔母は首をすくめ、窓から手を離した。

「どういうこと？」

叔母はふりかえらず、手だけで背後の壁を指した。ガラスごしに小さな声が聞こえる。

「規則に従うことは、わたしたちの体に染みついているの。でもそれで、いつもしあわせとはかぎらないわ」

16

十五分――

カリスは体を震わせる。

「寒いわ」気温が大きく上下したところで、宇宙服が適温に保ってくれるはずだった。

マックスは自分の宇宙服の温度を確認する。

「設定を上げたらどうだ？　ここまで落下すると、調節がうまくいかないのかもしれない。すぐに上げたほうがいい」

「わかった。はい完了。あなたのほうは？」

「こっちは自動調節されている」

「そう……」温度表示のスクリーンを叩く。が、それで何かが変わるわけもない。「宇宙服が機能不全にならなきゃいいけど」

マックスは酸素実験の失敗を思い出し顔をしかめる。「ぼくがあんなことをしたせいでなければいいが」

「違うわよ、あくまで運の問題」といって、また震える。「まだ寒いわ」

「調整に多少時間がかかるんだろう。それにもうじき太陽側に出る」

「この宇宙服はわたし専用なの」ＥＶＳＡの青いバッジの下にある自分の名前を指さす。

「そのうち温度は上がるわね」

マックスは両手で彼女の腕をさすって温めようとする。手首から肩へ、肩から手首へ。絶縁素材の宇宙服ではもちろん意味がない。

「きみはいつも寒さに震えていた」マックスはＥＶＳＡのプールで、カリスの訓練を見るのが怖かったのは口にしない。水に長く潜っていると、あの競技会がよみがえってしまうのだ。

「ウェットスーツで潜水しているとき？」周囲をぐるっと手で示す。「最高の訓練場は宇宙ね。大発見だわ」

「きみはきっと血液循環が悪いんだよ」マックスはカリスから離れる。「手も足もいつも冷たい」

カリスはほほえみ、いい返す。「小惑星帯のせいじゃないかしら。岩のせいでわたしは影に入ってばかりだから」灰色の岩石はときに衝突し、互いに砕け、粉々になっていく。「それに塵もわたしのシステムに入り込んでいるかもしれない」

「ぼくのシステムにもね」マックスは温度を再確認する。「残り時間は？」

「十三分」精一杯おちついた声で。「これを不運というのかしら」

「運はあまり関係ないような気がするが」近くを小さな岩が地球へ向かって落ちていく。

「ぼくたちがみずから選んだ運でないかぎりは」

★

マックスの両親はいっさい譲歩しなかった。息子が連絡し、メッセージを送り、再訪しても、父親はまったく姿を見せず、母親は仕事部屋にこもったままだ。村を去る前、せめてもう一度弟に会いたくて、マックスは一計を案じた。

「あいつ、一年の半分は病院暮らしなんだ」マックスは地元のローテーション・レストランでカリスにいった。「母が治療法の研究に専念するのは、罪の意識があるからでね。母の仕事でマケドニアに移ってからケントの症状が悪化して、命の危険すらあった」少し間をおき、「ヴィイヴォダ19だよ」といいそえた。

「それでまだローテーションには加わらないのね？」

「うん。もっと症状が改善して、もう少し大きくなってから、というのが両親の考えだ」そこで沈んだ声になる。「あの歳には、ぼくはもう独立していた」

マックスは面会の終了時刻に病院へ行った。帰る人たちがいなくなったころを見計らってすばやく入り、警備員が廊下を曲がったところでスタッフルームに忍びこむ。侵入者がよくやるように白衣を着て、カルテを読むふりをしようかとも考えたが、無菌の白い布をまとったところで、チップの生体認証までごまかせないと思いなおした。マインドシェアに母宛ての質問がないか、ジオタグ付きの回答があればいいが、と確認し、ひとつもないことが判明。

外の廊下で話し声がした。マックスは急いでロッカーのほうへ行き、そのひとつにもたれてチップで検索しているポーズをとった。ナースが五人、仕事を終えて疲れたようすで、それでもほがらかに入ってきた。早口でおしゃべりしながら五人めが入ったところで、マックスは彼女たちに背を向けたまま、ドアが閉まる寸前にすり抜けて外に出た。通路をはさんで真向かいには昔ながらのホワイトボードがあり、マーカーで一覧表が書かれている。マックスはそれを目で追い、目的のものを見つけた——母親の名前と肩書、呼吸器系病棟にいる担当患者の名前。通路の向こうからまた職員たちが現われ、マックスは急いでエレベータに向かった。壁の案内図を見て、最上階へ向かう。

フロアは静かで、マックスは少し肩の力を抜き、病室が並ぶ廊下を歩いた。ウォール・リバーにはカラフルな画像が流れ、横の壁ではテディベアが一匹はねている。ケントの病室まで来ると、テディベアはドアフレームに飛びつき、マックスはそれを手で払いのけると、ドアを開けた。

「やあ」

ケントはうつろな目を開け、ほほえんだ。「マックス！」

「気分はどうだ？」

「ここに来ると毎日、コインをもらえる」

「それはいい。前歯と引き換えに何枚？」

「ううん、チョコレート」

「すばらしい交渉能力だ」マックスは部屋の奥に進み、ベッド脇の肘掛け椅子に腰をおろした。「村を出る前に、ひと目会いたくてね」

ケントのほほえみが消えた。

「あの女の人といっしょ?」

「そう、あの人といっしょに」

「お父さんもお母さんも怒ってる」

マックスは唇を噛んだ。「残念だが仕方ない」

「もっといっぱい会いたいよ」

「ほんとにな。でも宇宙機関で仕事をしているから」

「ぼくを抱きしめてくれるのはマックスだけなんだ」

「もっと会いにくるよ。約束する」マックスはつらい思いで、弟の顔にかかった髪をなであげた。少年はいま眠気と戦っている。おそらく薬をたくさん飲まされているのだろう。マックスは顔を寄せ、そっと髪をなでつづけた。弟はほとんど眠りにおちている。

「どうやって入ったんですか?」

びくっとして顔をあげると、ベッドの端にしかめ面の母親がいた。

「またルール違反? 何をしているの?」

「ケントに会いにきたんだ」椅子にまっすぐすわりなおし、母を見上げる。

母親は手首を動かし、ベッドの端の壁にカルテを映した。

「ケントは十分つらい思いをしているんです。あなたの計画を知らせたくはありません」

「べつに知ってもかまわないだろう？」

「だめです」

「母さんが決めることじゃない」

「この子もあなたと同類だと思われたくありません」きつい言葉にマックスはうつむいた。

「あなたの行為が世間に知れたら、この子はつまはじきにされるでしょう」

マックスは自分を奮い立たせた。

「母さんはケントと、もっとスキンシップをもったほうがいい」

母親は映像を消した。「ありがとう、マクシミリアン。あなたのような人のアドバイスに耳を傾ける気はありません」

マックスはひるんだ。「どうして？　ぼくがまだ若いから？　その考えはヴォイヴォダ思想に反するよ」

「いいえ、反しているのはあなたです」

マックスは弟を起こさないよう気をつけて、自分の額で弟の髪をなでた。

「社会民主主義だよ、教授」声をおとして母親にいう。「ぼくの考えに賛同してくれる人はきっといる」

母親は目を細めた。「それは疑問ですね。ユーロピアは経験豊かな中央政府によって磨かれ、成長してきました。どのような規則も、圧倒的多数に有効であると判断されたものです」

マックスは身をのりだした。「しかし、もっと磨かれるべきだったら？　時代遅れの規則を押しつけることはできない。ユーロピアは住民がみずから進んで規則に従ってはじめて、機能するんじゃないか？　ぼくは異なる生き方を比較して、今度のような選択をした。真の理想郷とはそういうものだろう？　ぼくみたいな人間が興味も関心もなくし、漫然と規則に従うだけのユーロピアなんて、理想郷でもなんでもない。何も考えないのは死んだも同然だ」

母親は笑った。「選択だの死だの、くだらない似非哲学では饒舌ですね。あなたもじきに、選択の余地などないことがわかるでしょう。いつから、あの女性にふりまわされているの？　あなたは自分の意志で行動していますか？」

マックスは寝ている弟の小さな体を軽く抱き、ほっぺたにキスをした。かすかにベビーパウダーの香りがした。

「もう行くよ」

「ええ、そうなさい。あなたの頭が冷えたら、また話しましょう。できることなら、つまらない訴えで、グランド・セントラル・ホールの代表団に追放されないうちに」

マックスは最後にもう一度ケントの顔を見てから、無言で母親の横を通りすぎた。

駅は通勤客で混み合っていた。ウォール・リバーには到着と出発の情報が絶え間なく流れている。カリスはどこだ？　マックスが不安になってきょろきょろすると、冷たい両手で目をふさがれた。

「荷物を盗まれるかな」と、マックス。「いつだったか、十二歳の女の子の痩せ細った手におなじことをされた」ふりむいてカリスの顔を見る。「その子は亡くなったよ。冷酷にも殺害されてね。駅で盗みをはたらこうとして失敗したんだ。いたましいよ」

「かわいそうに――」カリスは背伸びして、マックスの頬にキスした。「最近は犯罪者といっても外見だけじゃわからないわ。子どものこともあれば、きれいな女性のことも」髪が左右に揺れる。「ほんとに老若男女問わずね」

「きみもきれいだけどね」マックスはふたりの鞄を持った。「さあ行こう、乗り遅れる」

「ケントには会えた？」

「うん」

「問題なく？」

「うん」

その答え方から、カリスは何かあったのだと感じたが、訊かずにおいた。

「なあ、カリス、ぼくらはちょっと羽目をはずしすぎたかな」

「そうね」立ち止まってマックスをふりむく。「でもしょっちゅうそれをもちだしたら、先はないと思ってちょうだい」

「どういう意味だ？」

「気持ちに変わりはないか、愛し合っているか、別れから回復できるか。それをさぐりながら話すのはよしましょう。そうなったらおしまい。一巻の終わり」

　マックスは何もいわない。

「気楽に羽目をはずすの。子どもじみた行為が、同世代の人たちの人生を変えることになるかもしれないんだもの」

「話が見えたよ」また鞄を持つ。「気楽にやるのが何よりだ」

　ホームに行くと、車輛や乗客はエンジンの放つ酸素にかすみ、地方へ向かう十九世紀の蒸気機関車の駅のようだった。いま、駅舎のガラス壁の向こうには、西に傾きはじめた太陽と、かげりゆく水色の空が見える。

　車内は混んでいて、カリスたちは指定の座席に行くと、薄い灰色の布の座席にすわりベルトを締めた。

「準備はいい？」カリスが旅そのものを指していないのは、マックスも感じる。

「いいよ」と、マックス。「きみはほんとにいいのかい？」

「もちろん」列車は出発した。胃にずしんと重みを感じるなり、ハイブリッドは急加速して体が座席に押しつけられる。町はたちまち遠のいて、窓の外にはパッチワークのような野が広がった。茶色、緑、目も覚めるような油菜（レイプ）の黄色。

「あの色は嫌いだわ」

「珍しいことをいうな」マックスは笑った。

「花の名前も気に入らない。どうせならユーロピアも、その種の社会問題を解決してほしいわね」通り過ぎる畑をながめる。

「いくら社会が安定しても、傷つく人たちがいなくなることはないだろう」

会話はとぎれ、静かな時が流れた。そしてハイブリッドが海峡下に入ったところでカリスが訊いた。

「マックス、どんな思いで決断したの？」

「決断って……これのことか？」

カリスはうなずいた。

「両親に話したが、あれじゃ不足かい？」

「ううん、きっとあれでいいのよね」

マックスはかぶりを振った。「いまのところはね」

ふたりはまた黙って窓の外、一面に広がる美しい緑の畑をながめた。

「わたしたち、身勝手かしら？」

「なぜ？」

「自分たちの感情で規則の変更を要求するなんて……」

マックスはしばし考えた。「ぼくたち以外にもおなじ思いをもつ人はいるはずだし、いまは違っても、機会が巡ってくればそうなる人もいるだろう」

「いまのところは、あちこちで遊んでいるだけの人？　以前のあなたみたいに？」

「おいおい」マックスは髪を掻いた。「頼むよ」

「こういってはなんだけど、あなたはケーススタディとしては最適よ」

「ぼくらのような気持ちを誰もが経験できるチャンスがあっていいはずだ」

それからほどなくしてハイブリッドは中央ヴォイヴォダに到着し、カリスは目を見張った。

「水道橋があるけど、スリン・ストゥランみたいに古くてぼろぼろじゃないわ。しかも町のまんなかに」

「中心街の建物にエネルギー供給しているんだよ、自給自足で」

「すごいわ」現代的なアーチダムが城塞さながらにそびえ、その向こうの貯水池は中世の城濠のようだ。「信じられない……」

しゃれたコーヒー・ショップや語学ラボが並ぶ中心街を歩き、カリスはひらめく旗に競技会のプールを思い出した。

「飛びこみで行くの？」

「いいや」路面電車の線路を渡る。「すでに予約をとってある」

「誰と？」

マックスは立ち止まった。「代表団だよ。これからグランド・セントラル・ホールに行くんだから」

「え？　小部屋で要望申請するくらいかと……」

「どうやら、ぼくらの要望に関心をもってくれたらしい」

カリスは目立たないようこそこそと髪を整えた。そういえば、マックスは淡いブルーのシャツを着て、いつもより気を遣っているように見える。

「待たせちゃいけないわね」

いちばん広い街区の向こうに、威風堂々とした白い建物がある。立派なポルチコには優雅な白い柱が十本。ヴォイヴォダの一般的な建築と違い、子孫に残すためだろう、全体が強化ガラスですっぽり包まれていた。ポルチコの三角形の屋根には二〇〇〇年の欧州連合のモットーであり、ユーロピアのモットーでもある〝多様性における統合〟が刻まれている。カリスたちは広いエントランスを歩いていき、人びとの靴音が、それも何百とも思える靴音が大理石の空間に響きわたった。

「ほら」マックスが隅のほうを指さした。「チップ・スキャナーがある」

「当然でしょう。セキュリティは最優先だわ」

「アメリカを教訓にね」

「ええ」

通知音がして、フロントデスクに行って登録し、チップ・リーダーに手首を差し出してIDの確認。カリスのリーダーが緑色に点灯し、了承の音がして回転ドアが開いた。

「不思議の国へようこそ」カリスは精巧なセキュリティ・ゲートを通りながらいった。

「なんだ？」

「読んだことはない？」

マックスは顔をしかめた。「映像のほうが好きなもんでね」

「じゃあ、わたしが本の話をするとき」カリスは笑いながらいった。「読んだふりをしているわけ？」

「まあね」カリスにつづいてマックスもゲートを抜けるとライトが光り、彼の全身をスキャンした。「好きなだけ、ばかにすればいいさ。でもね、ぼくがリビングルームをウォール・リバーでシェアしようとしたとき、きみは漫画を見ていたよ」

「漫画はくつろげるからいいわ」エレベータがいやに大きな音をたてて開いた。乗りこむと、ここでも壁三面で青い文字がきらめく――〝多様性における統合〟。マックスはうめいた。

「いいかげんにしてほしいな。多様性とは何かについて、これからしっかり話し合おう」エレベータが止まって扉が開き、マックスはカリスの手をとった。すると男性の案内係がこちらに近づいてきた。

「マクシミリアンとカリスですね？」ふたりがうなずくと、係はついてくるよう合図して歩きはじめた。足音ひとつしない、ロイヤルブルーのふかふかの絨緞だ。ふたりが入ったのは円形の大広間で、壁と天井のあいだには華やかなコーニス。天井は空を思わせる青色だった。二十メートルおきくらいに彫刻の施された両開きのドアがあり、たぶんその向こうがグランド・セントラル・ホールなのだろう。案内係は昔ふうの木の椅子二脚の前で立ち止まり、「ここでお待ちください」といった。

「わかりました」カリスは腰をおろし、マックスもすわる。彼女は足でマックスに触れ、爪先を両開きのドアのほうに向けた。ドアの上には、フルートを手にしゃがんだ裸の天使が描かれている。ふたりは笑いをこらえた。

十五分ほどして、マックスは案内係のほうへ体をのばして尋ねた。小さな声でも、大広間にこだまする。

「いま、あっちではどんな議論がなされているのかな?」

「旧アメリカ合衆国における援助隊の安全性です」

「ほう」マックスは感心したようにつぶやいた。

「それはまた……」カリスも気持ちが臆したようだ。「わたしたち、ここに何をしに来たの?」

マックスはうつむいてかぶりを振り、また案内係に尋ねた。

「ぼくたちも傍聴できないだろうか?」

「可能と思いますが、確認してきます」案内係はふたりにお辞儀をしてから出ていった。その堅苦しさに、カリスたちは顔を見合わせる。そして係はもどってくると、ドアのほうへ腕をのばした。

「どうぞお入りください。あなた方のセッションは数分後に開始されます」

「ありがとう」マックスは自分もお辞儀をしたほうがいいのかどうか悩みながらお礼をいった。

グランド・セントラル・ホールに足を踏み入れたとたん、ふたりとも息をのんだ。広さは大広間とは比べものにならない。アーサー王の伝説の宮廷と劇場の未来形のようで、天井には金色の星が輝き、その下では円形ホールを囲むようにぐるりと、青と白のバルコニー式の席が階段状に並んでいる。

代表団の人数は二千人を下らないだろう。バルコニー席はヴォイヴォダ別に分けられ、カリスが以前教わったところによると、代表の大半はさまざまな分野の専門家とのこと。どこかのヴォイヴォダ代表が発言するときは、そのバルコニー席が前方にせり出して、カリスは感嘆の声を漏らした。最上段の席を見上げ、あまりの高さに目まいがしそうになった。

ホールの中央には円形の演壇があり、そこで各代表団の進行役たちが鷹のごとく階段席を見上げ、議論を進めていく。いまは援助隊の今後の方策に関する投票中だった。

「ヴォイヴォダ12代表団は、南部における難民を最優先する案に賛成します。海岸地域に難民キャンプをつくり、水と食糧を提供する。追加保安措置も必要と考えます」

カリスはマックスをふりむき、並ぶバイザーやスクリーンを目で示した。ここにいる代表たちは、地元のヴォイヴォダの何万という人びととつながっているのだ。そして地元住民も意見を述べ、一票を投じることができる。これはかつてないスケールの民主主義といってよいだろう。おそらくマックスの両親も、いまこれを見ているはずだ。

「ヴォイヴォダ7代表団は、ジョージアで生存している児童がもっとも危険な状況にあると指摘します」場内の空気が揺れた。「追加保安措置、および旧サバンナ市への支援物資、とくに衣類、医薬品、小児ワクチンを増加し、七日後に再調査すべきと考えます」

　バルコニー席のすべてに緑のライトがつき、進行役の顔がほころんだ。「動議可決！」

「すごいな」マックスがつぶやき、カリスはうなずいた。

「学校の見学で来なかったの？」

「おたふく風邪でね」くやしげに。

「でもそれで睾丸炎にはならなかったんでしょ？」

「そんな話をしてる場合じゃないだろ！」マックスの声に、そばにいた案内係は顔をしかめた。

　ヴォイヴォダ7の代表がふたたび発言を求めた。

「加えてもう一件――」咳ばらいをする。「難民の子どもたちのために、小惑星帯に関する学習プログラムを提案します」場内はざわつき、一部の席で赤ランプが点灯した。

「過半数に達しません」進行役は寛大な表現を使った。「生存の基本要素が整っていることを再度調査し、検討しましょう」

　案内係がマックスとカリスに、階段を下りて中央に行くよう指示した。

「さあ、行こう」マックスは歩きはじめ、動こうとしないカリスをふりかえった。たぶん足がすくんでいるのだろう。「いいかい、カリス。なにも死刑宣告を受けるわけじゃないんだよ」

　ふたりは代表者たちの好奇のまなざしのなか、階段を下りていった。進行役の声が響きわたる――。

「つぎの議題は、若い市民二名による婚姻規則に関するものです」

場内は騒然とし、カリスたちが中央に着くと驚愕の視線が集中した。カリスは腕を差し出し、それをマックスがつかむ。そのようすに、会場はいきなり静まりかえった。マックスが進行役の顔を見ると、彼はうなずいた。

「みなさん、わたしはマックスといいます。こちらはカリス。現在の居住地はヴォイヴォダ13で、EVSAの仕事をしています」少し間をおく。「居住地はヴォイヴォダ6で、やはりEVSAの仕事に就いています」あちこちでささやき声がして、なかには身をのりだす者もいた。「現代の恋愛物語によくあるように、わたしたちはオンラインで知り合いました。以来、いまも交際しています。どちらもまだ二十代ですが、ぜひみなさんに規則を再考していただき、カップル・ローテーション実現のガイドラインを提案していただければ、と思っています」

ふたりの交際期間をたどるキーの音が響き、スクリーンにはオーストラリアで溺れかけたカリスが映しだされた。彼女の横にはとりみだしたマックスの姿――。いかにもドラマのような光景にカリスは顔をしかめ、マックスは詫びるように「訴求効果はあるよ」とささやいた。

カリスもマックスも住んだことのないヴォイヴォダの女性代表が身をのりだして尋ねた。

「誰の名のもとで行動しますか？」

「神でも王でも、国家でもありません」マックスが答え、カリスは彼の手を握った。

「では誰の名のもとで？」

「わたし自身の名のもとに。そして……彼女の名のもとで」

女性代表は薄笑いを浮かべた。「気持ちは持続すると考えているのですね？　どのような試練も乗り越えられると？」両手を合わせ、指先に顎をのせる。「気持ちが冷めるかもしれないでしょう。肝心なのは、そこです。困難なときも支え合えるかどうかなど、誰にもわかりません」

「お言葉を返すようですが」カリスは一歩前に進み出た。「わたしは体験しました。流産で苦しみぬき、それをふたりで乗り越えました」

代表は驚いた顔をしたものの、同情はしなかった。

「子どもをもとうとしたのですか？　このつぎは、出産規則の改定を望んでいるとか？」

「いいえ、それは考えていません。ただ、人びとにとって理想の世界に不可欠なのは、自分の意志で選択できるかどうか、ではないかと思います」

代表はふたたび身をのりだした。「わたしたちが恋愛を禁止しているとでも？　若年で子どもをもった市民を〝追放〟していると？　とんでもありませんよ。誤解をもとに議論してはいけません」腕で会場をぐるりと示す。「ユーロピアの住民は、誰でも自由に恋愛できます。ユーロピアで求められているのは、成熟し安定するまで、ローテーションで個人として独立して生きることです」

カリスはきわめて冷静にいった。

「では、もしいまのわたしたちが成熟していたら？　その条件が整っていれば？」

「職業的に？　それとも精神的に？」

「両方です。わたしと彼は準備が整っています。〝成熟〟とはいったいどういうことですか？」

「全力を尽くすこと、ひたむきにとりくむこと、なにものにも惑わされずにね。それが一個の人間としての成功であり、ひいては、より良き世界を意味します。婚姻規則は思いつきでできあがったものではありません」片肘をつく。「人間関係の失敗例に関する心理学的研究を重ね、その結果、婚姻成功率はあらゆる面で安定、成熟した者のほうがきわめて高いことが明らかになったのです。年齢、仕事のキャリア、ものの見方、考え方。どれもが正否を左右します」

「わたしたちは成熟しています」カリスはくりかえした。

「いろいろな意見があることでしょう。あなたとおなじ状況で、あなたとおなじ意見の人を知っていますか？」

カリスはマックスをふりむき、彼が答えた。

「そういうわけではありません。むしろわたしとおなじ世代で、わたしとはべつの道を歩む者なら大勢知っています。彼らは真のつながりをもとうとさえしません」そこで間をおく。

「生意気なことをいわせていただくと、このホールには若い者がほとんどいない。わたしたち第三世代は、それまでの世代とはずいぶん違います。みなさんはどれくらいご自分と異なる世界の人間と、あるいは二十代の人間と過ごしているのでしょうか。彼らは魂を失いかけているようにすら見えます。彼らはみなさんが、このホールにいるあなたたちが決めたから、愛する人といっしょにいてはいけないと考え、他者との関係はむなしい、実のないものばかり——。その大きな原因は、種々の制約です」

バルコニー席のひとつがせりだした。「そんなことは誰も望んでいない。ヴォイヴォダ全域で意識調査をすべきだろう」

もっと上の席から、「こんな青二才の意見をききいれて、そこまでするのか？」という声がした。

「その若者のいうとおりだよ」左手からべつの声。「わたしはヴォイヴォダ9で目の当たりにした」

「いまに始まったことじゃない！　インターネットの登場以来そうなんだよ！」大きな声がして、ホールに笑いの渦が沸き起こった。

「改定要請は、そのマックスという人が初めてじゃないわ」またべつのヴォイヴォダ代表。

マックスはカリスに鋭い視線を向け、カリスもなかば愕然と彼を見返した。

「わたしたちの務めは——」進行役が口を開いた。「ヴォイヴォダにとっての最大利益を追求することです。社会はイデオロギーよりも、有能な政府を重んじる。現行の一規則が時代に即していないという理由だけで、住民がヴォイヴォダの民主主義のかたちそのものに不満をもつようではいけません。意識調査に着手すべきと考えます」

階段状のバルコニー席一帯が緑に輝き、進行役は首を縦に振った。

「動議可決！」

マックスはほっとしてカリスの手を握った。

最初に発言した女性代表が身をのりだしたまま、再度の発言を求めた。

「このふたりのことは、どうするんですか？　賛同者がいるかどうかを調査するあいだ、彼と彼女は何をするのかしら？」にっこりとほほえむ。

会場はざわついた。

「どっちもEVSAのスタッフだぞ」さっきマックスを〝この青二才〟といった声とおなじだった。

「ぼくらは三千キロ離れたヴォイヴォダで暮らしています」と、マックス。

「答えをはぐらかさないように」進行役が厳しい顔つきでいった。「あなたが規則の改定を求めているのは自分たちのためなのか？　それともより大きな善のため？」

カリスは唇を噛み、マックスが答えた。

「ヴォイヴォダの全住民のためです」しかし心の内を表わすように、声は震えた。

「おそらく――」やさしい笑みを浮かべた女性代表は周囲を見まわした。「ふたりを調査に含めるのがいいでしょう。どのような社会学的調査にも対照群は必要ですから。ヴォイヴォダの外に出てもらったらどうかしら？」

マックスとカリスはうろたえ、顔を見合わせた。

「ぼくらを追い出さないでください」マックスは懇願した。「あくまで規則の改定をお願いしただけで――」そうなのだ。ユーロピアから出たいと思ったことは一度もない。自由がほしいだけなのだ。そして正直なところ、両親の古い考えへの反発もあった。だからといって、ユーロピアから去りたいとは思わない。

「アメリカはどう？」代表のひとりがいい、マックスは青ざめた。

ヴォイヴォダ23の女性代表はためらうことなくいった。

「小惑星帯がわたしたちの発展に――」指摘される前に訂正する。「いえ、ユーロピアどころではない、人類の発展に及ぼす影響については、ずいぶん頭を悩ませてきました。何をすべきか、このホールでも幾度となく、数えきれないほど議論しましたよね」周囲を見まわしながらも、スクリーンに集中する。「小惑星帯に囲まれているために、地球から飛び出して宇宙探査もできず、メッセージを送れるような新しい惑星をさがすこともできません。宇宙ステーションは放置された状態で、月探査ミッションもすべて中止。宇宙について学ぶことがいっさいできなくなりました。思想家たちは、未来はわたしたちの頭上にあるといい、人類の発展はそれにかかっています。なんとか小惑星帯の外に出る方法を考えなくてはいけない、というのは共通した認識でしょう」場内は静まりかえり、代表はマックスとカリスを見すえた。「規則改定の提案者である女性は、最近になってライセンスを取得し、宇宙ミッションに参加できることがわかりました。男性のほうは、専門研究ではないものの、鉱物や小天体について学んでいる。時期的に……ぴったりではないでしょうか」

もっと上の席から不満の声がした。

「異例も異例だ！」

「EVSAに提案してみましょうよ」代表はなだめるようにいった。「EVSAは真剣に検討するはずよ。ミッションを夫婦単位でやらせて、効率性の高いチームになるかどうかの文化人類学的研究をすでに始めているから」

「たしかにそうだが、もっと年齢が上の夫婦だ」

「彼らに機会を与えてはどう？　つまるところ実力主義の社会なのだし、ふたりは最適だわ」

「つまり……」マックスが尋ねた。「宇宙に行けと？」

代表はうなずいた。「小惑星帯を安全確実に抜けるルートをさがすのは緊急課題で、あなたたちならできるでしょう」カリスに目をやり、またマックスを見る。「船上でも、自分たちの研究はつづけられるわ」

「宇宙ですか」マックスはくりかえした。

「ええ、そう。いってみればあなたたちは、無菌のシャーレに入った申し分のない対照群よ」

「シャーレではなく」と、マックス。「死ぬかもしれない真空地帯だ」

「検査実験には最適だろう」進行役がいった。

「しかし、真空では何も育ちません」

「愛は育つわ」代表はぐいっと身をのりだした。「愛は未知を愛する、ではない？　仲間からも、社会の抑圧からも解放され、自分たちのことだけ考えればいいんですから。その年齢でゆるぎない絆ができれば、婚姻規則は確実に再考されるでしょう。ユーロピアはあらゆる人びとに、しあわせになるチャンスをもってもらいたいのですから」

階段席は緑一色になり、その後の議論は実質的にないに等しかった。動議は可決され、円形に並ぶバルコニー席全体にウェーブが起きる。カリスとマックスは訳がわからずただ唖然とし、天井の金色の星を仰ぐことしかできない。ふたりは椅子にすわるか、でなければホールから出ていくよう指示された。

外に出たところで、カリスは興奮ぎみにマックスをふりむいた。

「信じられないわ。わたしたち、宇宙に行くのよ」

カリスがわくわくしはじめたのをマックスは感じた。だが彼のほうには、ぬぐいようのない恐怖しかなかった。

「ああ、どうもそうらしい」

17

十分——

地球から夜空を仰げば、星は輝きちらついて見えるだろう。大気のいくつもの層を曲がりながら、きらきらまたたく。だが宇宙から見れば、星はカリスとマックスの目に、動かない点にしか見えない。ふたりは霞のごとき小石や塵に包まれはじめ、灰色の大きめの岩がゆっくり回転しながら地球に引き寄せられていく。

「惑星の色を自分の目でじかに見られるなんてすばらしいわ」カリスは左方向の金星をながめる。「火星の表面の最初の画像はモノクロで、地球に届いたあとにNASAで色づけされたのよ」

「へえ」

「それに土星は地球から見たら灰色でしょう」

「そうだね」

「マックス……なんだかモノクロ写真みたいにそっけないわね」

彼はそわそわする。「そうかい？　だったらごめん。ここに来るまでのことを考えていたものだから――」そこでふたりとも黙り、なぜこうなったのか、いっしょに船に乗り、いまこの瞬間もいっしょにいることについて考える。

「あのグランド・セントラル・ホールで」マックスが口を開く。「夫婦ならベスト・チームになるとかなんとか話が出たのを覚えているか？」

「そういう調査があるという話でしょ？　結果報告書があるわけじゃないと思うわ」

「ぼくらはそれを証明できるだろうか？」

「ここで心中はしていないし、あなたが推進剤を忘れたせいでこんなことになった、と叫んであなたを殺してもいないわ」

「乗り越えるものが多すぎた恋人は、なかなか気楽になれない、ときみはいったよね」

「そう？」カリスは少し考える。「そういう意味でいったんじゃないわ。いまだって、いくらでもお気楽になれるわよ。なんていうのかしら……絶望的な状況を笑ってしまう〝絞首台のユーモア〟？」

ゆっくりと振れながら、バレエを踊るように落下しつづけるため、マックスは首をよじってうなずく。

「ぼくらには一時期ひび割れが入って、わりと早めに修繕でき、順調に進んだ。といっても、何もかもが苦しかった」

深刻な口調にカリスは驚き、彼の気持ちを楽にしなくてはと思う。

「人間なら苦しむものよ、どんなに完璧な世界でも。石器時代は食べものと身を隠す場所をさがして苦労し、現代になっても数えきれない人が戦争で苦しんだ。でも、わたしたちは？　マインドシェアで間抜けなことをいったとおちこむくらいよ。いまのわたしたちには戦うものなんてひとつもない。それがわたしたちを不幸にするの」

「ぼくらは過ぎ去った時間を戦ってきた」酸素の残量とチップの時間を確認する。「八十分間。戦うと心底疲れる、と断言していい。家に帰りたいよ」マックスはついに口にした。グランド・セントラル・ホールに行ってからこちら、一度も口にしなかったこと。あれからふたりはEVSAで何カ月もの訓練に臨んだ。きついフライト・シミュレーション、低重力での成層圏への飛行、最新気象学の速習、サバイバル訓練——。そんな時間を通り過ぎて、ようやく彼は思いを口にした。

「わたしもよ」カリスは地球を見下ろし、マックスの酸素量を見る。

マックスは彼女の視線をとらえる——「苦しいだろうか？」

「何が？」

「酸素がなくなるとき」

答えはイエスだが、カリスはいわない。「眠りにおちるようで、痛みはないと聞いたわ」

彼女は溺れるときの苦しみを知っている。肺を鼻から引き抜かれるようで、呼吸器系全体が引っ張られる、というか、呼吸器自体が身もだえして外に出たがっているようだった。酸素がほしい、とあれほど思ったことはない。だがいまここで、それをいうわけにはいかない。

「意識が薄れていく感じだと思うわ」

「だったらいいか」

小さな石が、通り過ぎながらふわっと上に浮く。さながら感嘆符のように。カリスは銀色のグローブをはめた手をのばし、その動作でフレックスが起動する。

「あら……」

ふたりのヘルメットのスクリーンにでたらめに文字が並んで、システムが単語を判読できず、疑問符の羅列となる。これは珍事――。マックスは声をあげて笑う。

カリスがフレックスをオフにして、マックスのスクリーンから疑問符は消える。

「あなたに手紙を書いたのよ、離れて暮らすようになってから。だけどあなたには届かなかったわ」

「すまない。うちのウォール・リバーが、長文をうけつけないんだと思う」

「べつにかまわないわ。ペンフレンドができたらいいかも、と思っただけだから」

「いろんな呼び方をされたが、〝ペンフレンド〟は初めてだな」

「学生時代にも？　わたしは遠いヴォイヴォダにひとりいたわ」

マックスの眉間に皺がよる。「ローテーションに慣れるのに時間がかかったのもわかる気がするよ」

「なんだかへんな気分。わたしはあなたやほかの人たちと違う経験をしてきたのかしら。一度もそんなふうに考えたことはなかったけど」

「だからきみはユニークなんだ」

カリスは顔をしかめる。「それはいい意味？」

「ユニークな変人」言葉は短く弱々しく、マックスらしいからかいも冴えがなく、けだるく聞こえる。「このあと地球の家に帰れたらどうする？」

「小惑星帯の危険について講演するわ。あなたは？」

「まじめに答えてくれよ」

「まじめに？　だったら、わたしは地球に帰れないと思ってるわ。残された時間は九分だもの」

「でも、もし……」

カリスはつばをごくっと飲む。「喉がかわいたわ。あなたは？　残っている水パックはあとひとつだけ。そろそろ使ってもいいころじゃない？」

★

気候が違うと人生まで違ったように感じながら、ふたりは砂浜に横たわった。異様なほどの流星活動のせいで一週間は飛行訓練ができず、新船〈ラエルテス〉の居住区の準備にとりかかり、それを終えてこれから、浜辺を北東へ向かうところだ。

「どうして苗字を使わなくしたの？」カリスは目をつむった。陽光がまぶたの上でダンスを踊っているようだ。

「うん？」

「先週の飛行のあと、フライト・マニュアルを見たの」シミュレーション訓練を終えて実物のシャトルに乗り、カリスの操縦で初めてオゾン層の上まで行ったのだ。エンジン音が響いてシャトルは垂直上昇し、ハーネスでシートに押しつけられたマックスは見るからに緊張していた。

「それに気づいたわりに、ぼくの指関節が真っ白なのに気づかないのはなんとも不思議だ」

「あら、両手を握りしめていたのは知ってるわ」

あのときシャトルはみるみる上昇し、緑の畑はあっという間に遠のいて、カリスがシャトルの向きを変えて加速すると、マックスはうめき声をもらした。向かう先は闇、眼下の明かりは消えていく。マックスは、地球の丸みがわかるようになってからひとりごちた。「ぼくたちはいったい何をしたんだ？」カリスは自信をもって堂々とシャトルを成層圏に飛ばし、マックスはやせ我慢で唇を嚙んだ。

「苗字を使わなくなったのは、両親とのあいだに距離ができてからだ」マックスは浜辺でいった。「それにいまじゃもう、マックスだけで十分通じる。〝規則破りのマックス〟でね」

「もっと違うのに変えられるんじゃない？　リストにはシェフとか宇宙飛行士とか加えてもいいし」

「スパイ、でもいいな」おどけた顔をする。「苗字はフォックス。マックス・フォックス」

「xがふたつだから、あまり一般的とはいえないわね」

「言葉遊びが得意だから。でもどうしてそんなことを訊く？」

「ちょっと考えたの……わたしも苗字はフォックスにするわ」

「ほう。最近は誰もそんなことをしなくなったよ」

カリスは浜辺に片肘を立て、頭をのせた。

「わたしたちはしましょうよ」

「カリス・フォックス――なかなかいい響きだ。だがそんなことをしたら反発を招くかもな」

「どうして？ ここは警察国家じゃないわ。わたしたちをユーロピアから追放することもできたのに、しなかったもの」

マックスは海をながめた。「とりあえず免責してくれただけだよ。婚姻規則が正式に改定されるまで、彼らを怒らせないほうがいい」

海水浴の人たちが水をかけあって遊び、砂浜でゆったり寝ている人もいる。カリスたちより年配のカップルが何組か、腕を組んで遊歩道を歩き、ペンギン親子さながら、バギーのなかの子どもをあやしていた。

「わたしたちはヴォイヴォダを出るのよ」と、カリス。「それでずっといっしょにいられるわ。わたしたちの望みはそれでしょう？」

「宇宙で気楽にそう思えるかい？」

「わたしの操縦はひどかった？」

「いいや、お手本のような離陸と着陸だったよ。お世辞じゃなく完璧だった。ただ……きみは怖くないのか？」

「ローテーションと比べたら、なんだって楽よ」唇でやさしくマックスの顔を撫で、離す瞬間にカートンの水を頭からかけた。マックスは悲鳴をあげ、彼女の腕をつかんで引っ張りあげると、近くの浅瀬まで連れて走った。そしてそこに浮く救命具に、彼女を放り込む。海水が波打って、エアバッグははずんで一気にふくらみ、カリスの体を跳ねあげた。

「水から浮揚（フローテーション）するんじゃなく――」カリスはせきこんだ。「ローテーションといったのよ」

「訓練はうまくやったんだから、宇宙でもうまくいくさ」カリスは砂を丸めて彼に投げつけた。「きっと、うまくいく」

★

カリスはあのときのように、薄いまぶたに太陽の強さを感じようと目をつむる。しかしヘルメットのシールドに守られて感じない。

「ガラスじゃないわよね」自分のヘルメットを叩く。「パースペックスだわ」

「何から何までそうだろう、たぶん」

「残りの酸素は?」

彼はチェックし、「約八分」と答える。

「あと少しね」

きみは八分、自分は十二分だと、マックスはいわない。いまいってはだめだ。なんとかして、おなじ数にしなくては。

「そろそろおしまいだな。残りわずかだ」いや、そうはさせない、とマックスは考えている。抜け出す道がかならずあるはず――。

「浜辺でのことを覚えている? 訓練中の? あなたはチップでゲームをやりつづけて、足の裏が日焼けしたでしょ」

「何を?」

「きみにさせるべきだったよ」

カリスが苗字について尋ねたあの日だ。

「きみに名前を変えてもらえばよかった。後悔している」

カリスは宇宙服のなかで首をすくめてみる。

「べつにかまわないわ。だって、あなたはいやだったんでしょ?」

「そういう意味じゃない。ただ……きみはぼくに、まだ心の準備ができていないことをさせようとした」

「わたしが?」信じられないといった顔。「たいていはあなたの主導だったと思うけど」

「自分なりにできるかぎりのことはしたつもりだ。しかし若すぎて、見極めがつかなかった」

カリスは沈黙する。「でもわたしたちは……やったのよ」

「そうだ。そして結果は、うまくいかなかった」はてしなく広大な宇宙に手を振る。「ぼくらはここにいる」カリスの手首をつかみ、彼女の酸素量を見る。

「このまま死ぬなんて信じられない……」カリスの声は小さく静かだ。

「やっぱり、そうしよう」

「何をそうするの？」

「ぼくらはおなじ苗字になる」

カリスは驚く。「本気？」

「本気だ」

「もし救出されたら、わたしたちは地球でフォックスを名乗るのね」

「誰も来やしないよ」声がかすれる。「ぼくらは救出されない。残り時間も少ない。だからここでいますぐおなじ名前をもとう、手遅れにならないうちに」

「マックス……」カリスの目に涙があふれる。「ごめん、我慢できない」恐ろしいまでの静寂のなか、ふたりはともに落ちていく。テザーでつながり、マックスは彼女の手をつかんだまま離さない。「グローブなんかなきゃいいのに」

「きみを抱きしめたい」マックスの笑い皺に絶望が満ちる。手をのばしても、触れることができるのはカリスのバイザー。マックスはグローブのあちこちを引っ張る。

「何をしてるの？」

「きみをじかに感じたい」

「だめよ！　そんなことをしたら死んじゃうわ！」

「どうせ、あと数分なんだ」マックスのほうには九分ある。「一気に行くのもいいんじゃないか？　それも選択肢のひとつだ。死の選択だよ」

「だめ！」しかし間にあわない。マックスは絆創膏をはがすようにグローブを引きちぎり、ふたりは恐怖に身を硬くして、裸の手を見つめる。縮み、丸まり、青色に変わるのを待つ……が、何も起きない。起きたのは、宇宙服の袖口が勝手にふさがったことだけだ。マックスは静かに指をくねらせてみる。

ふたりは驚き、顔を見合わせる。

「知っているつもりになっていただけ、ってことがいっぱいあるのね、きっと」

「これも宇宙の神秘だ」カリスの手にむきだしの指をからめ、彼女はその手を見つづける。

「どんな感じ？　熱い？　冷たい？」

「どちらでもない」ひっくり返して手のひらを見せ、彼女を招き寄せる仕草。「技術の進歩はすばらしい。ぼくは薬をいろいろ飲んだし、〈ラエルテス〉の影に守られて、ここも完全な無重力ではない。まったくね、ぼくはまだ死んでいない」

「でも陽光をまともに浴びれば、かりかりに焼けるわ」

「あと何分間かは平気だよ。さあ、カリス」頼みこむように。「おなじことをしてくれ」

カリスはうなずき、手を包んでいる繊維をつかんで引っ張る。裂けた感触があったものの、破れる音は聞こえてこない。カリスはグローブをポケットに入れ、むきだしの手をマックスに差し出す。ところがマックスはその手を握らず、ゆるんだ糸を小指に結ぶ。

「なんなの？」と、カリス。

「これでぼくらはおなじ苗字で、ひとつの家族だ」

「ずいぶん古風だこと」カリスは笑いながらも胸をつまらせる。

「大袈裟なやり方が好きなもんでね。もっと前にしておけばよかった」裸の手を握りあって、お互いのヘルメットに触れる。「昔なら、ダイヤモンドの指輪をあげるところだ」

「昔の人は、ダイヤモンドにパワーがあると思っていた？」

「きらきら輝く炭素の同素体だと思っていただろう」

「光るものが好きなら、ここ以上にないわ」遠くの星々を指さす。「わたしたちはきれいな星に囲まれている」

「いまぼくらを囲んでいるのはろくでもない小惑星帯だ。火花に凍結水にアンモニアに炭酸ガス。ほら、地球がずいぶん近くなった」勢いを増し、いまにも大気に突入して夜空に燃え上がりそうな小天体を見つめる。

「地上からは流れ星に見えるでしょうね。わたしたちの目には、ただの燃える岩だけど」

「でも、あれは流れ星だよ」マックスは暗闇を指さす。「願いごとでもするかい？」

カリスは無言だ。

「星に願いごとをするのもなかなかだよ」

カリスは黙ったまま、ゆっくりと弧を描く光を見る。

「カリス――」

変わらず見つめたまま、カリスは小さな声で数をかぞえる。「あの大きな岩の下側に行ったわ。どうしてかしら？　そのまま行けば岩にぶつかったはずなのよ」

「地球に引っ張られたからだろう」

「違うと思うわ」ふたりは光に目をやる。「地球の曲率が関係しているのよ」

「重力じゃなく？」

「ええ。見てちょうだい。あれが軌道面に違いないわ」

「どういうことだ？」

「楕円軌道ってこと！」カリスは大声をあげる。「あれは衛星よ！　マックス！　あれはろくでもない人工衛星！」

18

六分——

光はゆっくりとこちらに向かってくる。希望の幻影。

「頭がおかしくなったのかな？　あれは蜃気楼か？」

「なんとかたどりつけないかしら」カリスにエネルギーがもどり、光に近づこうとするように腕で宙をかき、足を蹴りあげる。「そばまで来るといいんだけど」

「幻覚だよ、酸素が少ないせいで」

「軌道は計算できないけど……こっちのほうへ来るみたいじゃない？」

「酸素量が減ると、放出速度が遅くなるよう設計されているんだよ、たぶん。薄い空気を吸ってるんだ」

カリスは腕をのばし、マックスを両手で叩く。「しっかりしてちょうだい」マックスの体は彼女から遠ざかるが、つないだテザーがすぐに引きもどす。「まさしくハプニングだわ。でもこれは現実よ。手遅れにならないうちに何かしなきゃ」

「すでに手遅れだよ。時間が——」

「マックス・フォックス」射るような視線で彼を見る。「これが最後のチャンスよ」

マックスは乾いた喉で息をのみ、カリスの望みどおりにしようと思う。

「よし、わかった」

「わたしたちなら、できる」

「わかった」同じ言葉のくりかえし。

「左手の下に、大きな小惑星があるわ。かなりの大きさだと思わない？」

「きみよりは大きそうだ」カリスににらまれ、いいなおす。「巨大といってもいい」

「ほとんど動いていないわ。幅は百メートルどころじゃないみたい。塵は飛んでいくのに、あれだけはじっとしている。どうしてかしら？」

「こんなときに惑星間ダストの研究でもしたいのか？」

「いいかげんにして、マックス。わたしは物理に詳しくないけど、あれはラグランジュ点にあるんじゃないかと思うの」

「意味不明だ」

「引力と遠心力が釣り合う点は五つあるのよ。それで——いま説明している暇はないわ。あそこがラグランジュ点だと願いましょう。でなきゃわたしたちはずっと落ちつづけて、衛星はこの上を通過していくわ」

「もうじきわかるさ。カウントダウンだ。五、四、三、二——」ふたりは無意識のうちに、舞台に着地するダンサーさながら足を曲げる。そして小惑星とほぼおなじ高さになったところで、この九十分弱で初めて、落下が止まる。

「信じられないな」マックスは驚嘆する。「物理だかなんだかは、つねに正しいってことか」

「地球は平らだと信じていたころはべつにしてね」カリスは地球を見ながら、なかばうわのそらでいい、彼の素手を握る。「衛星は有人かしら？」

マックスは彼女の手を握りかえす。「どうだろう。試してみようよ。フレックスしてみてくれ。二十世紀には、いろんな生物が宇宙に打ち上げられた。さあ、試して。宇宙犬と話せるかもしれない」

「もう宇宙屍よ」カリスは手のメッシュの位置を確認し、フレックスする。

（救援求む。こちら〈ラエルテス〉のカリス・フォックス。緊急支援求む。これが読めますか？）

カリスは待つ。

（くりかえします。こちら〈ラエルテス〉のカリス・フォックス。緊急支援求む。これが読めますか？）

「応答なしだわ」

「あきらめずにやってくれ」

（お願い、助けて！　でなきゃわたしたち、このままここで死んでしまうの！）

カリスの耳に通信復活のピンという音がする。

(こんにちは、カリス。こちらオズリック)

「オズリック!」ヘルメットのスクリーンに青い文字が満ちる。

(衛星のコンピュータから直接通信しています、カリス)

(あなたが恋しくてたまらなかったわ、オズリック。衛星は有人?)

(残念です、カリス。それはわれわれのドローンです)

「ああ、まったく……」カリスはマックスをふりむく。「無人だわ。あれは〈ラエルテス〉のドローンだって」

「人は乗れないのか?　オズリックはあれをこっちに送れないか?」

(オズリック、ドローンをこちらに送ってくれない?)

(六分後に到着します)

「どうした、カリス?　会話が読めないんだが。きみが切ったのか?」

「ドローンは六分後にここに到着するわ」

「六……分?」マックスはたじろぐ。六分——きれいな半熟卵の茹で時間、カップルの平均セックス時間、ニューヨーク・シティを廃墟にさせた時間。

カリスもたじろぐ。「残り時間は?　六分もないわよね?」肩をおとしうつむく。「吸気の酸素濃度は薄まっていくし。もうお手上げだわ」

「いや、まだだ」

「息を止めておく？　どれくらいならできる？　ドローンが来るころには意識をなくして、エアロックを開けるなんてとうてい――」

「ぼくにはそれだけのぶんが残っている」

「え？」カリスは顔をふりあげる。

「ぎりぎりでね。ぼくは残り六分、きみは二分だ。ぼくがいけないんだ、きみの酸素を使ってあんなことさえしなければ――」

「酸素量はあなたの数値だけ見てきたわ。あなたのパックのほうが見やすかったから」目がうつろになる。「わたしのゲージは横についているから……」涙をこらえる。「でも、あなただけでもなんとか助かるわ」

「ばかいうな。酸素を分け合えばいいんだよ。ふたりで割れば四分だ。だから合計二分、息を殺していればいい。それで衛星が到着して、ぼくらは〈ラエルテス〉にもどるってわけだ。きっとうまくいくよ」

「そうかしら……」

「どうってことないさ」マックスは彼女の手を握りしめる。「さあ、やるよ」カリスの背後にまわると大袈裟にパックを叩き、ストラップとケーブルを調整する。「ほら……」自分の宇宙服につながったままの酸素パックをそっとカリスの宇宙服にとりつける。だがカリスはそれに気づかない。ここでは重みを感じないからだ。「すぐ終わるから待ってて」

「なんだか信じがたいけど」カリスは笑みを浮かべながらマックスをふりかえる。ふたりの下では地球が着実に時を刻み、白い雲がアフリカを覆っていく。「でもきっと、うまくいくわね。わたしたちは地球に帰れるわ」

マックスはずっと彼女の後ろにいる。カリスはグローブを脱いだ手を肩の上にあげ、彼はそれを握りしめる——おそらくこれが最後になるだろう。

「いいかい、カリス。酸素が切れたらすぐ、チューブを交換するんだ。いまゆるめておいたから、あとは交換してスクリューで固定するだけでいい。わかったね？　スクリューはしっかりロックさせるんだよ」彼女の手を叩く。「いいかい？」

「あら、どうしてわたしが——」

「きみは息を止めるのが苦手だから。ほら、オーストラリアでそうだっただろ？」マックスの脳裏によみがえるのは、青緑色の水に浮かぶ彼女の姿。血の気は失せ、医者は必死で人工呼吸した。

「きみは息止めができない」

「でも——」

宇宙で息止めが問題になるなど、想像したことすらなかった。だがマックスはあのとき、何があっても彼女を守りぬくと心に誓ったのだ。

「きみには絶対に帰ってもらいたいんだ。いいね、チューブを替えるんだよ」握っていた手を放し、ふたりをつなぐテザーをはずそうとする。

「よしてよ、マックス——」

「うん。だがこれしか方法がない」

「だめよ、お願い――」

「いや、ぼくにできることはこれだけだ」ふたりの体は離れ、マックスは片手をかかげる。カリスの酸素量は危険域に達しつつあり、意識が薄らいでゆく。

「お願いよ……」

マックスは自分のパックを完全にとりはずし、最後にもう一度、しっかりカリスの顔を見る。

「ほらな？　出会ったとき、ぼくはきみを助けただろう？」にやりとする。「今度もそうするから」

マックスは大きく腕を振って自分のチューブを引き抜くと、カリスを近づく衛星に向け、力いっぱい押しやった。カリスは闇のなかへ回転しながら、マックスの唇が動くのを見る――

――「きみを愛している」

「マックス！」

第三部

19

「カリス、聞こえるかな？」

「答えなくてもいいわよ、カリス」女性がやさしくいい、口ごもる。「話さなくてもいいの――」言葉は途切れ、医者とひそひそ話しあう声。「マックスのことは、何も」

壁を見つめる。小さなひび割れ、モクレンの花のような。うつろな目に映るのはそれだけだ、この二十八分間で。

過ぎゆく時間は〝分〟でしか数えられない。

あのひび割れに爪を入れたら。爪で掻いてはがしたら。きっと黒い穴になる。モクレンの星雲。

しゃべらなくていい、とくりかえしいわれ、そのとおりにする。でもきっと、あの人たちの本音は逆だ。人は何かを知りたくてたまらないとき、そんなふうにいうものだから。

あくる日、壁をのぼって黒い穴に入り、数時間ほど消える。モクレンの花から病室をながめると、医者と看護師たちが現われて、ベッドに寝ている彼女を見下ろす。

「いつからこの状態?」

「三時間ほど前に、モルヒネで」

オズリック?

カリスは夜中に目覚め、いつもの朝とおなじように悲鳴をあげる。無重力のなか、痩せた犬の屍が彼女のほうへふらつきながらやってくる。

「ライカ!」

鼓動が速まり、ライトに手をのばす。すると光が骨に当たるなり、犬は消えていなくなる。

「カリス、きょうはそろそろ――」

「髪をとかしなさい、とはいわないで」彼女は頭を枕につけたまま、母の声がするほうを見もしない。どの声も、ここではおなじ。聞こえる声のどれひとつとして、彼のものではない。

「わかってる。でもできない」

横を向き、暗闇でドアに背を向ける。

「せめてシーツは替えましょう。何日もずっと敷きっぱなしだから」カリスは答えない。

「ね、お願いだから」

「これがいいの」ベッドは土の香りがする。しょっぱい香り、人間の——。汗と恐怖のような、心地よいにおい。

母は戸口から離れて部屋のチップをいじり、ウォール・リバーが現われる。海への旅行の写真がつぎつぎと流れていく。

「ほら、こっちのほうがいいでしょ？」

気候が違うと人生まで違ったような——。まぶたに感じる陽光、横で砂浜に寝そべる彼の温もりを思い出す。写真を見もせず、羽毛布団を頭の上まで引きあげる。

「お願いよ、お母さん。きょうはよして」

「しばらくいっしょにいるからね」と、母はいう。「おまえが回復するまでは」

回復？ あれほどのことから回復なんてできるわけがない。だけど無言でうなずくだけだ。

「誰かいっしょにいたほうがいいでしょう」

ベッドから出て陽光のもとに行きたい。連れを拒んでひとりで、ヴォイヴォダ6の小さな町の浜辺に向かい、寄せては引く波をながめる。人のいないところへ行きたい。

非難は悲嘆の最悪の敵。カリスはそれを、肩に置かれた不快な手をふりはらうようにふりはらう。憐れみや同情、思いやりの言葉などはほしくもない。無気力が揺れてさざ波を立てるのは、陰口への怒りがわいたときだけだ。自分に向けられたまなざしに畏怖があるのは感じる。何が起きたのか、いまの気持ちはどうなのかを知りたくてたまらないらしい。だがカリスは乱れた髪で、とりつかれたようにヴォイヴォダの町をひたすら歩く。マックスのフィッシャーマン・セーターを着て、一瞬たりとも立ち止まらず、人と目を合わせることもけっしてなく。無気力はすべてを麻痺させる。だからカリスは泣かずにすんだ。怒りがこみあげることはある。そんなものはほしくもないのに。

夢に現われる犬をさがして、保護犬センターを訪ねる。するとみすぼらしい、魂を抜かれたような小犬がいて、テリアの雑種でオスだったが、カリスは里親になりたいと申し出る。

「すぐには連れて帰れません」と、管理人。「数週間はここに通って、この子と馴れてください。それからわたしたちがお宅を訪問し、子犬に適切な環境かどうか拝見させていただきます」

カリスは無言で犬を見つめる。緑っぽい目の向こうに心のなかが見えないか。

「ファッジと呼んでいただけますか？」管理人の声はやさしい。

「え？」

「この子の名前です。ここではファッジと呼んでいて、もちろんべつの名前にしてもらってもかまいませんが、犬が混乱せずにすむよう、音の響きが似た名前のほうがよいでしょう」

「ライカ……」カリスがそっと撫でると子犬は縮こまり、ぶるぶる震える。「名前はライカにしたいの」

「あなたならかわいがってくれますね、きっと。とてもつらい経験をしてきた子なんです」

「この子もわたしもね」カリスのつぶやきを、管理人は何か聞き間違えたのだと思いこむ。

「ほんとによかった」管理人はスクリーンを閉じ、カリスの顔をまじまじと見る。「あら、もしかして、あなた……。かわいそうに」


毎日ライカに会いにいき、痩せこけた犬に話しかける。傷ついた動物は同類のにおいを感じとるのだろう、最初のうちは警戒していたライカも徐々に馴れはじめ、カリスが自分の小屋に四つん這いで入ってきても、自分の隣に寝転がっても怯えなくなる。そして二週間がすぎるころ、ライカは小屋からよろよろ出てきて彼女に会い、センターの庭でいっしょにのんびり過ごして、気がつけば訪問時間の終了になる。

「そろそろお宅に連れて帰ってもよさそうですね」管理人の言葉にカリスはうなずく。「まるで魂の伴侶みたいですよ」

魂の伴侶……。考えるとカリスの心は折れ、ふたたび無言の人になる。

「社会復帰しないと、カリス。みんなを締め出すことなんてできないのよ」

彼女は籐椅子にすわり、ぼんやり海をながめていた。膝の上には、小さないびきをたてるライカ。人はカリスを放っておいてくれず、何かしゃべらせようとする。

「ライカは締め出していないわ」声はとっくに感情を失い、いまでは引き潮の波ひとつない海のようだった。

「ライカは犬でしょ」母親はべつの切り口で攻めた。「まるで人ごとのように知らんふりはできないのよ」

カリスに気力があれば説明していただろう。あれは人ごと。わたしではなくマックスの身に起きたことなのだ。そしてカリスは、自分自身の人生をただ傍観するだけになった。

「追悼式は明日よ」

海に浮かぶブイをながめる。あんなに静かな海を見たことはない。

「カリス？　追悼式には行きなさいよ」

「行くわ」

「ほんとね？　アリーナ教授から訊かれたのよ」

誰のことだろう、としばし考え、顔をしかめる。マックスのお母さん。明日は彼を愛し、早くに失った人たちと会わなくてはいけない。

「ええ、行くわ」

心の揺れを感じたのか、ライカが起きてカリスの鼻をなめ、カリスはうれしいちょっかいに頬をゆるめる。ライカはまだとても小さいけれど、日に日に肉づきはよくなっている。

明日。二十四時間。千四百四十分。ふたりが最後にいっしょにいた時間の十六倍。

「犬はだめです」案内係の言葉をカリスは無視し、ライカを抱いて通り過ぎる。太りはじめた足が彼女の腕からはみでている。「お客さま、申し訳ありませんがここは——」案内係は、サングラスをとってふりむいたカリスの顔に言葉をのみこみ、弱々しくしめくくる。「どうぞ、二列めにおすわりください」

カリスはうなずき、案内係にじろじろ見られたのには気づかない。彼女は黒い喪服の上に、マックスの古いフィッシャーマン・セーターを着ているのだ。髪は頭の上でひとつのおだんごにしている。ライカがセーターの袖のほころびを噛んでいる。

「カリス——」マックスの父親が通路で彼女を迎える。「来られるとは思っていなかったよ」それだけしかいわず、公式の挨拶で彼女の肩に手をのせるだけ。たとえ職業に対する敬意でしかなくても、カリスはそこにさも意味があったかのような態度をとる。

「ありがとうございます、プラネイ」自分でも何にお礼をいうのかわからないが、対等でいるためにファーストネームで呼ぶ。二列めのベンチにすわってライカを膝に抱き、静かに前を見つめる。家族はこの日のためにありとあらゆる手を尽くしたようで、マックスが知ったらたぶん気に入らないだろう、とカリスは思う。

音楽が流れはじめ（マックスが笑いとばしたジャンルの曲だ）、上品な黒いヴェールで顔を隠した母親とケントが入ってくる。すべてがドラマのようで、カリスはあきれる。悲しみの演出法を駆使したなかに、真の悲しみはほとんど見えない。

ケントがカリスの横の通路で立ち止まる。

「うわっ、かわいい犬だね」

「ありがとう」

「いっしょにすわってもいい？」

「ええ、どうぞ」

母親のアリーナ教授が息子を引っ張る。「さあ、ケントはいちばん前の家族席ですよ」

カリスの体が熱くなる。無視されたことで熱くなる自分にたじろぎ、指に巻かれた糸を見下ろす。家族――。母親がカリスに首をかしげてみせ、カリスは弱々しくうなずくだけだ。

ケントはライカを未練たっぷりにふりかえり、カリスは場所をずらして少年の後ろへ行くと、ライカの前足を彼の背中に当てる。ケントはにっこりし、カリスもほほえみを返しつつ、少年がマックスそっくりなのを考えまいとする。

誰かがベンチの隣にすわり、それがリウだとわかってかたちばかりの笑顔をつくる。そしてしげしげと自分を見つめる彼に、「あなたも来たのね」と一言だけいう。

「こいつはきみの分身？」リウはライカの鼻を撫でる。

「え？」

「犬を飼うのはよくあることだ」けっして嫌味な言い方ではない。

「あら……」何かいわなくては、と思う。「そんなありふれた人間じゃないつもりだったけど」

リウは彼女の手を握りしめ、カリスはそこに彼の悲しみを見る。目と口の周囲には友を失ったむなしさ。

「ごめんなさい」カリスはつぶやく。「ほんとに、ほんとにごめんなさい」

「何が？　きみのせいじゃないよ」

「わたしが彼を助けていれば……」

マックスの父親がちらっとこちらをふりかえり、リウは黙っていろとカリスに合図する。

「想像力のかけらもない家族が近くにいるときは、自分を責めちゃだめだ」カリスにティッシュを渡したけれど、地球にもどって以来、彼女の目が濡れたことはない。

「彼はわたしを救ってくれたの、自分の身を犠牲にして」このとき初めてカリスはマックスを――自分が知っているマックスとおなじマックスを知っている人と話せば気持ちが安らぐことを知る。

「あいつならそうするよ。それくらい、きみだってわかってただろう？」カリスの手にライカの前足を握らせ、カリスはその足を撫でる。「な？」

父親が式の始まりを合図し、カリスたちは黙る。父親はマックスの子ども時代の思い出を語りはじめ、カリスは自分の知らない話に聞き入る。淡々と語るものの、無感情というわけではなく、父親なりに苦しんでいるのをカリスは感じとる。語りがあまりに整然としているために、表には出ていないだけなのだ。

「わたしたちの息子は何事であれ、その仕組みを知らないと気がすみませんでした。どうしてそうなるのかと疑問をもち、理由を手探りで見つけようとした。まだ小さいあの子を海に連れていったとき、なぜ自転車でフェンスに囲まれた場所に入ってはいけないのか、と何度も尋ねるので、詳しく長々と説明したところようやく納得し、補助輪付きの自転車を走らせるのはやめてくれました。場所は北大西洋の船舶検疫区画です」

カリスは幼いマックスを想像してほほえむ。この式で初めて彼を感じた瞬間といっていい。

父親は手のひらでノートを閉じる。

「最後にマックスと会ったときはなごやかとはいかず、とても心残りです」

カリスは耳をそばだてる。

「しかしそれを現実として、わたしたちは生きていかなくてはなりません。あの子はあの子なりの選択をした。マックスはわたしたち家族に、起きた出来事で自分を恨まずに生きつづけてほしいと願っているでしょう」

カリスはがっくりとベンチの背にもたれ、父親はもとの場所に腰をおろす。父と息子がいかに違うかを父親自身が認めたに等しく、自分たちには落ち度も罪悪感もないことを示し、家族の体面をつくろったのだ。カリスは気分が悪くなる。

つぎに名のある教授が立ち上がり、わが子の人生に思いをめぐらせたが、きわめておちつきはらっている。申し分のない内容と話しぶりから、人前でのスピーチに慣れているのがよくわかり、カリスはただそれだけで母親に反感を覚える。

「ヴォイヴォダは大切な住民をひとり失いました。本日、EVSAの方々がマックスのためにわざわざお越しくださったこと、心より感謝いたします」後ろの列にはマックスとカリスの訓練のサポート・スタッフや管理部門の人たちが何人もいる。「マックスは最前線で活躍する才能ある若者でした。ユーロピアを自分の活動の場とし、すばらしい機会に恵まれたのです」カリスはこの女性が息子について――まったくわかっていなかったことがわかった息子について――延々と話しつづけられることに目を見張る。

ケントが母親のそばに行き、〝ぼくのマックス〟のことを話しはじめたが、七つの子どもの記憶はあまりに乏しい。つっかえつっかえ話しては鼻をすすり、いったん言葉を切る。

「マックスはぼくに、女の人が最高の友だちだといいました」

うつむいていた人びとが顔をあげ、驚いたカリスはほほえんで、母親の表情はこわばる。カリスはライカの前足を持ち上げてケントに小さく振ってみせ、ケントは手を振り返す。参列者の視線が、二列めにいる古いセーターの娘に集中する。

「マックスはぼくにいいました、いちばん大切なのは最高の友だちだって」少年はカリスが会ったときより大きくなったみたいだ。「ぼくの最高の友だちはマックスでした」

胸をつかれた人びとのつぶやき声が漏れ、母親は冷たい視線でカリスを射る。

「こりゃ大混乱に陥るな」リウは初めてしっかりカリスを見て気づいたらしい。顔はげっそりし、小さな体がいっそう小さくなっていることに。「食事はちゃんとしているか？」カリスは首をすくめる。「さあ、ここを出て食事をしに行こうぜ」

「追悼式をほったらかして？」

「あいつもそれを望んでいるよ。ここにマックスはいないだろ？」

「ええ」面影は、幼い弟にあるけれど。

「あいつはいない。ここにはマックスのかけらもない」

カリスはなかなかふんぎりをつけられない。

「彼らはうまく仕上げて幕を下ろすよ。おれたちはおれたちで偲ぼう。あいつにはそれがふさわしい」

カリスは少し間をおいてから、ライカを抱いてそっと通路に出ると部屋の後ろの出口に向かう。外に出るとき、後ろのベンチの男性が彼女の注意をひこうと手をあげる。しかしカリスはふりむかない。いまはだめ。これからも。

彼はもういないのだから。

20

リウの魔力のおかげで、犬がいてもローテーション・レストランのテーブルにつくことができ、しかもウェイトレスは水のボウルと食べものまで持ってきてくれ、ライカは喜んでがつがつ食べる。

「こいつにもちゃんと食べさせろよ」リウはやさしくいい、カリスはむっとする。

「自分の犬の面倒くらいみられるわ」

「自分の面倒すらみてないんじゃないか？　きみの腹がへってなくても、犬は腹ぺこかもしれない」

カリスは水をぴちゃぴちゃ飲むライカを見る。きっと飲みたくてたまらなかったのだろう。自責の念があふれかえる。

「ほんとに……わたしはだめね。愛するものを殺すことしかできない」

「はい、おしまい」リウは彼女にメニューを持たせる。

「ライカに我慢ばかりさせてるみたい」

「保護犬だろ？　きみがいてやらなくちゃ」

「わたしには……」メニューを開いても見る気になれない。

「なあ、カリス、食べなくては頭がまともに働かないし、気持ちを整理しようにも向き合うことすらむずかしい。さあ、オーダーしなさい」

カリスは忠告に従い、マックスの古いセーターの袖をまくって手首のチップを出すと、スキャナーに差し出してスパゲティを注文する。

「お嬢さんはガーリックブレッドも食べたほうがいいな」リウはいい返そうとするカリスをさえぎる。「炭水化物は体にいい。これは科学だよ。さて、では——とっておきのエピソードを話してくれ。いかにもマックスらしい秘話をね」

カリスはうろたえる。

「このおれが、女性をしょんぼりしたままにしておくと思ったか？」かぶりを振る。「起きたことは、起きたことだ。彼を偲び、かつ、きみが罪悪感と悲しみで死なないようにしないとな」

「いうだけなら簡単よ……」

「あいつは望んでいない。きみには乗り越えてほしいと思っているはずだ。そしていつか、ぐでんぐでんに酔っぱらってほしいってね」カリスは顔をしかめたものの、そのとおりだとは思う。「さあ、マックスとの楽しい思い出を話してくれ」

「あなたは不満なんだと思っていたわ」

「きみたちふたりのことが？　いや、そんなことはない。なかった、というべきかな。だがおれは強権的な文化から逃げてそう時間がたっていないからね、社会に反抗するのがどんなものかはわかる」

カリスは目をつむる。

「思い出話をしてくれよ」

「よくわからない……」マックスのことを考えようとしても、彼を照らすスポットライトの縁をさまようだけで、その光のなかにまで入っていく勇気がない。「いろんなことがあって……話せることはいくらでもあるような」

「だったらおれが話そう。ただし、縮約版だよ」水をつぎ、ナイフやフォーク、香辛料を並べる。「あいつと知りあったのは、食品に関する質問と回答だった。きみならようすがわかるだろ？　あんな美男子、放っておくのはじつにもったいないと思ったね。それから毎日、おれはあのスーパーマーケットに通ったんだが、あいつにそっちの気はなさそうだから、せめて料理を教えてくれと頼んだんだ。おれはローテーション・レストランのお得意さまなんだけどね」乾杯するようにグラスをかかげる。「うちには台所がないから、マックスは自分の家で教えてやろうといってくれた。それからは毎晩のようにあいつの家に通って、のんびりと、ほとんど話もせずに映画を見たりした」

「それがマックスらしいエピソード？」話が終わって、カリスは首をかしげる。

「そうだよ」リウはグラスを彼女のほうに押す。「これこそマックスだからだ。あいつは自分から、人とのつながりを求めたりしない。ただあるがままなんだよ。そしておれはつながりを求め、あいつは受け止めてくれた」

カリスは自分のときとは真逆だと思う。たしかにマックスは彼女の居場所をさがしたりせず、再会のチャンスがくるまで何もしなかった。でもそれは、ただ我慢していただけのこと。だけどグランド・セントラル・ホールでは……。マックスが、自分で道を選択したのはあれが初めてだった？

「そうね、わたしのときもそうだったわ」カリスは心中とは違う台詞をいう。

「何いってんだ？」リウは鼻で笑い、届いたガーリックブレッドを手で半分にして、片方をカリスに差し出す。「マックスは、きみには違ったよ。きみに対しては本気だった」

カリスはまごつき、「ありがとう」と一言だけ。

「さあ食べて、話して」

カリスはバターたっぷりのパンをかじり、冷遇されていた舌がガーリックの心地よい刺激を感じる。

「話すといっても、何を……」

「ひとつくらいは聞かせてくれよ」

「そう……」ナプキンで口を拭く。「〈ラエルテス〉の船内で、たまに時間をもてあますことがあったの。マックスはグリーンハウスと地質関係を担当したけど、処理でも実験でも、ずっと椅子にすわっていなきゃいけないときもあるのよ。それである日、〈ラエルテス〉の名前の由来が気になったらしくて、コンピュータで調べはじめて――。そうしたら、跳びあがるほど喜んだの。〝ラエルテス〟は『ハムレット』にちなんだ名前だとわかっただけじゃなく、AIの〝オズリック〟もそうだったから。EVSAの内輪の遊びを暴いた気分になったんでしょうね、たいへんな喜びようだったわ。それから『ハムレット』を船内に映しだして、いっしょに読もうとしつこいの。宇宙にふたりだけでいるあいだに、〝自分たちを向上させる〟んだって。ほかにもシェイクスピア由来の名前をさがす気なのかと思ったわ。ふだん本を読まない人なんだもの。その人が偉大な劇作家の作品を読めといいだすなんて、首をひねったわよ。そうしたら、彼は時間さえあればハムレットの台詞を覚えて、寝ているわたしは——」やっとにっこりする。「〝生きるべきか死ぬべきか〟の声で目覚めて、亡霊を見たときの演技を練習する彼を見ながら眠りにつくの。

最後の日、わたしが船をマニュアルで操縦していたら、彼がグリーンハウスからヒナギクを一輪持ってきて、操縦に集中していたわたしの髪に挿したの。ハムレットとオフィーリアの場面を読んでいた彼は、オートパイロットにしていっしょに読もうといって……」カリスの声が震える。「だけどわたしは見たの……見えたと思ったの……」

リウはやさしく彼女の手を握って励ます。

「アラームが鳴ったわ。〈ラエルテス〉の船体が流星物質にひどくやられて、酸素が操縦室から一気に噴き出したの。急いで宇宙服をつかんでエアロックに走ったわ。船外で破損箇所を修理しようと……」

カリスの手を握っていたリウは、反対の手でガーリックブレッドを彼女の皿にのせる。

「いたるところに流星物質があって、破損箇所まで行く前にわたしたちもぶつかって……」

カリスはなんとかつづけようとする。「ハムレットがオフィーリアにどんな台詞をいったのかは知らない。マックスのスペース・インベーダーの絵がついた赤いTシャツは寝起きみたいに皺くちゃで、髪はぼさぼさで、自慢げにハムレットの台詞を――」

「マックスが演劇マニアとは思わなかったが」リウはやさしくいう。「〝宇宙はあなたを変える〟というのはほんとうかもな」

カリスは宇宙の伝説から名前をとったライカを見下ろす。宇宙はあなたを変える――。自分自身をそんなふうに見ることはできない。

「で、これからどうする?」主菜が運ばれてリウが尋ね、カリスは首をすくめる。

「EVSAが面倒をみてくれるでしょう。あんなことがあったから……」

「きみのことだ、うんざりするに決まっている。この先の人生、EVSAにただ飼われているような状態だったらね」

「ローテーションがもうじき終わるの。そうしたら、また新しい土地に行かされるから、そこで何をするか考えればいいと思ってるんだけど」

「カリス、しっかりしなきゃだめだよ」険しい顔つき。「仕事をしないとだめだ」

「でも……」

「きみはとてつもなく、まっしぐらな人間だ。腹立たしいくらいにね。そんなきみにもどらなくちゃだめだ」

「ええ、いずれはね」

「だったら今後、進捗状況のお知らせをしてくれよ」

カリスは目を丸くする。リウに今後も連絡をとりあう気があるとは想像もしていなかったのだ。

「ほんとに？」

「ああ、ほんとだ。手紙を書いてくれたら返信する。ペンフレンドになろうじゃないか。カリス……どうした？　おれは何かいけないことをいったか？　カリス？」

たったひとつの言葉がそうさせたのを、リウは知る由もない。カリスはスパゲティのボウルで顔を覆うようにし、リウはそのボウルを取って、カリスの目からあふれる涙をぬぐう。

カリスが転居する前に、ふたりは何度か会ったが、どれも一見、ライカの散歩の途中だ。そしてローテーション最後の散歩で、リウはカリスを笑わせることにやっと成功する。

「リウもじきに移動でしょ？」

「ああ、ヴォイヴォダ17だ」顔をゆがめる。「故郷には知らせてないけどね。そもそも、知らせる相手はいないから。中国にはもう、親族はひとりもいない」

「それはさびしいわね」ライカに口笛を吹く。小さな茂みの下で、ライカはレモンの実を相手にはしゃぎまくっている。

「きみは？　実家はどこだ？」

「実家というのを家族の居場所だと考えると、ばらばらだわ。両親はヴォイヴォダ14で、兄は旧合衆国、妹は好き勝手にあちこちで暮らしてる。そしてわたしが生まれたのは山のなか。これまでの人生の半分はそこよ」

「ウェールズ出身のゲアリーには故郷があるわけか。なかなか珍しいな。こんなことになって、誰か来たのか？」

「ええ」声が沈む。「母が来てるわ。わたしにごはんを食べさせたり髪をとかしてやるなんて思ってもいなかったでしょうね」

「また赤ちゃんの世話ができる。どんな母親でもうれしいもんだよ。じゃあ心配ないな。顔色もよくなったし。頬のこけたきみはきみじゃない」

「あのセーターを何日も着づめだったの。食べずに痩せ細るのが、自分にはふさわしいと思ったから」

「そんなことはない」

カリスはリウの顔をしげしげと見る。「もしかして……アイラインを引いてる？」

リウは顎をつんと上げる。「かもな」

「わたしのために？」まさかと思いつつ、いくらか心配げ。

「違うよ。きみはすてきな人だが、おれのタイプじゃないから。チベットの夜明けのようにきらめいているときでもね。おれは今夜、出かけるんだが――」髪をなでつける。「いっしょに来るかい？」答えはノーだと決めてかかっている。

「ええ、行くわ」

「は?」

「いっしょに行きたいの」

「おいおい」

「あら、本気で誘ったんじゃないの?」カリスは興奮しはじめたライカの首輪にリードをつける。べつの犬が近くの草むらに来たからで、そちらに行こうとするライカをリードで引きもどし、やさしく頭をなでる。

「いや、本気だよ。いささか驚いただけだ」カリスは無言で、リウはうなずく。「ではいっしょに行こう」

「アイライナーを貸してもらえる?」

「いいよ」

「メークとか、髪を編むのも手伝ってくれる?」

「できればね」

カリスはにっこりする。「うれしいわ。それで、どこへ行くの?」

リウは、ほんのわずかためらう。「〈ドーマー〉だ」

「わかった。出かけて新しい思い出をつくるのはいいことだと思うから。時間は八時くらい?」

「八時?」にやっとする。「退職したお年寄りだな。おれは十一時に行くから、十時くらいにうちに来て準備すればいい。ワインを持ってこいよ」

結局、〈ドーマー〉にいたのはわずか三十分ほど。カリスは自分がとんでもないミスを犯したと実感する。ここには拭いきれないマックスの影があるのだ。リウと初めて話したのはここで、マックスの姿を見かけたのもここだった。〝死なずに生き残った偉大なる宇宙飛行士〟――命が失われたいま、なぜこんな台詞を思い出す？　くだらないおしゃべりの、ほんのひとつを？

ぼろぼろの大きなソファにすわり、あたりをながめる。ドアマンが通したのは騒々しい女の子といやに気どったいかがわしげな男の一団。未成年ながら入店できてハイタッチする子たち。リウのまわりには痛々しいほどおしゃれをした娘たちが群がり、カリスも仲間に入れようと精一杯の気遣いを見せる。カリスのほうも会話に加わろうとしたものの、いかにも暗い雰囲気をたたえていてこの場にそぐわず、ひとりふたりと離れていった。カリスはバーのほうに目を向ける。あそこでカリスは、リウがマックスの登場を告げる声を聞いたのだ――〝この世のものとは思えない最高の男が、きみを月に連れていってくれる……〟。数人がバーのほうへ行き、かつての祭壇のそばで飲みものが出てくるのを待つ。それにしても、とカリスは首をかしげる。ユーロピアはなぜこうも、古いものを古い形のまま残して使いたがるのか。新築ビルに執着するアメリカへの反動で、古いものを尊重するのかもしれない。あるいは廃墟のなかにいながら現代的なガラスのインテリアで活気を呼びもどしつつ、伝統を重んじたいか。美的な部分で難点をいえば、あまりに凝り過ぎなところだろう。

バーにいたグループは笑い声をあげながらソファにもどっていくが、手にした古い木の試験管立てには点眼器がいくつも挿してある。特大のメガネをかけた女の子が、途中でカリスにひとつ差し出し、カリスはちょっとためらってから受けとると、ねばつく液体を目にさしてみる。それからほどなくして、全身にゆきわたったのだろう、グループはげらげらと笑いはじめる。見まわせば、客たちはみな楽しげで、カリスは以前来たときなぜそれに気づかなかったのか不思議に思う。

「きみには酒よりそっちのほうがいいだろう」耳もとでリウが声をあげてカリスの肩を抱き、カリスは抱き返す。

「あれの効果？」

「一時的に神経系を興奮させるんだ」やたらに大きな声。「まったく無害だよ。さあ、踊ろうぜ」カリスの手をとって連れていく。ふたりはよろめき、またよろめき、ガラスの階段を上がってダンスフロアへ。カリスの胸の奥からくすくす笑いが這い上がり、吹き出していく。リウは大声をあげ、みんなの視線が集まったところでフロアに身を投げて、膝でずりずり進んでいく。それに合わせてカラフルなキューブ照明が、ピアノのグリッサンドさながら点いては消え、点いては消える。歓声がわき、リウは両手をかかげてこたえると、膝でくるりと向きを変え、来たルートを逆にたどっていく。仲間たちは大騒ぎでリウのもとへ走り、みんなでダンスを踊りはじめる。カリスもなかば恍惚として体をひねり、ターンして、違う色のキューブを選んでステップする。

さっきとは違う女の子——名前はたしかメイジー？　マーシー？——が点眼器を差し出し、カリスはすなおに天井を仰いで液を垂らしてもらう。まばたきするとマスカラに混ざり、パントマイマーの化粧のように頰に一筋流れる。痩せた体とタイトな黒いドレスのカリスは、暗闇ではさぞかし恐ろしく見えるだろう。

心臓は二度めの点眼でますます高鳴り、カリスはとりつかれたように踊りつづける。両手両足をふりまわすカリスから、笑いながら逃げていく者もいる。「この世のものとは思えない最高の男が、きみを月に連れていってくれる」カリスはくりかえしつぶやきながら、揺れては傷つき涙し踊って、気づけばふらふら、足もとのライトの色もむちゃくちゃになる。あたりを見まわすと、リウはヒスパニック系の美男子とフロアの奥で踊っている。と、そのとき、カリスは目にした顔に心臓が破裂しかけて、床にくずおれる。あの顔、あの顔は……。

「どうしたの？」メイジーだかマーシーだかが身をかがめて尋ねる。

「あの顔を見た？」

「顔？」

「あの男よ」

「どの男？」

「ほら、あそこの——」カリスは指さし、ぶるぶる震える腕をメイジーだかマーシーだかがつかむ。「わたしをじっと見ていたの」

「あなたがすてきだからでしょう」彼女はカリスを立たせ、カリスはその腕をふりはらう。

「違うわ。あれは――」

「あなたはとってもすてき」

「違うのよ。あの男は――」

もうどうでもよさそうに、メイジーだかマーシーだかは背を向けて、大きな眼鏡の娘と踊りはじめる。カリスはよろよろと階段まで行き、心を射ぬくような視線で見つめつづけた男をさがすが――。

彼はどこかへ消えていた。

21

カリスはローテーションでヴォイヴォダ18に移るが、これまでのようなこと――友人や親戚、隣人と抱き合ったり、泣いたり、連絡してね、また会おうねと約束したり――はまったくなく静かだ。淡々と荷造りをして、ジャンプジェットでユーロピアの北部地域に向かう。寒さに備え、ライカには新品の毛皮裏のコートを着せる。

ハイブリッドから降りると、空気は凍るほど冷たく、息をするたび喉と肺につららができそうだ。とにもかくにも、寒さは厳しい。現地語ではどんな表現をするのか知っておかなくては、と思う。指定のアパートは、廃棄工場のなかの白い洞窟だった。床から天井までチップのフレームがいくつもあるが、カリスは何も映さずそのままにする。前のアパートから送った籐椅子が届いて、リビングルームの真ん中、薪ストーブの前に置く。

毎朝ライカを散歩に連れていき、毎晩スクランブルエッグを（ほんの少しグレイビーソースをかけて）食べさせる。満腹になると、ライカはカリスの横、薪ストーブのそばで寝ころがり、細かったお腹はいまではぷっくり、食後はもっとぷっくりする。カリスは自分用の食事はつくらなくなり、ほとんどローテーション・レストランで、それもデリバリーで簡単にすませる。

現地語を勉強せずに転居するのは初体験で、右も左もわからないまま暮らしはじめて、遅ればせながら語学ラボに通いはじめる。そしてスカンジナビアの言語の底流には類似部分があることを知り、気持ちが軽くなる。これなら三言語とも、さらに北ゲルマンのほかの言葉も身につけられるだろう。たしか以前のラボに〝五つの言語が話せれば、地球に暮らす七十八パーセントの人と話せる〟という標語があった。そうしてかなりの時間をラボで過ごし、アパートに次いでここがカリスの安息の地となる。ほかのヴォイヴォダ同様、ここでもスチームミルクなしでは苦すぎる、ごく家庭的なコーヒーが飲める。と、そこで、スチームミルクは社会現象的なコーヒー人気の秘密の鍵ではないか、社会を動かすのに欠かせない燃料なのではないか、と思う。毎日カリスは何枚もコインを使ってスチームミルクをつくってもらう。待っているあいだ、紙カップに段ボールをかぶせるのがどうも気に入らず、蓋つきのカップがあればいいのにとマインドシェアに投稿したら、うれしいことに数カ月後、このヴォイヴォダ全域で蓋つきカップが使われるようになる。

ある日、夕方早めにラボを出ると、通りの向こうにいる男性を見て、足が止まる。あの人はマックスの追悼式で、後ろのベンチから彼女に向かって手をあげた人ではないか。それにあの顔は〈ドーマー〉で、踊っている彼女をじっと見つづけていた顔とおなじような……。あのときは床のまぶしいライトを受けていたが、いま戸外で見ても、知っている顔ではない。カリスは落胆に似たものを覚えたが、その理由は自覚している。心の片隅でぼんやりと期待していたのだ……。いや、もういい、考えるのはよそう。

男性はためらったようすでカリスのほうへ歩いてきて、カリスは身を硬くする。ここに来てまで、過去を知っている人間には会いたくない。男性は考えなおしたのか、ふと立ち止まったが、すぐまた歩きはじめる。長身でほっそりして、風にたわむ木のようだ。男性は彼女の前まで来ると、ヤナギのような外見と違い、ずばり率直に尋ねる。

「失礼します。あなたはカリス・フォックスさん？」

カリスはいわれた苗字に目を見開く。「どうしてあなた――」

「そうですね？」

「その名前で呼ぶ人はいません」カリスは警戒する。「どうしてご存じなのかしら？」

「気を悪くなさったのなら申し訳ありません。いちばん新しいお名前で呼びたかったもので」髪を片側にかきよせる。「わたしはEVSAの職員なんですよ」

「そうでしたか」握手の手を差し出す。「だったらきっと、わたしの命の恩人を知っているわね」

彼はにっこりする。「どうか、その話は――」

「船の安全手順に不満があることも」

「わたしはただ――」カリスがまた口を開きかけたので、あわててつづける。「苗字をつけて呼びたかっただけです」

カリスはちょっと考える。「以前、どこかでお会いしました？」

「いえ、厳密な意味では。コーヒーでもいかがでしょう?」

「ごめんなさい、これから……」首をすくめ、自宅のほうに手を振る。

「わたしの名前はリチャード。リックです。じつは〈ラエルテス〉であなたと……マックスの通信システム担当でした」

カリスはまばたきする。「通信?」

「ええ。通信時のハンドルネームは〝オズリック〟」

「それは――」

「〝こんにちは、カリス。わたしはオズリック〟」

「大丈夫ですか?」不安げに顔をのぞきこみ、カリスの腕をとって支える。「びっくりさせてしまってすみません」

カリスは自分の耳が信じられずに呆然とする。

「オズリック? あのAIの?」

「いささか迷って、先にリックといってしまいました」ほとんど独り言のように。「最初からはっきりいえばよかった」

「ほんとにオズリック?」

「行きましょうか」彼は歩こうとしたが、カリスはその場から動かず、彼は支えていた手を離す。

「いったいどういうこと？」目をすがめて彼を見る。彼のほうは、目に後悔の色。「あなたはコンピュータじゃないわ」

「はい」

「AIじゃない」

彼は左右を見て、「どこかおちつけるところで話しませんか」と提案する。日は見る間に沈んでいき、冷たい風が肌を刺す。暖かい家を目指し、うつむいて足早に通りすぎる人たち。日暮れとともに閑散としはじめる車道。

「語学ラボはどうですか？」

カリスは「そうね」とうなずき、来た道をたどりながらつぶやく。「まだよくわからないんだけど」

「申し訳ありません、カリス」

たしかに、声の調子に聞き覚えがある。

「ほんとにそうみたいね」

ラボに着いて、革張りの古い肘掛け椅子にすわり、コーヒーはいらないと断わる。

「どのヴォイヴォダでも、ラボはコーヒー・ショップみたいね」

「何年も前に当局が、クラウドで仕事をする自由契約者はコーヒー・ショップにいるときがもっともくつろぐ、と決定したからです」カリスはあきれた顔をし、彼はカウンターに行くと、自分のコーヒーと冷たい飲みもの――カリスの好きなドリンクを持ってもどってくる。

「どうして知っているの？」

彼は首をすくめる。「〈ラエルテス〉ではいろんなことがわかりましたからね。あなたの好きなもの、嫌いなもの、アレルギーの有無や好物の食品なども」

カリスの頬が赤らむ。そして、はっとする。

「話も全部聞いていたの？」

「まさか」即座に否定。「そういうものではありません。どうか説明させてください」

カリスは好き嫌いがわかったという彼の言葉に慎重になる。

「最初から話してもらえるかしら？　ともかくショックなの。オズリックはＡＩじゃない、知能は人工ではない、というところから説明してもらえる？」

リックはコーヒーをゆっくりと飲み、両手でマグカップを包みこむ。

「わたしがこんな話をしてもいいものかどうか……。ＥＶＳＡはきわめて秘密主義なので。とはいえ、あなたには会いたかった。あなたはひとりぼっちではない、あなたの経験を理解できる者はいると、じかに伝えたかった。あの悲劇についてはわたしも心から残念で、とても悲しい」

「気持ちはうれしいわ、ありがとう。それで、ＥＶＳＡは秘密主義なの？」

「正直に話しましょうか。でもほんとうに聞きたい？」

「ええ」

「では――」椅子のなかですわりなおす。「あなたにあまり負担をかけたくなかったんですが」これにカリスはため息をつき、リックは急いでつづける。「宇宙競争というのは、ご存じのように、最初にやったものが勝ちです。最初にロケットを飛ばす、月に人間を送る、火星探査機を送る――。最初に成功した国の勝利となる。でしょう？」

カリスはうなずく。

「アメリカ合衆国と中東が核でにらみあっているあいだ、世界のあらゆる国は戦争を無人化する道を模索した。ドローン戦闘機は当たり前になり、つぎはＡＩの進化。人間がドローンで爆弾投下する段階から、人間に代わって機械が爆弾投下を決定する段階へ――。それにより、人間は戦闘行為から完全に解放されます。また同時に、ＡＩの実践的利用を最初に可能にした国は、世界にメッセージを送ることになる」

「核爆弾もね」カリスはゆっくりという。

「はい。核爆弾投下は技術的優位だけでなく、今後それを配備する意志があることも示した。もう後戻りすることはできない」

カリスは身をのりだす。「それでＡＩは……」

「ＥＵがほかの大陸で起きる大激変から身を守ろうと結束したとき、ヨーロッパはけっして攻撃者にはならないという重大な決断をしました」

「ケントの主張ね」ケントというといやでもマックスの弟を思い出すが、カリスはそれを必死でこらえ、同名の平和主義の政治家に意識を集中しようとする。

「はい、そうです」リックの顔がほころぶ。「われわれはアメリカ合衆国に譲歩することも、合衆国と戦うこともしない。分別をもって国境を守りぬくだけだ。というのは、きわめて重大な決断でした」そこでコーヒーをすすり、カリスはとろりとしたアップル・ジュースを飲んで、おいしさにほっとする。

「ここまでわたしを追ってきたの？」カリスはストローをいじりながら尋ねる。

「はい。といっても、陰でこそこそつけまわしたわけではありませんよ。できれば事情を説明し、少しでも助けになりたかった。それにしても、あなたを見つけるのには苦労しました」

「わたしはあちこち外出しないから」

「そうですね。ただ、語学が堪能だから、移転先でもラボに通うだろうと推測しました」

「それは陰でこそこそじゃないの？」

「え、そうですか？　申し訳ありません。論理的な推測のつもりでした」

「ほんとに――」カリスはため息をつく。「あなたはオズリックだわ。AIの話の続きをしてくれる？」

彼はうなずき、再開する。「交戦中の地域は、EUの不可侵の姿勢を寝返りだと誤解した。当時、攻撃は唯一の防御だと信じられていましたからね。彼らはヨーロッパに関心を向け、われわれは行動を起こすしかなくなった。しかしEUの大多数は参戦に断固反対で、各国の意見を調整するのは困難だという認識になり、それなら無害なやり方でテクノロジーの優位性を見せつければいい、となった」

「それが宇宙競争？」

「そうです。当時のミッションにＡＩを導入し、大々的に広報した。地球を周回する飛行士は船のＡＩとフレックスし、ＡＩがシャトルの通信や基本システムを仕切る」

カリスは椅子の背にもたれる。

「でも実際は、そんなふうに見せかけているだけでしかなかった」

「それでも効果はありました。ヨーロッパを狙っていた連中はよそに目を向け、世界大戦の余波でヨーロッパはユーロピアになり、ヴォイヴォダ制が導入された」

「ヴォイヴォダのかなりの部分がオープンソースなのに、どうやって偽装するの？　どうやってあなたはＡＩの振りをしたの？」

「情報は個別に管理され、そう簡単には外に流せません。ユーロピアの安全を守るものは、堅牢な保護下にありますので」

「でもヴォイヴォダ制になってすでに〝ＡＩが存在〟していたのなら、現実のＡＩとどうやってからめていたの？」

「わたしにはなんとも。これ以上はお話しできません」

カリスはしばらく黙って彼を見つめる。「話はこれで終わり？」

「わたしはいっさいの感情を捨てましたから」

「喜怒哀楽なしのオズリックね。びっくり仰天もいいところだわ」彼はほほえんだものの、カリスの表情は硬い。「わたしには、怒りしかないわ」

「わかっています。申し訳ありません」膝の上で両手を組み、ブロンドの髪にはきれいにブラシが入っているものの、ごくわずか、額に垂れている。ジーンズをはいた長い脚。シャツのボタンはきっちり留められて、髭も美しく金色に輝いている。魅力的でないことはない。ただリチャード・〝オズリック〟・リックには、清潔感とか思慮深さとか、そういう表現では足りない何かがあるような気がする。

「だったら」と、カリス。「せめてわたしたちには教えてくれてもよかったんじゃないの？脆弱な環境で、どうして地球の外に行かされたの？」

「ピーアールでしょうか。わたしにはよくわかりません。EVSAとしては、衆人の注目を集める人物を危険にさらしたりできないはずですが、かといって絶対的にないともいえません。わたしの口からはなんとも……」両手をナプキンで拭く。

きれい好きなのは間違いないらしい。「あなたが遠路はるばるここまで来たのは、わたしたちが死にかけているとき、自分は傍観していたと告げるため？」

「わたしなりに――」顔をゆがめる。「あなたたちを救おうとはしました。口先だけではありません」

「ほんとうに？」カリスは記憶をたどる。小惑星帯で圏外に出るときのオズリックの言葉――時間の浪費は避け、質問をしてください。

「わたしにできることがあればなんでもしたでしょう。おふたりを救える方法があれば、いくらでもお伝えしました。しかしあなたは才気にあふれ、可能性がわずかでも試そうとした、たとえ実現不能でも」沈黙が流れ、黒酸素をつくろうとしたときのことを思い出す。「有効な手段がなかったことは残念でなりません」

「ほんとにね」カリスはうつむき、ジュースのなかの小さな果肉をグラスの端に寄せる。

「あなたたちが圏外に出るとき、わたしなりにできることはすべて試みました。実際……」言葉がとぎれ、カリスは顔をあげて彼を見る。

「実際？」

「できることはすべて試みました」

カリスはまたうつむき、部屋の向こうではバリスタが、終業に向けてコーヒーマシンの洗浄にとりかかる。ノズルから湯気が噴き出し、甲高い大きな音と熱いミルクのにおいがたちこめる。

「そろそろ行かなくちゃ」カリスはバッグに手をのばす。「犬が待ってるから」

「わかりました」残念そうに。「追悼式のときのあの犬？」

「保護犬センターからひきとったの。名前はライカ。あなたは……しばらくこのヴォイヴォダにいるの？」

「はい。仕事はどこにいてもできますから」

「あら」カリスは驚く。「部屋にこもるんじゃないの？」

「いいえ、場所は問いません。優先する主船はありますが、常時、複数のミッションの通信業務をこなしています」

「同時に複数の問い合わせがあったらどうするの？」

「サポート・チームにふりわけます。遅れはあっても感知できないほど微小なものです」

「どうしてここまで話してくれるの？」

「あなたには知る権利があるからです」

「わたしはあなたの主船だった？」これに彼はうなずく。「あなた以外の、ほかのオズリックとも話したのかしら？」

「いいえ」にっこりする。「あなたは要求が多いほうではなく、わたしひとりで十分対処できました。マックスのほうはもっと頻繁でしたが、とくに夜は」

「へえ……」

「彼とはたくさん語り合い、わたしは彼を友人のように感じたほどです」

「ぜんぜん知らなかったわ」持ってきた私物をまとめながら。「また会えるかしら？」

「あなた次第です」

「どういう意味？」まとめていた手を止める。

「ユーロピアはわたしに居住地移動を指示しません。書類上、わたしは存在しないので」

「移動もなにも、ずっとEVSAにいるんでしょ？」カリスはやりきれない思いになる。

「わたしなんかとはずいぶん違うわ」

彼はあやまるように首をすくめる。

「わたしがパイロット以外の仕事についていれば――」マックスのことには触れない。ふたりが遠く離れたヴォイヴォダで暮らすことにならなければ、規則の改定を要請さえしなければ……。

「また会ってもらえますか?」と、リック・〝オズリック〟。「ぜひ、あなたに見ていただきたい場所があるので」

カリスは迷いながら出口を見つめる。彼はカリスを知っているようで、知ってはいない。

「カリス」彼の声はやさしい。「新しい友人を利用してはどうでしょう?」

息を吸う。さらに三度。カリスは彼をふりむく。

「ええ、それもいいかも」彼と握手をする。「リチャード。リック。お目にかかれてよかったわ。とんでもなくびっくりしたけど」

「こちらこそ、お話しできてたいへんうれしい、カリス・フォックス」

ふたりいっしょに出口に向かう。彼はカリスのためにドアを開け、ドアはふたりの背後で静かに閉まった。

22

カリスとリックは黒い岩に腰をおろし、氷河にけずりとられたフィヨルドを見下ろしている。ライカはカラスを追っていたが、犬らしく、どうせつかまらないとわかっているからぞんざいで、飼い主からご褒美をもらえるのを期待している程度だろう。

「じゃあ」と、カリス。「〝オズリック〟は『ハムレット』からとったんじゃないのね？」

「イエスでもありノーでもあり」と、リック。「〈ラエルテス〉はさておき、オズリックのほうは〝OSリック〟で、楽しい偶然といったところでしょうか。AIに名前をつけるなら、オペレーティング・システムの略語を利用しない手はない」

カリスは声をあげて笑う。「わたしだったら、そうね、自分の船のAI名はオスカーにするわ」

「いいですね。では船名は、オスカー・ワイルドにちなむとか？」小石をフィヨルドに投げ、ライカが全力で追いかける。そして水ぎわで、おびえたように急停止。「ごめん、ライカ」リックはやさしく声をかける。

「からかわないでちょうだいね」ふたりはこの数週間、毎日のようにこの道をたどっている。

リックがいつＥＶＳＡ事務所に、あるいは中央ヴォイヴォダに帰るのか、カリスは尋ねないことにしている。彼には帰る場所がない、でなければ帰る気がないように見えるのだ。それにカリスは、話し相手ができてうれしい。彼は見るからにきちんとしていて、気配りもきく。初めて会ったときもその印象はあったものの、イデオロギーやヴォイヴォダ制に関しては持論があり、とても熱く語る。といっても、けっして礼儀は忘れない。

「カリス、どうしてもひとつ話したいことがあります」彼女は眉をぴくりとあげただけで何もいわず、リックは言葉を選びながらつづける。「あのような事態になって非常に残念ですが、それを乗り越えて帰還したあなたは、小惑星帯を越えたただひとりのパイロットです」

カリスは沈黙をつづける。

「その点はあなた自身、よくわかっているはずです。状況が違えば誇らしく思えることであり、ヴォイヴォダは、いえ世界じゅうがあなたを称えたでしょう。ところが現実には、危機的状況のなかでいったい何が起きたのか、その後どうなったのかを誰も知らない」

カリスはまだ黙っている。

「そしてあなたはといえば、口をつぐんだままで――。気持ちはわかりますけどね。しかし〈ラエルテス〉が姿を消し、どこでどうしてそうなったのかを知っているのはあなたしかいない。あなたの体験はきわめて重大な、かけがえのない価値をもつものなんですよ。思い出したくないのはわかります。もしわたしに何かできていたら……」

「よしてちょうだい」カリスの声は冷たい。

「はい」

「小惑星帯を越えられるのは、わたししかいないかもね」

「ある意味、そうです」

ふたりは海を見つめる。

「わたしが日誌を再現したり成り行きを思い出したりすると思っているの？」

「ＥＶＳＡの日誌は膨大なパラメータの連続です。あなたが何をしたのか、地球上でそれを知っているのはあなたひとりなんですよ」彼は申し訳なさそうにいい、カリスはため息をつく。「検討してください。わたしにできることはやりますので」


カリスの母親が訪ねてきて、ある日、フィヨルドまで行くカリスとリック、ライカに同行する。三人とも羽毛のジャケットに毛皮のフードで、冷たい風に背を丸める。ともかく寒い日で、入江周辺の岩は雪と氷で灰色だ。母親とリックは旧アメリカ合衆国に関するヴォイヴォダの新法案にからんで口論したが、カリスは沈黙を守る。少しでも口をはさめば、口論は危険な域に流れていくだろう。

「そのご意見には敬意を表しますが、グウェン――」

「あのね、リチャード、敬意の気持ちがない人にかぎって、そういう台詞をいうのよ」

「失礼しました」彼の頰が染まる。

「さあ、反論なさい」母親はずっとこの調子でボス気どりだが、リックは抵抗しない。

「グウェン、戦争で破壊された国々を助けるのはユーロピアと中国、アフリカの責任では？」

「そうでしょうね、もし純粋に援助だけするなら。でも侵攻するよりそっちのほうが体裁がいいなどと考える国は信用できません」

「ユーロピアは援助にもっとも力を入れています。それが人間らしい反応です」小枝を岩場へ放り投げ、ライカが小石を跳ね上げながら元気よく追いかける。「あなたは家族を理想郷の外で育てたがゆえに――」

「そこまでにしてちょうだい、帝国主義者さん。自分たちの価値をあれこれ分析して語るような一派に加わるつもりはありませんから。はい、ご苦労さまでした」

「いいすぎました、すみません」リックはあやまるように片手をあげ、ライカが小枝をくわえてもどってくる。

「わたしの息子はどこで育とうと、いまこのときも難民支援に努めています」

「そうですね。体制からややはずれ、フィヨルドをながめているのはわたしたち三人くらいのものでしょう」

母親は、ふんと鼻を鳴らす。「体制なんていうものは長続きしませんよ、規則の改定がどんどん進めばね」

「規則の改定？」カリスはここで初めて口を開く。「どんな改定？」

母親とリックは顔を見合わせる。

「ごく一部の規則に異議を申し立てているの。でも、あなたが気にするようなことじゃないわよ」

「はい、気にしなくていいですよ」と、リックもいい、カリスの目を見てウインクする。へたくそなウインクに、カリスはついにっこりし、ライカの口から小枝をとって頭を撫でる。

「少しは元気になったみたいね」母はシンクの洗剤液で皿や鍋を洗っている。

「元気になった？」カリスは気のない返事。

「顔色がよくなったわ」母は小皿を二枚、ラックに入れる。「目もしっかりしてきたし」

「しっかりね」

母は手を止め、娘をふりむく。

「一日じゅう、相手の言葉をくりかえすつもり？」

「くりかえす？」

母は苦笑する。「まあ、いいわ」

「そ、いいでしょ？」これはカリスも笑いながらいう。「ごめんなさい。わざとじゃなかったんだけど」

母は椅子に腰をおろし、紅茶のカップを娘の前に置く。

「でもほんとに顔色がよくなって、ほっとしたわよ。いろいろあっても、前向きに生きるしかないの」

「がんばって生きる。死ぬほどがんばって」

「そうよ。で、仕事には復帰するの？」

断定はしたくなかったものの、とりあえずうなずく。

「仕事の話はきてるんだけど」

「リック経由で？　どんな仕事？」

それが問題だった。小惑星帯での希少な経験に基づくプログラム。カリスにはまだ心の準備ができていない。あのことから目をそむけたほうが、早く立ち直れる気がする。

「訓練プログラムをつくるの。マップを作成したり」

母親はうなずく。「またあそこに行くの？」

「あそこって、地球の外？　それはないと思うわ」

「だったらここで――」母親は布巾をテーブルに軽く当て、にっこりする。「少しは貢献しなさい。大切なのはそれよ。人間なら誰でも、おのれの分を尽くさなくてはいけないの」


日に日に寒さは増し、気温は想像を絶するほど低くなっていく。そしてわけても寒い日、午後二時でも空は暗く、リックはライカを連れて岩場を歩き、カリスはその後ろでためらいがちに告げる。

「やろうと思うの、小惑星帯のフライト・シミュレーションの仕事」

リックはくるっとふりかえり、毛の垂れたライカの鼻づらをこすりながらいう。

「やったね」

「ミッションの報告書は手に入るかしら？」

「もちろん。公文書なので」

「そうなの？」カリスは驚く。

「宇宙で大事故があった場合……」ふたりともライカに目をやる。子犬は無益と知りつつ粘板岩をはがそうと引っかいている。「ましてマックスがあんなことになれば、ＥＶＳＡはいやでも公開します」

「そうなの……」

彼はライカを呼びよせ小石を投げて、ライカは全力で追っていく。

「何があなたを決心させたのですか？」

「母からいわれたの、人は誰でも分を尽くして貢献するものだって」遠くの滝をながめる。氷河の海に流れおちる美しい白い帯。「シミュレーションの骨組みはつくるわ。でも細かい行動までは思い出せそうにないから」

「そこはわたしが協力できます」

カリスはむすっとする。

「あまり話したくない？」

カリスは爪先で岩の泥をはじきおとす。「あんまりね」

「わかりました。では、あの滝まで競走！」リックは軽く走りだし、格好の悪い走りっぷりにカリスは笑いながらあとを追う。足もとでは凍った土がぴしぴしと音をたてて割れていった。

「そろそろだわね」再訪した母は、薪ストーブの前で娘と語り合っている。

「もう帰るの？」

「そろそろよ」おなじ言葉のくりかえし。「そろそろ腰をおちつけてもいいころだわ」

カリスは眉をひそめる。「ガイドラインだとまだ先よ」

「そんなものは無視しなさい。わたしはずっとそうしてきたわ。カリスはもう適齢期よ」

「それにはまず出会いがなきゃね」その言葉に母は眉をぴくりとあげる。「あら、何？」

「いいえ、何も」

「こういうところで暮らして、しかも――」

「しかも？」

「知り合いといったって……。無理よ、できないわ」

「マックスのことがあるから？」

たいていの人はその名を避けるのに、いまずばりといわれ、カリスはうろたえる。

「彼のことはいわないで」

「どうして？　あなたの人生で大きな役割を果たした人よ。名前を隠すほうが失礼だわ」

「わたしはまだだめなのよ」

「あなたたちが規則の改定を要請した気持ちはよくわかるの。真剣に愛することを母さんも知っているから。わたしの場合はね、それは子どもたちだった。わたしはあなたを手放すことができなかった」

カリスはこの話をつづけたくなくて黙っている。

「代表団に要望提出する前に、母さんに相談してくれたらよかったのに」

「彼はわたしの知らないうちにやったのよ。だからそんな時間はなかったわ」

「あなたの選択じゃなかったの?」母親には初耳。

〃彼女のいない生活を試したんだが、うまくいかなかった。だからこれからも、ずっといっしょにいることにした〃——カリスは頭のなかから記憶をふりはらう。

「そうともいえないわ。事前にいわれていたら、たぶん……」言葉がつづかない。

「マックスについて話してちょうだい。まだ愛しているでしょう?」

「もちろん」

「もちろんそうよね、彼はあなたの初恋の人だったもの」

「過去形にしないでね」そっと母親の言葉を訂正する。「乗り越えられる気がしないの」

「そんなことないわよ」

カリスはふくれる。「ううん、だめ」

「伴侶をもち、家族をもつことは権利なの。そしていま、愛されることもね」立ち上がり、娘の髪にキスをする。そして部屋を出ていきながら、こういいそえる。「いつまでも過去に縛られていてはだめですよ」

カリスは白紙の状態から始めたが、シミュレーションには四苦八苦する。会話や時の断片を思い出せば、紙で切った傷のように、一見たいしたことがなくてもいつまでも痛い。リックは約束どおり手伝ってくれ、日誌の文字化を行ない、カリスの求めに応じて日付の確認などをする。ただし質問がやたらに多く、カリスはライカを連れて逃げ出したくなる。

「アンナというのは?」彼はしつこく尋ねる。

カリスは首を横に振る——それはだめ。その名は自然に頭に浮かんだもので、カリスの唇は〝ノー〟ではなく驚いた〝オー〟のようになる。きちんと声に出して答える気はない。

「ごめんなさいね。きょうはなんだか頭がぼうっとしてて」

「気にしなくていいですよ。十分しっかりやっている」

「こんなこと、ひとりじゃできないわ」たとえ質問が多くても、リックがいてくれてありがたい。ところが彼は急にそわそわし、カリスのなかに不安が芽生える。「何かあるの?」

「じつは、数カ月ほど本部にもどらなくてはいけなくなって——。EVSAが大きなミッションを始めるので」

「あら……」

「春にはもどってきます」

「わかったわ」

「手伝えなくなって申し訳ない」

「ううん、いいのよ」

「こっちを見て」リックは彼女の顎をそっと上に向け、その指の感触にカリスは動揺する。

「わたしは去らなくてはいけない。だが、去りたくはない」

「どうして？」

「なぜなら、ライカがさびしがるにちがいないから」きまりが悪そうに顎から手を離す。

「あの子なら平気よ。おやつでごまかしておくわ。それより母のほうが心配」

「あなたは？　シミュレーションはつづけられる？　毎日、散歩にいける？」カリスはひとつうなずく。「夜明けが来たら教えてくれる？」

「ええ」

「ユキノハナを送ったら、水をやってもらえる？」

カリスはほほえむ。「わたしの黒く汚れた手でよければね」

「自分がここにもどってくるころには緑色になっている、と確信しますよ。春はわたしたちみんなにとって新たな出発の時になる」

カリスのなかに罪悪感が満ちる。それが外にあふれ出れば、ヴォイヴォダ18の冷たい水はもっと何倍にも冷たくなるだろう。

カリスはEVSAの記録を見ながら、小惑星帯の構造の記述をつづける。ありがたいことにリックは個人的なものを除外してくれ、残っているのは〈ラエルテス〉のログからとられた座標だけだ。シミュレーションのコードを作成し、パイロット向けに最良のアドバイスを考える。

母親はちょくちょく訪ねてきてはスパゲティをつくり、いっしょに食べて、ローテーション・レストランの世話にはならずにすむ。

ライカはずいぶん大きくなって、余りもののスパゲティくらいなら、いつだってぺろりと平らげる。

「しょっちゅう来てくれるのはうれしいけど」と、カリス。「ほんとは家にいたほうがいいんじゃないの？」

床にすわってギターのネックを拭いていた母親は少し答えを考える。横には張り替え用の新しい弦。

「あんなことがあって、あなたをひとりにしないほうがいいと思ったから」

「お父さんは？」

「ぜんぜん問題ないわ。わたしがここに来てもマインドシェアで話せるから」

「だったらいいけど」少しの間。「あれからもう、まる一年たったわ」

「だから何？　あなたはいまもひとりでしょ。これからもたびたび顔を見に来ますよ。そのうちリックがもどってくれば――」

「お母さん、リックはもどってこないと思うわ」

「そんなことありませんよ。あなたにユキノハナを託していったんだもの。かならずもどってきますって」

「でも、グウェン……わたしはそう思わないの」

「名前で呼ばないでちょうだいね」できるだけ短く、かつ棘のない表現を考えながら、ギターを脇に置く。「ねえ、カリス、帰ってきてちょうだいとあなたが頼めば、リックは喜んでそうするんじゃない？」

「そんなこといえないわ。それに彼は……」声がとぎれる。「言葉に釣られるような人じゃないもの」

「そうね、あの人は駆け引きをするタイプではないし、純粋で誠実だわ。あなたも彼の思いに応えているようだし」

カリスはうろたえる。「それは違うわ」

「どうして？」

「どうしてといわれても……」先をつづけられない。「ともかくそうなの。ほかにいいようがないわ。わたしの気持ちはそういうのじゃないの」

どうしたらまた、そういう気持ちになれるのだろう？　いまのカリスにはとうてい無理なこととはいえ、母親の言葉をじっくり考えてみる。リックのほうはどうなのか、彼の気持ちを知りたい、と思ったところで、そんな自分をたまらなく嫌悪する。いいかげんにしなさい。

そういう世界にはもう足を踏み入れないと決めたはずではないか。

膝にライカを抱き、フライト・シミュレーションにとりかかる。でもまだ気分はのりきれず、ウォール・リバーを起動して、ためらいつつ手をあげる――リックに連絡してみよう。

（救援求む。こちら〈ラエルテス〉のカリス・フォックス。緊急支援求む。これが読めますか？）

（カリス、たいへん干渉が多いうえ、あなたは圏外に出つつあります）

記憶がよみがえり、心はちぎれ、瓦礫となる。喉に苦いものがこみあげたそのとき、壁にリックの顔が現われる。拡大された顔ににじむのは、不安と気遣い。

「何かありましたか、カリス？」

「わたしが連絡したの？」現実にもどれず、しどろもどろになる。「フレックスしようとは思ったのだけど……」

「いつ？」

「たったいま」リックの背後にはデスクと椅子と青いコンピュータ画面がずらずら並ぶが、人影はない。カリスはほっと息を吐いて、自分をおちつかせる。「ご機嫌うかがいしようかと思って」

「そうですか……」リックは椅子の背にもたれる。「では、こんにちは、カリス！」

「いま話せるの？」

「大丈夫。ここはゴーストタウンなので」

「元気そうね」とりあえず、つなぎの言葉をいってみる。実際のリックは顔色が悪く髪も乱れて、寝たとしてもデスクが枕代わりだったのだろう。

「ほんとにそう見える？」と、リック。

「何事も礼儀が大切、と教わったから」

リックはにっこりする。「あなたはとても元気そうだ。ライカはどうかな？」

カリスが膝上にライカを抱きあげると、ライカはひっくり返って、カメラに向かいお腹を丸出しにする。

「やあ、坊主、元気だったか？」と、リック。「ずいぶん大きくなったな」

「ええ、大きくなったわよ。それにシミュレーションも、ずいぶんはかどったわ」

「それはそれは……」

「なんとかやっつけたわよ」

リックは満面の笑みを浮かべ、カリスはじわっと温かい気持ちになる。

「カリスはユーロピアの救世主です」

「それをいうなら、あなたとわたしのふたりがね。でももしよかったら、あと少し手伝ってもらいたいのだけど」

「カリスのためならいつでも、何でも」

リックは彼女がどんな経験をしたか、どんな思いでいるかを理解している。リック自身にもマックスを失った悲しみがあり、カリスの記憶やマックスとの思い出に足を踏み入れることはけっしてしない。彼は理解している。ある意味、カリスの喪失感はリックの喪失感でもある。マックスを不可侵な存在とするのは彼への敬意であり、それゆえに、EVSAのAI規範を破ってまで、衛星をふたりのもとへ送るよう再プログラムしたことをカリスにはいわずにいる。そのコード変更を当局には隠すしかなかったこと、AIプログラムの目のとどかないところで仕事をするしかない理由も彼女にはいわない。

そして心のどこかで、リックは非難と中傷を恐れてもいる。なぜ彼はひとりだけ救い、もうひとりを救おうとしなかったのか——。

リックはカリスが傷つくようなことをいっさいいわなかったが、母親は話すことが親の務めだと感じ、深いため息をついて床にすわったまま娘を手招きする。いま母親はボードに紙やすりをかけているが、日曜大工は時間がかかり、この冬、娘のアパートを訪ねては働きづめだ。

カリスはすなおに母親の横にすわると、サンドペーパーを取って自分もみがきはじめる。母娘の後ろには天井まである大きなガラス窓があるが、ほかの壁三面にはウォール・リバーの映像も何もない。

「話したいことがあるの、マックスのことで」

あのときの声がよみがえる。頭の上のどこかで、女性がそっとささやく——話さなくてもいいの、マックスのことは、何も。

「カリス」母の心配げなまなざしに、カリスはふっと現実にもどる。

「先に進みなさいっていう話？　いいそうなことはわかってるわ。でもそんな気になれなかったらどうしようもないでしょ？」

「蝶々のように飛ばなくたって、おちつくことならできるでしょう。それに少しくらいなら飛べるかもしれない。せめて不安な思いを抱かずにね。彼はいまどこにいるかとか、自分はどんなふうに見えるかとか」

「つまりこんなものでいい、と妥協するわけ？」

「折り合いをつけるのよ」母は苦笑する。「誰でもそうなの。夢物語に出てくるような人なんていないんだから。人間関係は折り合っておちつくの。どういうところで折り合うかは、その人なりよ」

「たいして愛してもいない人とおちつけっていうの？」

「そうじゃなくて、初恋は初恋、おなじ情熱はそうそう何度も経験できないといいたいだけ。そのために、せっかく味わえるしあわせを棒に振ってはだめよ」

——ほらな？　出会ったとき、ぼくはきみを助けただろう？　今度もそうするから。

カリスはサンドペーパーを投げ捨て、立ち上がる。

「お母さん、もういいわ。リックのことをいいたいのはわかったから」

「じっくり考えてみなさい。せめて、考える気持ちだけでももってちょうだい。彼はとてもいい人よ。べつに恥ずかしいことでもなんでもないわ、仲のいい友人を愛したところで」

「打ち明けなきゃいけないことがあるの」カリスは椅子の後ろから、霜におおわれた植木鉢を持ちあげる。

「おや、どうしたのかな？」ウォール・リバーの向こうでリックは顔をしかめ、身をのりだす。「それは氷？」

「わたしがいけないの。ごめんなさい」

ユキノハナを見るリックの顔がほころぶ。

「その花は、冬は凍らないよう、硬い葉で凍結を防ぐ」

「枯れてはいないの？」ためらいがちに。

「そう、ぜんぜん。外見は霜だらけでもちゃんと生きている」

「わたしのせいで死んだわけじゃないのね？」

「そのうち凍った土をものともせずに、元気に花を咲かせるでしょう」

「人間もそうかしら」カリスのつぶやきはリックには聞こえない。「ところで、そちらの仕事はそろそろ終わりそう？」

リックは少し間をおく。「もうじきね」

「そうなの？」

「もしよければ、来週にでもそちらに行きます」リックの言葉にいつものカリスなら軽くい返すところだが、心にやましさがあるせいで、無言でひとつうなずくだけだ。

「彼がもどってくるわ」カリスは母に伝え、冷たい植木鉢を抱いて泣き出す。

「カリス……」母は植木鉢を取って娘の隣にすわり、ライカは走ってくるとカリスの膝に飛び乗ってしょっぱい涙を舐める。「うれしい涙？　それとも……」

「わからない。自分の気持ちがわからないの。自分がほかの人の心に残したものを死後の生という、とマックスはいっていたわ。でもそれが悲しみだけだったら？」

「そんなことはないわ」母は娘の髪をやさしく撫でる。

「わたしには何もない。残せるものも、ひとつもないわ」

母親は言葉を選びながらいう。「この一年、どうやって話せばいいか考えてきたのだけど……あなたはマックスをもっと前向きに見つめたほうがいいわ。いっしょにいられない人のことで自分の心を壊してはだめよ」

涙はおさまってきて、カリスは首を横に振る。

「初恋が悲しい結果で終われば――」と、母。「誇りと自信と、人を信じて愛する気持ちは、過去に愛し愛された人の影にとらわれつづけるでしょう。初めて心から愛した人のことは忘れられないものよ。体のなかにしみこんでいるものだから。でもね、前向きにとらえることができれば、それを糧にして、人生の新しい章をもっとすばらしいものにできるわ」カリスは黙りこんだままで、母はつづける。「初恋というのは胸が張り裂けるものなのよ、カリス。

それで何もかもが変わってつぎの恋に進むの」

「そのとおりよ、お母さん。わたしの胸は張り裂けてるの」ふたたび涙があふれる。前に進むかあともどりするか、分かれ道に来ているのは感じるけれど、いまはまだ動けない。あの瞬間に、自分は凍りついてしまったのだ。宇宙でのあの瞬間から——。

23

六分――

光はゆっくりとこちらに向かってくる。希望の幻影。火花に凍結水にアンモニアに炭酸ガスに囲まれて、衛星が小惑星帯のなかを近づいてくる。地球の楕円軌道に沿うように。

「頭がおかしくなったのかな？　あれは蜃気楼か？」マックスとカリスは軌道面の流星物質だと思っていたものを見つめる。「幻覚だよ、酸素が少ないせいで」

「しっかりしてちょうだい」カリスの声は緊張している。「まさしくハプニングだわ。でもこれは現実よ。手遅れにならないうちに何かしなきゃ」

「すでに手遅れだよ。時間が――」

「マックス・フォックス」射るような視線でマックスを見すえる。「これが最後のチャンスよ」

マックスは乾いた喉で息をのむ。

「よし、わかった」

「わたしたちなら、できる」

「わかった」同じ言葉のくりかえし。

「左手の下に、大きな小惑星があるわ。あそこがラグランジュ点よ」

「意味不明だ」

カリスは深刻な面持ちで、彼だけをじっと見つめる。「あの小惑星は、月と地球の引力と遠心力が釣り合う場所にあるのよ。あと五秒もすれば、わたしたちもあそこに行くわ。そうしたらもう落下せずにすむの」

「もうじきわかるさ。カウントダウンだ。五、四、三、二――」ふたりは無意識のうちに、舞台に着地するダンサーさながら足を曲げる。そして小惑星とほぼおなじ高さになったところで、この九十分弱で初めて、落下が止まる。

「信じられないな」マックスは驚嘆する。「物理だかなんだかは、つねに正しいってことか」

「地球は平らだと信じていたころはべつにしてね」カリスは地球を見ながら、なかばうわのそらでいい、マックスの素手を握る。「衛星にフレックスしてみるわ」

マックスは彼女の手を見下ろす。「いいね。有人かもしれない」

「それはないわ」

「きみはいきなり自信家になって、断言するな」

「これは最後のチャンスよ。なんでもやってみなきゃ」手のメッシュの位置を確認し、フレックスする。

（救援求む。こちら〈ラエルテス〉のカリス・フォックス。緊急支援求む。これが読めますか？）

応答を待つ。

（くりかえします。こちら〈ラエルテス〉のカリス・フォックス。緊急支援求む。これが読めますか？）

応答なし。

（お願い、助けて。でなきゃわたしたち、このままここで死んでしまうの！）

カリスの耳に通信復活のピンという音がする。

（こんにちは、カリス。こちらオズリック）

「よかった……」耳に聞こえるほど大きな安堵のため息。ヘルメットのスクリーンに青い文字が満ちる。

（衛星のコンピュータから直接通信しています、カリス）

（ありがとう、オズリック。衛星は完全に機能している？）

（はい、カリス）

（こちらに送ることはできない？）

（では……六分後に到着させます）

（ありがとう）

「カリス、どうした？」

「オズリックが衛星を六分後にここに到着させてくれるわ」

「六……分？」マックスはたじろぎ、カリスはうなずく。「残り時間は六分もない。きみとぼくでは酸素量が違うんだ。すまない、カリス、ぼくがいけないんだ、きみの酸素を使ってあんなことさえしなければ――」

「かまわないわ」

「え？」カリスの顔をまじまじと見る。

「だから、いいの」

「ぼくの酸素のほうがきみより多いんだ」

「わかってるわよ。でも心配しなくていいわ。あなたの酸素は……」

「残り六分。きみは二分だ」いまにも泣き出しそうに。「ぼくのせいだ、すまない」

「あと二分なら、あなたはわたしの体を引っぱっていくしかないわね。そしてエアロックをあけて、意識のないわたしを放りこむの。それからわたしを蘇生させる」

マックスは悩む。「かなりのリスクだ」

「時間は限られているけど、切れても一分前後は余裕があるはずだわ」現実にはそんな余裕はありえない。

「だが意識を失って……」あのときプールで溺死しかけたカリスの姿は、思い出すのさえ恐ろしい。「きみは息止めができない」

「あれからたっぷり訓練しましたよ」口の端をゆがめてにこっとし、マックスの腕に手をのせる。指には彼が巻いたみすぼらしい糸。「信じてちょうだい」マックスを自分の背後に行かせてはならない。自分の酸素パックをいじらせてはいけない――。そこでカリスは彼に、テザーの最終確認をさせる。

どうしてそんなふうに思ったか、自分のなすべきことを確信したかは、よくわからない。ただ自分を助けるために、マックスが命を投じることだけは防がなくてはいけない。彼のいない人生なんてありえないのだ。悲しみをこらえ、いつかは乗り越えられると信じるだけの人生。こんなかたちで愛する人を失えば、もとの自分にもどることなどできない。誰かを心から愛することはないだろう。彼に見つめられ、その目の輝きに自分も輝き、いきいきとする。そんな自信と喜びを、彼なしで感じることはできない。

カリスはマックスを見つめ、思わず両手をまわして抱きしめようとする。ところがマックスは彼女の手を止める。

「いいかい、カリス、なんとかなるから」カリスの手を握りしめる。宇宙で息止めが問題になるなど、想像したことすらなかった。だがマックスはあのとき、何があっても彼女を守りぬくと心に誓ったのだ。

マックスはカリスの背後にまわりかけ、彼女は「わたしがやるわ」と彼を止める。そして彼の酸素パックを確認して、ストラップとケーブルを調整する。「ほらね」

「ぼくもきみのパックを――」

「わたしは何もかも自分で確認ずみよ。あなたは意識のないわたしをどうやって運ぶかだけ考えて」

マックスはおちつかなげにテザーをいじる。

「ほんとにうまくいくと思うか？　ぼくは不安だが……」

「ええ、そう思うわ」

「うまくいく、ということか？　それともぼくが不安がるのは当然だと？」

カリスはマックスの顔を正面から見る。ふたりの下では地球が着実に時を刻み、白い雲がアフリカを覆っていく。

「問題ないわ。わたしたちが生き残るにはこれしかないの」

「どういうことだ？」マックスが尋ねたとき、カリスはすでにその場を移動してケーブルをチェックし、楕円軌道でこちらに近づく衛星をながめている。

カリスの左耳に、宇宙服から甲高い警告音が届いたが、カリスは無視する。

「さあ、そろそろよ」衛星のライトが明るさを増していく。

「いいぞ、準備オーケイだ」マックスは腹をくくる。

「わたしの時間がそろそろなの。じき酸素が底をつくわ」

マックスの顔が激しくゆがむ。「間違いないのか？」

「ええ」スクリーンの中央で赤い警告ランプが点滅し、カリスはフレックスでそれを消す。

「やることはわかってるでしょ？　衛星が来たら、ともかくしがみつくの」マックスはうなずく。「緊急ハッチの位置は知ってる？」

「だいたいはね」

「なかに入ったらすぐ、わたしに酸素をつないでちょうだい」

マックスはいささか悩む。「もし衛星に酸素がなかったら？」

「かならずあるわ」意識がぼんやりし、リサイクル酸素の濁りを感じる。

「よし、わかった」

「う、うん」頭がふらつき、安定しない。頭上には、闇夜にちりばめたLEDのような星々。

「カリス？」

「衛星に集中しなさい」

「はい、ボス」これにカリスが「はい、よろしい」とつぶやくのを聞いて、マックスはほほえむ。

彼は両手をこすりあわせる。素手は宇宙の冷たさに凍え、銀色のグローブの手は温かい。これをやりぬかなくてはいけない。うまくやらなければいけない。ふたりがともに生き残るために。

衛星が近づいて、彼はハッチをさがし、確認できてぐっと息をのむ。

「どうしたの？」なんとか聞きとれる声。

「苦しいよ」

「自分の酸素もちゃんと確認してね」声は小さく、言葉に時間がかかる。

「ああ」頭はやるべきことでいっぱいで、曖昧に答える。

「あれが着くころには、あなたの宇宙服で警告音が鳴るわ」

「ああ」マックスはもう一度、素手とグローブをこすりあわせる。何のためにそうしているのかをカリスは承知し、させてはならないと思う。いまはそのときではない。生還できさえすれば、マックスはつぎの人生を歩める。信念と意志で回復できる。カリスがゆがめてしまう前の、もとの暮らしにもどることができる。

だめ。彼にさせるわけにはいかない。

頭がぐらつき、意識が薄れるなか、カリスはなんとか手を動かし、素手の指先に感覚があるのにほっとする。宇宙服の腿のポケットに手を入れ、あるはずのものがあるのを確かめる。

カリスはそれをつかみ、力をかきあつめて話しかける。

「マックス」息が苦しい。自分をふりむいた彼になんとか告げる。「わたしを助けるためによけいなことはしないで」

「え？」

「お願い」

マックスは動こうとし――。

「充実した人生を送ってね……わたしのために」

カリスは最後の力をふりしぼり、足でマックスを蹴って遠ざけると、つかんだものをポケットから引き抜いてテザーにふりおろす。マックスはふらふらと衛星のほうへ流れ、カリスは衛星から遠のいていく。手にはテザーを切断する、ＥＶＳＡ支給の小さなナイフ。ふたりは揺れながらますます離れ、カリスの手からナイフが落ちる。

「カリス！」マックスは野獣のごとき叫びをあげ、そばまで来た衛星に片腕を、反対の腕を闇の空間へのばす。だがそこに、カリスはもういない。

24

マックスはソファの上で震えながら目覚め、まぶしいライトに目をしばたたく。ソファのアームにのせていた首が痛み、ウォール・リバーの音量を下げる。無限ループで流れつづけるニュースは、頭のなかに浸みこんでいる。見た夢はいつもとおなじ。いつもとおなじ何もない無の夢。空気はなく、音もなく……彼女もいない。気持ちをきりかえ、ニュースの音量をあげる。

オープンメディアのいつもの顔ぶれ、場所はヴォイヴォダのあちこちの公共施設、民間のビル、ローテーション・レストランに語学ラボ、そしてどこかのリビングルーム。専門家が呼ばれ、トップ・ニュースに関して考えこみ、解説し、反論する。マックスは、他者の悲しみを感じれば自分の悲しみを忘れられそうな気がしてニュースに見入る。

「ユーロピアは本日、旧合衆国への援助を三倍に増やしました。南部の生存者がもっとも危機的状況にあり、地域の反乱組織が援助隊を襲撃するため、水や食糧など必要物資を届けるのが困難で……」

マックスはTシャツの背中に油を感じ、テイクアウト食品の潰れた箱を腰の下から引きぬいて床に投げつける――くそったれ。キャスターは専門家に質問し、その顔はいかにも睡眠不足に見える。マックスはただ漫然と聞く。

「ユーロピアが新規チームに資源調達するのは困難でしょうね。湿原のかなり奥地に派遣され、生活できる環境とはいいがたく、生存者は絶望的な状況にあります。反乱組織に襲撃され、それはけっして単なる示威行動ではありません。よほど大募集をかけるか、でなければ徴兵制にするか。そんな旧合衆国の状況に加え、頭上では小惑星帯が――」

マックスは小惑星帯と聞いてニュースを消す。あんなものは思い出したくもない。わずかに残る外の世界への関心は、自分の苦しみとはべつの苦境、自分がつくったものではない難局であり、世界が動いて情報が氾濫するのを見ていれば、そこに自分の居場所はないことを実感する。過去にしたこと、これからすることは何であれ、この世界にとっては無意味でしかないのだとわかる。

地球にもどったときは虚脱状態で、EVSAの報告を聞くときも、〝服喪の休暇〟を与えるといわれたときもそうだった。ところが、EVSAが弁解がましく、出発の際には彼もカリスも健康と安全の権利放棄書にサインした、よってユーロピアに法的責任はいっさいない、とその証書を広げたとき、虚脱は怒りに変貌した。

服喪の休暇――。マックスの母親なら、懲戒免職、と表現するところだろう。すぐローテーションに、通常の生活に復帰できない息子など、両親には不肖の子でしかない。

マックスがそんなことを考えていると、キッチンに通じる戸口に父親が現われて、ポットを持つ手をかかげる。

「コーヒーでも飲むか？」

「そうだね」

「ソファをきちんとしてから、こっちに来なさい。それから母さんに見つかる前に、油で汚れた箱を絨緞から片づけておきなさい」

マックスはベッドならぬソファを整える。むっとしながら。時刻はまだ朝の八時だ。ティクアウトの箱を拾いあげ、いらいらと考える。両親は喧々諤々の末に自分を引き取ったのだ、いやそれより何より、結局自分はここに来てしまったのだ――。この先どうなるかは見当もつかない。マックスを迎え入れる者など、マックス自身もふくめて、ひとりだにいないだろう。ただしＥＶＳＡの医者にいわせれば、心的外傷後ストレス障害(PTSD)は当然で、仕方がないとのこと。

「きょうは何をする？」父親はキッチンに入ってきた息子に目をやり、Ｔシャツの油じみを見ながら尋ねる。

「スーパーマーケットで仕事をするつもりでいたけど――」マックスは飲んだコーヒーの熱さに顔をしかめる。熱いものは苦手だが、幾晩もの恐怖のあとで、カフェインは否応にも体に刺激を与えてくれる。眠っている最中でさえ、息は苦しい。カリスの手が遠くへ、暗闇のなかへ消えていくのが見える。酸素はなく、彼女もいない。

「きょうはケントに会いに、病院に行こうと思う」

父親は渋い顔をする。「母さんは気に入らないだろう」

「ケントに会うだけだよ」

「ふむ」

マックスはマグカップをシンクに投げ、けたたましい音が狭いキッチンに響きわたる。

「母さんには、ぼくを許す気がないんだね？」

「そうではない」父親は薄くなった髪を撫でる。「時間が必要なだけだ」

「ぼくが手にしたのは時間だけだ」酸素量の数値が残り九十分からゼロに着々と減少する光景を、まばたきしてふりはらう。

マックスはがむしゃらに自転車をこいで仕事に向かう。ペダルを地面に叩きつけるように踏んだところで、ペダルは地面に触れもせず回転する。鼓動が速まり、胸が焼けるように熱くなる。しかし痛みは心地よく、ペダルで地面を叩けなくても、自分の体を叩きのめすことはできるだろう。充実した人生を送ってね、わたしのために。と、カリスはいった。だがカリスがいない世界で、どうやればそんなことができる？　彼女は何を思ってあんなことを？　いちばん大切なことを彼女は見逃していた――。

マックスは低地の廃墟で煉瓦の壁を蹴りつけ、黄色と白の粉が地面に舞い落ちる。

「過去を冒瀆するな」男がマックスの隣に自転車を止めて、ロックしながら注意する。

マックスはあやまるように両手をあげ、「べつにかまわないだろ」と小声でつぶやく。

スーパーマーケットはサーバーが管理して、棚の商品はつねに補充される。しかしマックスは数少ない奇特な客にレジで愛想をふりまくよりは、黙々とやれる棚作業を好んだ。このヴォイヴォダ2の店はあの店とは違うものの、思い出して傷つくことに変わりはない。

スーパーの店員から料理人になり、また店員になる。彼はエプロンをつけ、商品倉庫へ。

インゲンの缶詰でいっぱいのカートを押して、棚の商品整理にとりかかる。左手でひとつ、右手でひとつ。また左手で、つぎに右手で——。そのうちリズムが生まれ、今度はカートをパイナップル缶でいっぱいにしてデザートの棚に行く。そしてまた左、右。左、右——。

三巡めに入り、カートに積んだ缶のラベルに目がとまる。しばらく見つめ、ひとつ手に取りじっくりと読む。そしてあっさりごみ箱へ放り投げ、その缶詰を箱ごとまるまる投げ捨てる。耳をつんざくほどのすさまじい音。

「どうしてそんなことを?」

ふりかえると声の主は店員のリンディで、色あせた赤と緑のストライプのエプロンをつけている。

「販売期限が過ぎてるんだよ」

「あらそう」リンディはただうなずくだけで、ここの商品の大半は期限切れだとはいわない。缶詰とはそんなものなのだ。

マックスは床にしゃがんでこぼれた缶詰を拾いあげ、ふりかえるとまだリンディは自分を見ている。

「紅茶でもいかが?」リンディは戸口に立ったまま尋ねる。

「いいね、飲もうか」マックスは立ち上がると彼女についてキッチンへ行く。キッチンには煉瓦のはがれた壁の骨組みをうまく使ったカウンターがあり、リンディはやかんを置いて壁にもたれかかる。桃色煉瓦の粉が彼女の足もとにこぼれたが、マックスは何もいわない。

「それで」と、リンディ。

「何？」

「調子はいかが？」

「いいよ」

リンディは明るいまなざしで彼をじっと見る。

「言葉数が少ないタイプ？」

「そうでもない」

「そのほうがいいことも多いわ」指先で煉瓦をとんとん叩き、マックスがカウンターに目をやるのに気づく。「あんまりやかんを見つめすぎると――」

「なんだい？」

「けっして沸騰しない、という諺があるわ。あせってはだめ、ということよ」

「そうだな」

リンディは湯気のたつ水っぽい紅茶を欠けたふたつのカップに注ぎ、欠けが少ないほうをマックスに差し出す。

マックスは受けとりながら、せめて努力はしなければと思う。

「きみはここで働いて長いのか?」

「越してきてからずっとこの店。わたしはドロー2なのよ」年じゅう疲れているかのように、軽い調子で話すのがつらそうだ。「あなたのお父さんがわたしを店長にしたの。でもあなたが帰ってきたから」

「すまない」

「べつにどうってことないわ」彼女の言葉にマックスは、もう何もいわないことにする。

「じゃあ仕事をしましょうか」

マックスはうなずく。「紅茶をありがとう」

「いつでもどうぞ」かがんで足の埃を払う。「まったくもう」

マックスは棚の整理をし、リズムがもどる。左、右、左、右——。さっき捨てた缶詰とおなじものがたくさんあるのに気づき、カートに入れた手を急いで引き抜く。だがしっかり見ていなかったから、親指が傷のある缶をこすって赤い血が手に垂れる。血の筋は手首へ、腕へと流れていき、苦痛とともに痼瘤が起き、マックスはその缶を力いっぱい放り投げる。ガチョウ脂が入口の窓に飛び散って、床へしたたり落ちていく。

「ふざけるな! こんなもの、思い出したくも——」

「マクシミリアン」小柄な女性が彼の胸に手を当てる。

「プリヤおばさん……」

「お父さんから、ここに来れば会えると聞いたの」床にしゃがんでいる甥を抱きしめる。マックスが動こうとしても彼女は放さず、ささやきかける。「ただの缶詰よ」

「いや、あれは――」

「彼女じゃないわ。ただの缶詰」

「そうだね」マックスは叔母の髪を撫でる。「きっとそうだ」

「ね、マックス」叔母は彼を抱いた腕をのばし、しげしげと見る。「少しお話ししましょう」

「でも掃除しないと」窓に手を振りかけて、リンディがモップで床を拭いているのに気づく。

彼女はマックスにうなずき、彼はありがとうとうなずき返す。

「どうしても話したいの。あなたにいわなくちゃいけないこと、それもとっくに話しておかなきゃいけなかったことがあるの」マックスの手をとり、指から手首に血の跡があるのに気づくと洗う仕草をし、ふたりはキッチンに向かう。叔母は水道の蛇口をひねり、壁にもたれる。

「煉瓦の粉がつくから気をつけて」マックスにもようやく気遣いがもどり、流れる水に手を当てて血をぬぐう。「元気でやってた？」

叔母は手を振り、「いつもとおなじよ」と答える。

「ぼくもだ」

「あなたにかぎって、おなじということはないでしょう」叔母はやさしく反論する。

「まあ、そうともいえるけどね」

叔母は彼にすわりなさいと腕を振り、マックスは脚立に、叔母は折りたたみ椅子に腰をおろす。

「最後に会ったとき、話しておきたかったのだけど」

「ん？」マックスは血の止まらない手が気になる。

「規則改定の要望をお父さんたちに話しに来たとき、帰りぎわ、窓から写真を見せたでしょう？　覚えている？」

「うん、覚えているよ」あのとき隣にカリスがいたことは思い出さないようにする。腕に感じる彼女の息、自分の目をふさいだ彼女の冷たい手の感触も。

「あれは三十年前の写真なの。男性はフランチェスコ、わたしの初恋の人よ」顔がほころぶ。

「あなたたちとおなじように、ずっといっしょにいたいと思ったわ」マックスは驚いたものの、口ははさまない。「彼と出会ったのはね、あなたのお父さんとわたしが、あなたのおじいちゃんを手伝ってユーロピアの各ヴォイヴォダにレストランをつくっているときだったの。当時の食品界はとても未熟で、あなたのお父さんはレストランとテイクアウトを一括管理すれば、地元住民はいっしょに食事を楽しめ、ローテーションで新しい土地に行っても食事の場を社交の場にできると考えたの。

フランチェスコは新鮮な食材を提供する一種の農家で、くだものや野菜を朝の六時から八時のあいだに届けて、わたしは走って彼に会いにいったわ」昔を懐かしむように。「彼のハイブリッドに、かならずいちばん最初に着くようにしたの。そのうち、彼は午後の仕事が終わるともどってくるようになって、ふたりでたくさんおしゃべりして……」マックスはにやにやする。「いっておきますけど、現代のあなたたちより、はるかに慎み深かったわよ。ええ、そうね、あなたは違うわね、いまは……。

フランチェスコとわたしは手をつないで散歩をして、いろんな計画を立てたわ。わたしにはヴォイヴォダ10にレストランをつくる仕事があって、彼はわたしといっしょに行くと決心してくれたの。どうしても、離れて暮らすことができなかったから。規則どおりの夫婦になるまで、そんな年齢になるまで待てなかったの」

「それで？」マックスは身をのりだす。

「想像がつかない？」そっと小さく。「わたしはまだ二十歳だった。父も兄も激怒したわ。名のある遺伝科学者だった母は、ひどく落胆して……。みんな婚姻規則を守れというの。大喧嘩になって、ずいぶんいいあったわ。あなたならわかるでしょう？」

「ぼくとカリスは、歴史をくりかえしたようなものか」

「そうね。でもわたしたちは規則改定を要請するほど大胆ではなかったわ。そこまでの勇気はなかった」

「つまり、愚かではなかった」

「いいえ、勇気よ。でもね、ひとついっておきたいことがあるの。それはあなたの世代の人たちが誤解していること――」ぐらつく椅子から立ち上がり、マックスに近づいて手を握ろうとする。「〝不法〟な関係を捜査する秘密警察などは存在しませんよ。規則違反で報告されることも、追放されることもないの。でもね、ユーロピアについてこれだけは断言できるわ――理想郷のガイドラインに従って暮らせなければ、ここでは暮らしていけないの。わかってくれるかしら？」

「いや、よくわからない」

「フランチェスコはそれが耐えられなかったの。自分の望まない生き方を押しつけられるのが我慢できずに、結局ヴォイヴォダを去っていったわ。追放されたわけではなくて、自分の意志で出ていったの」

マックスはこめかみをさする。「規則を破ったところで、なにも自分から選んでヴォイヴォダを出ていかなくてもいいと思うが……。で、叔母さんは？」

彼女は首をすくめる。「だから秘密警察も、追放もないの。あなたも罰せられることはないわ。理想郷の規則に従って暮らせない人は、ここは理想郷なんかじゃないとわかるの。そしてほかのかたちをさがしに行くのよ」

マックスの脚立が揺れる。「ぼくは、規則は福音だと思っていた」

「あなたの両親はそれが望みでしょう。みんなそう思って暮らしているの。でも個人で独立するということは、自分にとって何が正しいかを知ることでもあるわ」

「両親にはずっとそういいつづけてきたよ」

「あなたは自分の意志でユーロピアに暮らさなくてはいけないの。ユーロピアがあなたを追い出すことはないわ」

「まったく……。どうしてこんな話をぼくに？」

「あなたは規則改定を求めるほど勇敢だった。大義のため、と信じたわ。うまくいくと思ったけれど、まさか……」言葉がつづかない。

「いいや」さびしげに。「どうなるかは誰にもわからなかった」地球の外に行き、酸素が九十分でなくなるとは。

叔母の声もさびしげになる。

マックスは叔母の肩に手をのせる。「いまフランチェスコがどこにいるのか知らないの」

「そうね。いまも、昔も。でも彼には、あなたのような勇気がなかった。体制に立ち向かおうとはせずに、ただ幻滅して去っていったの」「不公平だよ、ぼくらにとっては」

「彼女といっしょにいるときは、いつもびくびくしていた。あと十年、それをつづけることはできないと思った。つかまって追放されるのが恐ろしかった」

「だから決心するほかなかったのね」

マックスは折りたたみ椅子を蹴り倒し、叔母は甥っ子が短気を起こすのを静かに、哀れむような悲しみの目で見つめる。

「彼女の追悼式には行ったの？」

「うん」

「かわいそうに……。愛する人を失った気持ちは、言葉ではいい表わせないわね」

マックスは口もとをひきしめ、うなずく。

「かけがえのない人の追悼式はつらかったでしょう」

「彼女の家族はそういわずに、〝人生の祝福〟と呼んでいた」

「まあ、そうなの」

「うん」初めてほほえみを見せたものの、顔はゆがんでいる。たしかに追悼式はつらかった。身が引き裂かれ、胸が張り裂け、心がどんなに潰れても、心臓は止まらずに動いている。止まってしまえ、といくら願ったところで無駄だとでもいいたげに。生きていくしかないのだと。

「ありがとう」マックスは叔母を抱きしめ、叔母は彼の背中を叩く。

「話さなくてはと思ったの。気持ちを正直に語れるときがなくてはだめよ」

「そうだね」深いため息。

「努めてそうなさい。でなければ、心がぼろぼろになるだけよ。あの人たちは傷口を広げ、そこに彼女の名前が刻まれるわ」

「いまがまさにそのとおりでね」マックスはいやいや認め、叔母はほほえむ。

「あの人たちにはけっして理解できないわ」

「たぶんね。でも叔母さんはわかってくれるから」背の低い叔母の頭にキスをして、叔母はよしなさいと腕を振る。

「誰かに話そうと思ったことはないの？」

マックスは首をすくめる。「セラピーを受けろといわれてね。部屋の隅にすわって、ウォール・リバーのオートメーション・システム相手に話すんだ。あれなら誰だって正気にかえるさ」

「PTSDは深刻だから、自分の力でなんとかしようと少しでも思ってちょうだい」

マックスは血の固まった手で髪を払う。

「じっとすわっているだけじゃどうしようもない気はするんだけどね」

「そのとおりよ。あなたは心が強いことを自分の力で確かめるの」マックスの瘦せた体を指さす。「そして体も強くしなきゃ。ひとつのことだけに執着しないようにね」

「ぼくはもう、二度と地球の外には行かない。執着するとしたら、たぶんそれだ」

「たぶんね。だけど両親の家のソファで一生過ごすことはできないわよ。それは彼女も望んでいないでしょう」

マックスは無言だったが、叔母のいいたいことはわかる。

「これからどうするの?」期待をこめて、甥の青い瞳を見つめる。

「まだわからない」叔母といっしょに店内にもどりながら、「ただ――」と、あたりを見まわす。「ここにぼくの未来があるとは思わない」

25

　マックスは病院の純白の建物に入ると、病棟や病室は以前とおなじでも、壁面にある患者の名前は変わっていることに気づく。医者の技量を求める患者は尽きず、病気の人間を求める医者は尽きないということだろう。ずいぶんひねくれた見方かもしれないが、母親の姿を見ていると、いやでもそう思う。怒りが神経を逆なでして会話は刺々しくなり、休戦どころか溝は深まるだけでしかない。

　ケントの病室に直行しようと最上階まで行く。と、通路で母親に出くわして、その顔には前回とおなじ拒絶の色がにじみでている。

「また来たの」わずか一言。

「ケントに会いたくてね」

「あら、まるで人が変わったみたい。以前は心配ひとつしなかったのに」

　こんなものだ、とマックスは思う。嚙みつきたいときは、それがほんとうだろうがなんだろうがどうでもいい。

「ともかくぼくは、来たんだから」

母親がケントの病室ドアの横からクリップボードを取ると、壁面のウォール・リバーのテディベアがうれしそうにこちらに向かってくる。

「あなたはあの子のために来たことなどなかったわ」

「ケントじゃなく、母さんのために、かな？」マックスはふと思う。自分が小惑星帯に向かったとき、母親はどんな思いをしただろうか。自分の痛みを知ってほしくて、両親の痛みなど考えようともしなかった。ふたりにそんなものはない、と決めつけていた。

「ケントのためですよ」そっけなく。「今回の件で、あの子には何の罪もありません」

「わかってるよ」怒りをこらえきれそうになく、目をつむる。「小惑星帯でどんなことが起きたのか、一度も尋ねてくれないよな？」

「あなたは出かけた。そして失敗した。語りあう必要などないでしょう」

「彼女は死んだんだよ。ぼくを助けるために死んだんだ。それを忘れないでほしい」

「あなたが悲しむ気持ちはわかるわ。だからといって、違法行為を正当化することはできません」

「ぼくらは違法なことはしていない。規則の改定を要請しただけだ。それに代表団はちゃんと耳を傾けてくれた」母さんとは違って、とまではいわない。

「ええ」母親は狭い廊下で息子に顔をつきつけ、息子は母親の息にコーヒーのにおいをかぐ。

「あなたは気づいていますか。帰還してから状況が少し変わってきたのを？」

「状況？」

「規則の改定、再考、論争」

「改定？」

「やはり気づいていなかったのね」冷淡に。

「どういうこと？」

「典型的ですね」あとずさり、ケントの病室のほうを向く。「理想郷の規則に盾突くだけ盾突いて、その後どうなろうと無関心」

「それは――」

「最悪といってよいでしょう。規則に盾突くのはもちろん、そのせいでほかの人たちの身に何が起きるかなど考えようともしない」

「そんな……」表情が曇る。

「ほんとにね、子どもを好き勝手に遊ばせると、ろくなことになりません」

母親が怒るのを承知のうえで、眉ひとつ動かさず冷静にいう。

「ぼくは子どもではない」

教授はクリップボードを叩きつけ、ボードは激しい音をたてて床に落ちる。

「あなたが子どものような振る舞いをするから、子どもとして扱うしかないんです」テディベアがドアの周囲を走りまわり、母親はいらいらとそれをかき消す。「なぜわたしの言葉に耳を貸さないのですか？　あなたを助けようとしているのに。あなたは何ひとつ学ぶ気がないようです」

マックスは無言だが、腕の筋肉がひくつく。

「わたしたちがあなたに対して厳しいのはわかっています。でもヴォイヴォダ制は、人びとのために人びとの手でつくられたものです。まだ間に合います、自分でしでかしたことの埋め合わせをなさい」

マックスはその言葉の意味をしばらく考える。

「初めて会ったとき、父さんはカリスを気に入ったよ」

母はとまどう。「だから？」

「母さんもそうだった、ぼくが彼女を愛しているのを知るまでは」

「何をいいたいのかわかりません」

マックスはため息をつく。「母さんは、ぼくが母さんの思いどおりにしているあいだは満足だった」

「ちゃんと話を聞いていますか？　あなたは埋め合わせをしなくてはいけません。自分のしたことは間違っていた、これからは正しく生きると、人びとに示すのです」

そこでマックスは思い出す。充実した人生を送ってね、わたしのために、とカリスはいった。母の言葉は否応にもカリスの言葉と重なり、混じり、頭が割れそうで耐えきれず、マックスはわめき声をあげる。

母は呆気にとられ、息子を見つめるだけだ。

マックスは必死で気持ちをこらえ、怒りを追い払い、むなしさだけが残る。

「教えてほしい、ぼくはどうしたらいいのか」

「わたしの助言がほしいのね？」

「ああ、ほんとうに」

「ほんとうに？」

マックスは目をつむる。

「なんですって？」

「お手上げだよ」

母は疑わしげな目で確認する。

「どうすれば埋め合わせられるか教えてくれ」

「まず人びとを助けること。自分自身より先にね」

マックスに反論の言葉は浮かばない。波風を立てずに収めたいと思いはじめて、口調もやわらかくなる。

「母さんが想像するよりずっと、ぼくは前向きだよ」

「みんなそう願っているわ」

「証明してみせるから」

「ほっとしたわ。ようやくね」

「でも母さんたちの力を貸してもらわなきゃいけないかもしれない」戦う気は完全に失せている。

「ええ」母はうなずく。「必要なことがあればいくらでも手を貸します」

「助かるよ。それでとりあえず、ケントに会ってもいいかな」

母はしぶしぶドアをあけるも、その場に立って息子ふたりのようすを観察する。ケントはベッドで頭をもたげ、うつろな目が一瞬にして輝く。

「マックス！」満面に笑みをたたえて。

「おいおい、また歯が減ったか？」

「子どもの歯が全部なくなったんだよ」さも自慢げにいうケントは大きなベッドでとても小さく見え、マックスの胸がつまる。どうか節目をすべて乗り越え、病を克服し、充実した長い人生を送ってほしい。カリスにはそれができなかったが——。

彼女はもういない。いままたパンチをくらったようで、うずきがよみがえる。人間の頭はなぜこうなのだ、とうらめしく思う。ほんの一瞬忘れることができても、呼びもどされたときにはきのうのことのように新しい。カリスはもういない。それをほんのひとときでも忘れることができるだろうか……。

「ぼくの部屋で寝ているの？」ケントの問いに、マックスはかぶりを振る。

「横どりはしないよ。ケントはちょくちょく帰ってくるだろ？ぼくのベッドはソファだ」ケントはびっくりして目をぱちくりさせ、マックスは少年の髪をくしゃくしゃにする。「それにあまり長いあいだ家にはいないと思うしね」

「あの女の人も？」

胸がつかえる。「まあね。彼女はパイロットだったのを覚えているかい？」

「シャトルを飛ばすんだよね」

「そう。彼女がぼくに宇宙機関の仕事をくれたんだ」

ケントはうなずく。「お父さんから聞いたよ」

思いがけないことで、マックスはちらっと母親を見てからケントに目をもどす。

「彼女はぼくも宇宙飛行士になれると思ったんだが……」

「かっこいい！」

「残念ながらなれないんだよ、彼女は勘違いしていてね。ぼくは料理人なんだ」なぜこんな小さな子にこんな打ち明け話をするのか。マックスは心のなかで首をかしげ、答えを見つける。そう、ほかに話す相手がいないのだ。「料理人だから、料理はうまいぞ。ものを食べないといけない人たちはたくさんいるしね」

「ここみたいに？　この病院の人とか？」

「そう、ここもだね」また母親をちらっと見る。「でも海の向こうにもたくさんいる。何も食べるものがない人たちや軍人さんとか。そして大勢の人が小惑星帯を怖がっている」

ケントは眠い目をこする。「マックスはどっかに行くの？」

「うん、そうなんだ。だけど毎日連絡するからね」手首を差し出してケントのチップと同期させ、小さな手を握る。「毎日メッセージを送るよ。ケントはぼくの最高の友だちだからな」

少年は寝たまま、マックスの肩に頭をもたせかける。

「だったらあの女の人は、二番めに最高の友だち？」

「ケントはぼくの最高の友だちだ」マックスはくりかえす。「そしていつだって、彼女もそうだ」

マックスはその足で求人センターに行き、職を求める。女性担当官のさまざまな質問に答え、身体検査を受けたところ、肺活量が平均を大きく上回るといわれてひるむ。もっと前に知っていたら……。マックスは頭を横に振り、病歴に関する担当官の質問に答える。

「目の疾患、筋骨格の障害、感染症は？」

「ありません」

「精神疾患は？」

ごくわずか、間があく。「ありません」

「いいでしょう。健康状態は良好ですし、問題はないですね」

「ありがとうございます」

担当官は彼の書類を脇に寄せ、スクリーンにボランティアと求人の長いリストを映し出し、そのどれにもチェック欄がある。

「以前の雇い主から推薦状か何かありますか？」

「EVSAの訓練は受けましたが、それよりヴォイヴォダ2南部の病院にいるアリーナ教授に訊いたほうが早くすむでしょう。必要なことはなんでも話してくれると思います」

「わかりました。順調であれば、あすには訓練センターに行ってもらうことになります」

自分は何を思ってここに来たのか、マックス自身よくわかっていない。何かを提供したい、誰かを喜ばせたいと思ったのか。カリスの最後の言葉に自分は従うと決めた。ともかくそう決めたのだから——。

「マックス?」名前を呼ばれて現実に引きもどされる。飾りけのない地味なホールの硬いベンチの上で、見ていたチップの写真をあわてて消す。「準備室に行って、必要な装備を支給してもらってください」

「ありがとう」

「とんでもない、こちらこそ感謝です。現在、あなたのようにボランティアで援助隊に参加してくれる人がひとりでも多く必要なんです、とくに紛争地域では」

「問題ありません」何かやるべき時。生きるべき時——。

26

「きょうの献立はどんな？　何か珍しい料理は？」

マックスは順番にかきまぜていた八つの大きなバットから目をあげる。ひしゃくがないから、まにあわせの道具で代用するしかなく、これもひとつの実力試験なのだと思う。

ヴォイヴォダ９での訓練は六週間つづき、それもマックスが経験したことのない体力トレーニングの連続だった。援助隊には料理人として参加したのだが、これでは宇宙飛行士訓練と変わりない。目的地が地球の外だろうと地上だろうと、万全の体調で臨むわけだ。あえて比較をするなら、ＥＶＳＡの訓練などたいしたことはない。ここでは腕立て伏せやバーピーはもちろん、毎日二、五、十キロのランニングを、しかもスタートからゴールまで声をあげながらやらされる。ＥＶＳＡではマシンを使った有酸素運動にかたちだけでも慣れはしたものの、マックス自身は無心でできる昔ながらの野外運動のほうがいい。いま目の前の一瞬一瞬に集中する感覚はとても心地よかった。みんなはそれを〝ゼン〟と呼び、彼はゼンを感じる。いわば大量のエンドルフィン。

マックスは相手の反応を承知のうえで答える。

「シチューだよ」

「またか？」

「すばらしい栄養たっぷりのシチュー。あなたのために特別に、クルトンを入れてさしあげてもよろしいですけどね」

「クルトンなんていいながら、古くて硬いパンだったらごめんだよ」援助隊の新リーダーはそういって、マックスは笑う。

「救援物資が少ないときの備えでね」

「そろそろ海岸地域に出発だ。紛争地域の真っただ中だよ」

マックスは彼にボウルを渡す。「真っただ中？」

「合衆国の海岸地域は混乱の最たるものでね。少しでも高度のある場所と水を求めて戦っている」

カリスの兄はどこにいるのだろう？　マックスはふと考え、すぐに払いのける。

「ここに来る前の仕事は？」

「大工だよ。きみは？」

「料理人」

「へえ。おれはてっきり……」マックスの顔を見て、その先はいわない。「クルトンをよろしくな」

寝る場所は古い大学の校舎だった。美しい赤と黄色の煉瓦の建物にはガラスとスチールの部屋が並び、上階の宿舎はガラスの壁面でブラインドはない。なのでマックスはあまりよく眠れなかったが、逆に悪夢も見ずにすむ。日中は食事をつくりトレーニングをして休む間もなく、過去の出来事を思い出す暇もない。だが夜になると、百万回も見た彼女の写真をながめて過ごす。彼の腕に抱かれたカリス。その向こうには、ゆらゆら揺れる競技場の旗の列。気候が違うと、人生まで違ったように感じる――。

朝食を出したあと、大学のグラウンドで応急処置と栄養補給のセッションに参加する。マックスはとくに何も考えず、カップ五杯の水にスプーン一の塩とスプーン八の砂糖を加えて補水液をつくり、トレーナーのケリーが、よし、とうなずく。

「よくわかってますね」

「EVSAでも訓練したので。宇宙では水分補給が大切だから」

ケリーはマックスの経歴を知っている。「そうね。でも無重力で水を扱うのはたいへんなんじゃない？」

「大半はチューブ経由で、もし船外活動中にヘルメットが水でいっぱいになったら溺れる可能性もあるらしい」

ケリーは一瞬ぎょっとしてからマックスの肩を叩き、つぎの訓練生のところへ行く。「塩が多すぎるわ。そんな塩水を飲ませたら吐いてしまうわよ」

マックスはほかの料理人と朝昼晩の交代でチームの食事をつくる。ボランティアはみんな気のいい連中だったが、差し迫った旧合衆国行きが気になるのは当然のことで、〝もし～になれば〟という会話がどうしても多くなる。反乱組織に襲撃されたらどうするか、という派手な話も飛び交った。最新ニュースが少ない半面、古めの噂が横行し、新入りの隊員は動揺して家族に連絡したり、短い休み時間に休憩室の壁にウォール・リバーを出して最愛の人と語ったりする。

マックスはカリスを知っている人と話したくてたまらなかった。ただ知っているだけでなく、叔母やケントでもなく、彼女がマックスにとってどんな存在であるかを知っていた誰か、彼女に触れたことのある誰かと話したい。だが競技会での写真を毎晩ながめていることもあり、誰かと話せばカリスの幻影を見てしまいそうで怖い気もする。リウにメッセージを送ろうかとも思ったが、彼はかなりの期間、マックスに何の連絡もしてこない。リウはカリスの追悼式で、「さあ、カリスとの楽しい思い出を話してくれ」といい、マックスは彼を殴った。それでも彼はくりかえしおなじことをいい、そのうちマックスは、思い出は手に負えないほどたくさんあるのだと自覚した。そしてリウは口出しせず、彼をひとりにしてくれるようになった。

休憩時間、マインドシェアでリリアーナにメッセージを送ってみる。と、すぐさま赤い文字で〝デザートの達人〟と返信が届いて驚く。場所は休憩室の隅の壁で、ほかにも数人が友人や家族と別べつのウォール・リバーで語らっている。

(もう宇宙飛行士じゃないの?)

(ああ、違う。いまはシチューの達人だ)

(何かの達人であることに変わりはないわけね)

(きみの調子は?)

返信に間があく。

(さびしいわ、彼女がいなくて)

マックスは目をつむる。

(ぼくもだよ)

(わたしのことをリリーと呼ぶ人はもういない)

(わかるよ。ぼくの名を呼んで連絡してくれる人もいない)やや時間があき、マックスは文字入力する彼女の姿が見えるように思う。

(何かあったら、いつでもわたしに連絡してちょうだい)

(ありがとう。きみも連絡してくれよ)そこで少し考える。(ぼくがアメリカの名残の地に行っていなければね)

(幸運を祈るわ。気をつけてね)

マックスが感じる危険は、噂話か漠然とした未来に限られている。同僚たちが〝もし〜になれば〟と話しても、マックスは数分しか考えず、その後の十分は二キロのランニング、その後の二十分は夕食の献立に思いをめぐらす。

ある日、マックスが鍋を十六個洗っているとき(時間は九分)、補水液を誉めてくれたシニア・トレーナーのケリーがキッチンに入ってきて彼に頼みごとをし、彼は鍋洗いを終えて包丁を一本ずつ研ぎはじめてから確認する。

「小惑星帯についてみんなに話をしろと？」

「ええ」ケリーは並んでいるつぎの包丁を彼に渡す。「あなたはじかに経験しているから。みんな小惑星帯を怖がっているわ」

　マックスは片手に包丁を持ったまま、反対の手でこめかみをこする。

「ぼくは料理人として隊に参加したんだ。ＥＶＳＡでやったことは無関係だよ」

「ＥＶＳＡでの訓練と経験をもつあなたは――」彼女は慎重に話をつぐ。「このチームでは誰よりもいちばん、必要なものがそろっているの」

「そんなことはない」

　ケリーはやさしくほほえむ。「初めて月面から地球を見た飛行士たちに何が起こったか知っている？」

　マックスは記憶をたどる。「〝この小さな一歩〟という言葉くらいしか思い出せないな」

「彼らは小さな惑星をながめ、国境なんてどこにも見えない、地球に暮らす人間同士の戦いなんてつまらないと思ったの。これは概観効果（オーバービュー・エフェクト）と名づけられて――」つぎの包丁を渡す。「宇宙から地球をながめると意識が変わることを指すようになったの」

　マックスはため息をつく。「で、ぼくもそうだと？」

「違うかしら？」

その種の意識変革など自分には起きない、と思っても、マックスは口にはしない。宇宙での経験から大きく変わったことといえば、悲嘆、喪失感、いつまでもつづく精神的混沌だともいいたくない。日課の作業をこなすことで、心の混乱をなんとか抑えようとしていることも。

「あなたは走るのも速く、料理もできる。そして順応性もある。ほかの誰よりもね」ぐるっと手を振るが、ここにはふたりしかいない。「あなたがチームを引っ張っていくべきよ。あなたがリーダーになるべき」

マックスは包丁をスチール棒で研ぐ。なんといえばいいのか——。

「だがケリー……失礼、名前で呼んでもいいかな？　どっちみち、ぼくは軍人じゃないからね。それにヒーローでもない」ヒーローはジャガイモを焼いたりしないだろう。

「べつに戦闘するわけじゃないわ」

マックスは大きく息を吸いこむ。「救援隊が武装すべきとはさらさら思っていないよ」

「武器は身を守るためでしかないわ」

「身を守るのに武力は不要だ。ユーロピアの名で武力を行使するのは、戦争をするのと変わらない」

「どこが戦争に勝ったと思うの？」

「勝った？　どこも勝ちやしないよ。大陸を廃墟にして凱旋パレードなどできるはずもない」

「そうね、マックス。そのとおりだわ。自分には概観効果などない、と思ってるのね？」首を振ってひとり笑いをする。「今夜、リーダーたちが会合をやるの。よかったら来てみない？」

「考えておくよ」

ケリーはあとずさる。「そしてもし気が向いたら、小惑星帯の話をしてみるとか？」

「考えておく」

「じゃあよろしくね、八時に中庭で」

「誰の名のもとで行動するのか？」ケリーが問いかけ、リーダーたちは静まりかえり、彼女を見る。

「神ではなく、王でもなく、国家でもない」全員がいっせいに応じる。

「では、誰の名のもとで？」

「自分自身の名のもとで」

ほう……。マックスはエプロンをとりながらキッチンから出て、裏手の煉瓦の壁にもたれる。ケリーが手首を回すと、中庭の四面、校舎の壁にウォール・リバーがまたたいて起動する。

「みなさん、これから向かう場所をもう少し知っておきましょう。伝聞に惑わされるのではなく、現実の姿です」

壁四面にライブ映像が流れ、研修チーム・リーダーたちは自分をとりかこむ光景を緊張した面持ちで見まわしていく。

「みなさんにできることは何もありません」と、ケリー。「ただ、準備だけは整えてくださ い」

ジョージア・サザン大学の大きな看板がはがれ、膨張して道端に倒れ、白い木造の建物は朽ちはてているが、庭地やかしいだ時計塔はまだ残っている。映像はその場面で静止し、しばらくしてからほかの光景へゆっくり移動して——。

全員が息をのむ。

「どうしてここまで?」愕然としたつぶやき。

「人間がやったんだ」マックスは胸を震わせ、小さな声でいう。

ビルは消え、町は消え、点々と小さな、大きな、黒い地面のえぐれがつづく。ジョージアの萌える緑の木々、草々はかけらもない。リーダーたちはただ茫然と、命の片鱗すらうかがえない光景を見つめるだけだ。深さは足首くらいまであるだろうか、地面は灰色の埃に覆われ、それがときに風に舞う。渦巻く灰の下にはおそらく人間の名残があるのだろうと、しばらくたってようやく気づく。

「六機あったの」ケリーが静かに語る。「核爆発装置が六機、連鎖反応するように配置されていた」廃墟を凝視する仲間の顔をひとりずつ見ていく。「これが人間のしたこと。人間同士、お互いにしあったこと」

頭骨の残骸が見え、マックスの胃からすっぱいものがこみあげて、鼓動が速まり乱れる。画面は頭骨から、乱れた茶色の髪へ――。「くそっ」マックスはあとずさる。

「どうしてここまで?」誰かが尋ねる。「オイルか?」

「オイルと――」口を開いたのは、マックスとクルトンで冗談をいいあったリーダーだ。

「金、力、支配するかされるか」

「くそったれだ。ユーロピアは光明だよ」

マックスは皮膚がちくちくするのを感じる。それは背筋から首筋へ、こめかみへと伝わり、いいようのない不安がいすわる。中庭に肯定と同意のつぶやきが満ちるが、目は廃墟にくぎ付けだ。

「忘れないでね」と、ケリー。「わたしたちに与えられた権限は、難民の救済だけよ」

マックスは煉瓦から背を離し、その場をあとにする。息が苦しく、肺のなかの空気が動揺と不安で燃えあがりそうで、ひとりになれるところへ行きたい。

こんなはずではなかった、と思う。決められた日課と役割を淡々とこなせばすむはずだった。いわば真空地帯に行くように、援助隊に参加したのだ。単純作業と慣れた仕事のみの場所、宇宙ではなく地球上の。きみを助けることができなかった――。あの頭骨の光景が目に浮かぶ。ひと房の茶色の髪がゆっくりと、彼のほうへ漂ってくる。それはカリスの乱れた髪とまじりあい、競技会後の晩にさかのぼる。〝こんな気持ちになったのは初めてなの〟マックスの頬を、涙が一粒流れる。こんなはずではなかった、と思う。

マックスはなかば衝動的にフレックスする。

(リリアーナ?)すぐ返信があり、マックスはほっと息をつく。

(どうしたの?)

(ぼくは彼女を救えなかった)

(救ったわよ。出会ったときに。彼女はいつもひとりきりだった)

(ぼくは彼女を裏切った)正直に、いちばん恐れていることを伝える。(いまも彼女を裏切りつづけている)

リリアーナは音声通信に切り替えたのか、マックスの耳にピッという音が聞こえて驚く。

「リリアーナ?」

「何かに準じて生きなくてもいいのよ。あなたはあなたで生きていけばいいの。ほら、自分を見てごらんなさいよ。人を助けて、苦しんでいる人のために料理をする。あなたのおかげで、わたしのような人間も信念をもとうという気になるわ」

「きみはすでにもっているよ」赤と黄色の煉瓦にもたれる。額と首筋には汗の粒。「ぼくはそんなことを考えてここに来たんじゃない。訓練して、食事をつくって避難民を助けるのだと思った。ところがここは……軍隊だ」

リリアーナは沈黙する。

「彼らはぼくを兵士にする気だ」声がしゃがれる。「ぼくをヒーローだと考えている」

「あなたは生き残ったのよ、マックス。カリスはあなたをヒーローだと思っていたわ」

ヴォイヴォダ9の暖かい夕闇のなか、マックスは大学の古いアーチをくぐって舗装された庭に入る。

「カリスはぼくに対していろんなことを思ったよ」

「少し自分に厳しすぎない？　もっと力を抜いたほうがいいわ。カリスはあなたを敬愛していた。あなたは精一杯、彼女の期待に沿うようにして、彼女もあなたの期待に沿うようにがんばった。でしょう？　ふたりいっしょにいるときが最高のあなた、最高の彼女だったのよ。カリスはあなたをもっとやわらかく、もっと野心的にさせ、代わりにカリスはあなたといると、ずっと強く、はるかにしあわせになったの」

「たぶん……ね」鼓動は鎮まってきたものの、首筋はまだひくつく。

「あなたはカリスなしにはやっていけないと思っているかもしれない。でも逆だったら、彼女がそうなっていたのよ」

「ぼくは兵士ではない」声がかすれる。「ふたつの命を秤にかけて、どっちに生きる価値があるかなど考えたくもない」

「命の選択をするようなことは二度といやだというのはわかるわ」

「取り消してやりなおせたらと思うよ」一粒の涙が二粒になり、胸が震える。

「人生にはやりなおすチャンスがあると、わたしは信じてるわ。何度だって生きられるのよ。ただそのためには異なる決断をして、異なる結果をもたらさなくてはいけない。それで初めて、もっと高いところに行ける。あなたが経験した恐ろしい瞬間だって、その気になればもう一度生きられるのよ。違う決断で違う結末を与えて先に進むの。これが正しい結末だって思えるまで、何度でもくりかえせばいいわ。その時がまた来たら、また自分で選択するの。選択できるのは自分しかいないんだから」

「ぼくは消し去れるものなら消し去りたい」気持ちはふたつの命の選択にまいもどり、映像が現われ流れていく——。

27

六分――

光はゆっくりとこちらに向かってくる。希望の幻影。

「頭がおかしくなったのかな？　あれは蜃気楼か？」

「違うわ、マックス」つぶやくように。「あれは蜃気楼なんかじゃない」ふたりの二十メートルほど下では、舞う塵のなかに大きな小惑星がある。そしてさらにその下では、地球が着実に時を刻み、白い雲がアフリカを覆っていく。しかしマックスは地球の自然の光景も、ゆっくり近づく衛星の光にも目を向けない。見つめているのはただカリスだけ。ヘルメットのなか、王冠のように頭に巻かれた茶色の三つ編み、そこに挿した小さなヒナギク、顔の横にぱらぱらと垂れた髪。闇のなかで青白く見えるグローブをはずした手。その指に雑に巻かれた白糸が、微小重力でゆらゆら揺れる。マックスは指の糸をじっと見てから、視線を彼女の顔にもどす。

「どうしてそんなふうにわたしを見るの？」

「そんなふうって？」

カリスは弱々しくほほえむ。「何カ月も会ってなかったみたいだわ」

「何年も、の気分だ」

カリスは彼の肩に触れる。「あなたはまるで戦場から帰ってきたみたい」マックスの視線がまた自分の指へ、それから顔にもどるのを見る。彼は何もいわず、カリスはうなずく。

「もうすぐラグランジュ点よ」

ふたりは無意識のうちに、舞台に着地するダンサーさながら足を曲げる。そして小惑星とほぼおなじ高さになったところで、この九十分弱で初めて、落下が止まる。

「物理だかなんだかは――」マックスはうやうやしげにつぶやく。「つねに正しいってことか」

「地球は平らだと信じていたころはべつにしてね」カリスはマックスの素手を握り、彼は握りかえす。お互いの温もりを感じあってから、カリスは目をあげる。「こうして見ると、あの小惑星はずいぶん大きいわね」

「ああ、でかい。すぐそばを通ったなんて信じられないよ」

「ごめんなさい」

「あやまる必要なんかない」

いくらかためらいつつ、カリスはすでに答えを知っている質問をする。

「時間はあとどれくらい？」

「時間？　衛星は六分以内にここに着くよ、きっと」

「六分……長くはないわね」

マックスは手を離す。何か言葉をいうよりこちらのほうがよかったからだ。六分——きれいな半熟卵の茹で時間、カップルの平均セックス時間、ニューヨーク・シティを廃墟にさせた時間。

「それが生存時間だ。きみは後悔している？」

「このことを？　いいえ」とっさに否定。「たぶん……ね。よくわからないわ。規則改定を申請しないほうがよかったのかも、と思うときはあるけれど」

マックスの顔がゆがむ。「きみがしたんじゃないよ。決めたのはぼくだ。そのせいで起きたことはすべて、ぼくに責任がある」カリスは何もいわず、マックスは唇を嚙む。「あやまるのはぼくのほうだよ」

「あやまる必要なんかないわ。どっちもどっちよ」

小惑星の塵が舞い、衛星のライトがほんの一瞬暗くなる。

「そうだな。似たり寄ったりだ」

カリスは手を立て、指を広げる。「オズリックに連絡してみるわ」

「いいね」マックスはにっこりする。

カリスは手のメッシュの位置を確認し、フレックスする。

（こちら〈ラエルテス〉のカリス・フォックス。緊急支援求む。これが読めますか？）

カリスは待つ。

(くりかえします。こちら〈ラエルテス〉のカリス・フォックス。緊急支援求む。これが読めますか?)

「応答なしだわ」

「あきらめずにやってくれ」

(お願いよ、リック)

カリスの耳に通信復活のピンという音がする。

(こんにちは、カリス。こちらオズリック)

「オズリック!」ヘルメットのサイドスクリーンに青い文字が満ちる。

(衛星のコンピュータから直接通信しています、カリス)

(ありがとう)

(わたしのほうで、何かドローンにしましょうか、カリス?)

(いいえ、何もしなくていいわ)

(ほんとうですか、カリス?)

(前に話さなかったかしら、毎回わたしの名前を最後につけることに関して?)

(申し訳ありません)

(よろしくね。それでオズリック、宇宙で惨事が発生した場合、EVSAの通信記録は公文書扱いされるんでしょ?)

若干の間。（はい、カリス）

（わたしたちの最期の時にあなたとフレックスした内容はすべて、ヴォイヴォダの住民に公開されるのね？）

ふたたび若干の間。（はい、カリス）

（わかったわ。スタンバイしてて）

「カリス、どうした？」と、マックス。

「衛星は〈ラエルテス〉のドローンなの。六分でここに到着するわ。あなたの酸素残量は六分で、わたしは二分」

「ああ、そうだ。すまない――」

「もういいの。いろんなことを試すしかなかったし、どんなことにも危険はつきものだから。わたしのせいで、お互いオゾンで死んでいた可能性だってあるのよ」

「だがきみは、黒酸素をつくれたかもしれない。なんともすごいよ」

カリスは笑う。「できたらほんと、すごかったわね。なんといっても物理だわ」

「物理じゃなくて化学だろ」

「はいはい。でもね、聞いてちょうだい。わたしはまじめに話しているの」

マックスは表情をひきしめる。「わかっているよ」

「あなたは生きつづけて、わたしたちが壊しはじめたものを修繕してちょうだい」マックスの手をとる。「わたしたちは、意識しようとしまいと、結果的に連鎖反応を引き起こしたの。

あの規則に世間の注目を集めて……誰もが大義だと信じていることに踏みこんだのよ」わかってちょうだい、という目で見つめる。「ユーロピアはわたしにとっての理想郷(ユートピア)ではなかった。究極の個人主義には、なじもうとしてもなじめなかった。でもだからといって、そんなものは消えてなくなればいい、とは思わない。だからお願い、マックス。あなたは地球に帰って、わたしたちが思っていたことを正しくそのままやりとげて」

「それはできないよ、カリス」

ふっとため息。「そういうだろうと思ってはいたけど」

「きみのいない暮らしがどういうものかは、もうわかっている。風吹きすさぶ荒野とおなじだ」

「それでも生きてはいけるわ」

「いや、できない。家族はぼくを許さないだろうし、あそこにぼくの居場所などないよ。何ができようと、何をしたかろうと……きみがいない世界では、誰もぼくを必要とはしない。きみがいるから、ぼくがいるんだ」

カリスは目を伏せ、考えこむ。「でもわたしたち、犯してはいけないものを犯したのよ」

「そんなことはしていない」

「ううん。わたしたちが何もしなければ、規則は規則で、みんなすなおに従っていたの」マックスのほうへ手をのばす。

「それはそうかもしれない。しかしね、ぼくがきみを愛したことでぐらつくような体制なら、もともとどこかがおかしいんだ」

　カリスは素手でマックスの背に触れる。「ほんとにそう思う？」

「ああ、思うよ」

「驚いたわ。マックス・フォックスはユートピアを否定するのね？」

「否定する」

「そして……わたしを愛した、といった？」

「愛しているよ、ずっと。何百回でもいえばよかったと後悔している。毎日毎日、いえばよかった」

「それよりも――」そっと、静かに。「いまのこの、一度のほうが何倍もうれしい」

「いおうとは思ったんだ、〈ラエルテス〉に乗ってからは何度もね。ハムレットがオフィーリアに宛てた手紙が好きで、きみに読んで聞かせたかった。今朝もそうしようと思ったが――

――」

「どんな手紙？」

　マックスはひとつ咳払いする。

　　星が輝くことを疑い
　　太陽が動くことを疑い
　　真実を嘘だと疑おうと

わたしの愛を疑うことなかれ

カリスは感動する。「シェイクスピアの言葉をわたしに？」

「そうだよ」

「信じられない。わたしたち、幻覚を起こしているのかも。酸素パックはきっと、最後に近くなると供給速度をおとすようにプログラムされてたんだわ」

「うるさい！」

カリスは笑ってあやまる。「ごめんなさい」

「ちゃかすのは、なしだ」カリスを引き寄せ、抱きしめる。「この時間を大切にしよう」

「愛しているといってもらえて、とってもうれしかったから」

マックスはしばらく抱きしめてから、ぎこちなく自分の宇宙服を整える。

「そろそろきみの準備をしないと」

「マックス……」カリスはため息をつく。

彼はカリスの背後にまわると大袈裟にパックを叩き、ストラップとケーブルを調整する。

「ほら……」マックスは後ろにいたままで、カリスはグローブを脱いだ手を肩の上にあげ、彼はそれを握りしめる――おそらくこれが最後になるだろう。

「いいかい、カリス。酸素が切れたらすぐ、チューブを交換するんだ。いまゆるめておいたから、あとは交換してスクリューで固定するだけでいい。わかったね？　スクリューはしっかりロックさせるんだよ」彼女の手を叩く。「いいかい?」

「よくないわ。あなたが何をする気かわかっているもの。そんなことを、わたしはさせない。救いの騎士ぶって、わたしひとりを残していくなんてできないわよ。わたしはあなたの酸素パックなんかいらないから」くるっとふりかえり、マックスは反動で少し離れてしまう。

「そんなことは絶対にさせない。わたしを救おうとしてもむだよ」

「カリス……」

「ここであなたと別れたら、わたしはわたしでなくなる。だからそんなことは絶対にさせない」

マックスは言葉を失う。

「あのね」いつもの口調にもどる。「あなたにはまだ残り時間があるでしょ。ドローンをつかまえて地球に帰ることができるのよ。そうすれば、また弟と会えるわ」表情が硬くなる。

「弟をあっさりとひとりぼっちにさせるのは身勝手じゃない?」

「あっさりだって?」マックスは声を荒らげる。「そんなわけがないだろう? ぼくにはきみのいない人生なんて考えられない。だからふたりをつなぐテザーをきみに切らせるわけにはいかないんだよ。ぼくのことを救済者のようにいったが、きみだっておんなじだ」

「〈ラエルテス〉をだめにしたのは、わたしなの」いきなり話題が変わって、マックスは声をのむ。

「きみ……が?」

「ええ。わたしの責任が大きいの。小惑星帯を抜けるルートが見えたような気がして……うん、実際に見えたのよ、通過ルートが」

マックスは眉をあげる。「通過ルートが？」

「そう。そして〈ラエルテス〉を無理にそちらへ向けたら流星物質にぶつかって、あとはあなたも知ってのとおり。だからわたしのせいなの」

「ふうん」

「それだけ？」

「いまさらどうしようもないだろ？」あたりを見まわす。「小惑星帯を抜けるルートか。カリス、やったじゃないか」

「命を危険にさらしてね。そのせいで、わたしたちはいまここにいるの」

「あと二分弱、ここにね。ほんとにいいのか、カリス？」

「ええ。あなたは？」ふたりは一呼吸する。残りの量など考えたくもない。

「では――」マックスはさびしげに口を開く。「きみもぼくもあの衛星には乗りたくない、ということかな」

「わたしは絶対に」

「ああ、ぼくもだ」覚悟を決める。「きみなしでは、どうしようもない」

カリスはため息をつく。「じゃあ、これで決まりね」

「そうだな」

「これから何をする?」

「まだ少しは時間がある。地球のオーロラを見て、家族のことを思い、ふたりの幸運に感謝しておやすみをいおう」

「それでおしまい?」

「時間は過ぎていく。一時間前に話したじゃないか。自然に身を任せてなるようになるか、でなければ自分たちの意志で終わらせるか」

「自分たちの意志で終わらせる——。それがいいわ」グローブのない手を差し出し、大きく息を吸う。「数えるのは三でいい?」

「三でいい」

音声装置が音をたてる。

「一」

「二——」

「ちょっと待って!」カリスは両手をあげる。「わたしはあなたに、言葉なんか気にしない人間だと思ってもらいたかった。あなたに無理にいわせたこともないわ。でもね、いまはいいたいの。わたしはあなたを愛している。ローストポテトをおいしくしてくれたときから、いまこの瞬間までずっと——。心から愛しています、マックス。それをどうしてもいいたくて」

彼は大きく息を吐く。「初めて会ったときから? それこそロマンスだ。ありがとう、カリス。ぼくにはもったいないよ」そしてこらえきれずにいう。「きみはそんなふうに見せかけているだけだと、ぼくにはわかっていた」

「わたしはあなたが見栄っ張りだってわかっていたわ。でもどういうわけか、いまもいっしょにいるのよね」

「うん、宇宙でふたりきりでね。オズリックからの連絡もなく」

「そうだ、オズリックといえば――」カリスはあわててオズリックに、小惑星帯の通過ルートの座標を記憶にあるかぎりフレックスする。それから〈ラエルテス〉でとったルートと、流星物質との衝突の経緯も手短に。彼女のヘルメットのスクリーンに青い文字が点滅して消える。

「宇宙でぼくらふたりきりだな」と、マックス。

「ううん、わたしたちは宇宙にもどこにもいないの」

マックスはほほえむ。「きっとね――。それにしても、完璧なる理想の世界〝ユートピア〟は、あそこにはないな」ゆっくりと動く地球を指さす。「まさしくギリシャ語の〝どこにもない場所（ユートピア）〟だ」

「つまり何をどう考えようと、ユートピアはわたしたちを真のユートピアに送ったということね？」カリスはおかしくて笑い声をあげる。

「ぼくはね、ずっと地球に帰りたくてたまらなかった。地球でしか充実した日々は送れないと信じていた。ところがこんなところでも、きみといっしょにいるとしあわせだった。理想の場所なんて、政治的なものでも哲学的なものでもない。それはここ、いまのぼくたちだ」

マックスの言葉に、カリスの目から涙がこぼれる。ずいぶん前、彼は〝きみにはぼくがいる〟といった。〝聞こえたかい？　きみには、ぼくが、いる〟と。だけどカリスは信じきることができずにいた。そしていま、彼は自分だけなら地球に帰れるかもしれない酸素を残しながら――。


そこでふと思いたち、フレックスする。

（オズリック、小惑星帯を抜ける座標を送ったわ。あれならなんとか航行可能よ。いずれあなたも地球を出ることがあるかもしれない。でもその前に――）

どう表現すればよいだろうか。母からいわれた言葉、いわれたような気がする言葉を思い出す。そして母のいうことも、半分だけは正しいと思う。

（その前に、彼らに伝えてちょうだい。初恋は心を引き裂くことができるけど、救うこともできるって）

ふたりは北極圏のオーロラをながめる。濃淡さまざまな美しい緑色が漂い流れていく。もしかするとあの空の下に、未来の住み家があったかもしれない。カリスとマックスには訪れることのない未来の。

カリスの宇宙服で警告音が鳴る。

「時間が来たみたい」

「そうだね」オーロラの上のほうで赤い色が宇宙に向かって泳ぐ。地上から青と緑を見ているだけではきっと気づかないだろう。

「マックス、わたし……」赤い警告ランプのついた自分の宇宙服を示す。「できそうもないわ」たとえ酸素が切れようと、わが手でとりはずすのは怖い。

「じゃあ、それぞれやろう」マックスはやさしく彼女を抱いて、背中のパックのスクリューに素手で触れる。「きみもぼくのパックを」

カリスは両腕を彼のヘルメットの下にまわし、首筋にあるチューブに素手で触れる。白いスクリューがゆるくなり、はずれて漂う。

「あやまったりするんじゃないよ、カリス。ふたりで望んだことなんだから」

カリスはうなずき、警告音がまた響く。

「数は三だね」

「もうカウントダウンは必要ないわ」その意味をマックスも理解している。「これで終わりね」

まぶたを閉じることもなく、目をそむけることもなく、ふたりはゆっくり両手をあげて抱き合った。互いのヘルメットの留め具をはずし、凍える暗闇で息をする。

天の川が炎のごとく輝いて、肺が塊のようになっていく。数えきれない星々のもと、マックスとカリスは温かい腕に抱かれて静かにダンスを踊りはじめた。

解説

本書『君の彼方、見えない星』は、英国女性作家ケイティ・カーンが二〇一七年に刊行した長篇 *Hold Back the Stars* の全訳です。

原題を直訳すると「星ぼしを押しとどめろ」。作中にも登場するシェイクスピア『ハムレット』での、レイアーティーズによる亡くなったオフィーリアへの台詞、「待て、もう一度この胸に抱きしめたい」"Hold off the earth awhile, / Till I have caught her once more in mine arms."（福田恆存訳、新潮文庫）がもとになったと、著者がインタビュウで語っています。宇宙空間で落ち続ける状態にありながらも、オフィーリアに埋葬の土がかかるのを厭（いと）うように、たがいの死を恐れているふたり……というニュアンスを盛り込んだイメージでしょうか。

時は近未来、アメリカと中東のあいだで起こった核戦争のため、世界情勢は一変しました。覇権を握ったヨーロッパはユーロピアと名をあらため、「戦争のない理想郷（ユートピア）」をめざして社会体制を変えます。〝ヴォイヴォダ体制〟と名づけられたそのシステムは、人類がひととろにとどまることなく各区域――ヴォイヴォダ――を転々と〝ローテーション〟を繰り返して暮らすというものでした。人びとは国籍をもたず、また成功率の面から、婚姻は三十代半ば以降と定める婚姻規則が制定されています。

女性宇宙飛行士のカリスと、料理人のマックス。恋人同士である彼らが宇宙に出たのは、その社会体制のためでした。ですがある事故により、ふたりは暗黒の宇宙空間へと放り出されてしまいます。酸素の残量はそれぞれ九十分ぶん。絶望的な状況下、愛しあうふたりは胸をよぎる過去の思い出に翻弄されながらもあれこれ知恵を絞り、懸命に生存の可能性を探りますが、刻々と残量は減り続けます。そして彼らが決断したこととは――。

何も持たずに宇宙空間に放り出されるというと映画「ゼロ・グラビティ」（二〇一三）が思い出されますが、ふたりに残された時間はきっかり九十分。着実に減っていくカウントダウンが恐ろしさと焦り、切なさを呼び覚まします。ふたりが暮らす理想郷とされるユーロピアの窮屈さと息苦しさの描写はディストピアSFとしての側面もあり、もちろんカリスとマックスの恋愛模様は上質なラブストーリーとなっています。いろいろな読み方ができる物語で描かれる、想いあうふたりの行く末を、ぜひとも本文で確かめてください。

本書はケイティ・カーンのデビュー長篇です。ペンギン・ランダムハウスから出版されて大きな反響を呼び、現在まで二十一カ国語に翻訳、二十四カ国で出版されました。

また、本作は映画制作会社グッド・ユニバースが映画化権を取得、「アデライン、100年目の恋」（二〇一五）などの作品をものしたリー・トランド・クリーガーがメガホンを取ることが決定しています。また、テッド・チャン「あなたの人生の物語」を原作とする映画「メッセージ」（二〇一六）や、テレビドラマ「ストレンジャー・シングス 未知の世界」（二〇一六〜）の製作陣であるショーン・レヴィ、ダン・コーエンの参加もあきらかになっています。本作の美しい物語世界がどのように表現されるのか。続報が待たれるところです。

著者ケイティ・カーンはイギリス生まれ。二〇一三年にパラマウント・ピクチャーズに入社し、ｗｅｂデザイン・技術に携わり、そのかたわら本書を執筆しました。二〇一七年にはワーナー・ブラザースに入社、現在も勤務中とのことです。

叙事詩的なラブストーリーの映画や小説が大好きで、自身のインスタグラム（とてもカラフルでおしゃれ！）やツイッターではかわいらしい愛猫や愛犬の微笑ましい姿を投稿しています。ニュースサイト The Drum が選ぶ「英国ソーシャルメディアでもっとも影響力のある五十人」に選ばれたこともあります。

次作はタイムトラベルを扱った物語を予定しているとのこと。先がとても楽しみな作家といえるでしょう。

（編集部）

ケン・リュウ短篇傑作集1

紙の動物園

The Paper Menagerie and Other Stories

ケン・リュウ
古沢嘉通編・訳

泣き虫だったぼくに母さんが作ってくれた折り紙の動物は、みな命を吹きこまれて生き生きと動きだした。魔法のような母さんの折り紙だけがぼくの友達だった……。ヒューゴー賞／ネビュラ賞／世界幻想文学大賞という史上初の3冠に輝いた表題作など、第一短篇集である単行本『紙の動物園』から7篇を収録した、胸を震わせる短篇集

ケン・リュウ短篇傑作集 1
紙の動物園
The Paper Menagerie and Other Stories
ケン・リュウ
古沢嘉通 編・訳
早川書房

ハヤカワ文庫

ケン・リュウ短篇傑作集2

もののあはれ

The Paper Menagerie and Other Stories

ケン・リュウ

古沢嘉通編・訳

巨大小惑星の地球への衝突が迫るなか、人類は世代宇宙船に選抜された人々を乗せてはるか宇宙へ送り出した。宇宙船が危機的状況に陥ったとき、日本人乗組員の清水大翔は「万物は流転する」という父の教えを回想し、ある決断をする。ヒューゴー賞受賞の表題作など、第一短篇集である単行本版『紙の動物園』から8篇を収録した傑作集

ハヤカワ文庫

レッドスーツ

Redshirts

ジョン・スコルジー
内田昌之訳

〔ヒューゴー賞&ローカス賞受賞〕
銀河連邦の新任少尉ダールは、憧れの宇宙艦隊旗艦に配属される。だが、彼と新人仲間はすぐに周囲で奇妙な事象が頻発していることに気づく。自分たちは何かに操られているのか……? アメリカSF界屈指の人気作家スコルジーが贈る宇宙冒険ユーモアSF。解説/丸屋九兵衛

ハヤカワ文庫

訳者略歴　津田塾大学数学科卒，英米文学翻訳家　訳書『ティンカー』『ようこそ女たちの王国へ』スペンサー，『闇の船』ホイト（以上早川書房刊），『叛逆航路』レッキー他多数

HM=Hayakawa Mystery
SF=Science Fiction
JA=Japanese Author
NV=Novel
NF=Nonfiction
FT=Fantasy

君の彼方、見えない星

〈SF2153〉

二〇一七年十一月十日　印刷
二〇一七年十一月十五日　発行
（定価はカバーに表示してあります）

著者　ケイティ・カーン
訳者　赤尾秀子
発行者　早川浩
発行所　株式会社早川書房
郵便番号　一〇一 - 〇〇四六
東京都千代田区神田多町二ノ二
電話　〇三 - 三二五二 - 三一一一（大代表）
振替　〇〇一六〇 - 三 - 四七七九九
http://www.hayakawa-online.co.jp

乱丁・落丁本は小社制作部宛お送り下さい。
送料小社負担にてお取りかえいたします。

印刷・株式会社亨有堂印刷所　製本・株式会社川島製本所
Printed and bound in Japan
ISBN978-4-15-012153-2 C0197

本書は活字が大きく読みやすい〈トールサイズ〉です。